D1730450

MRS STAFFORD ET LE CAPITAINE CONRAD

Anne Fakhouri, née en 1974 à Paris, s'est passionnée pour l'écriture depuis l'enfance. Titulaire d'une maîtrise de lettres classiques sur les mythes arthuriens, elle a mené une carrière de professeure de français et d'autrice en littérature jeunesse et adulte. S'illustrant principalement dans les littératures de l'imaginaire, mais aussi la comédie romantique, elle a écrit seize romans et de nombreuses nouvelles sous divers autres noms : Hannah Bennett ou encore Elie Grimes. Parmi ses œuvres majeures et à succès, on retrouve le diptyque *Clairvoyage* et *La Brume des jours* (Grand Prix de l'Imaginaire en 2010), la série *Harper* ou encore *Les gentilles filles vont au paradis, les autres là où elles veulent*. L'autrice, qui vivait en Bretagne avec son mari et ses deux enfants, s'est éteinte à la fin de l'année 2022 à l'âge de quarante-huit ans.

Paru au Livre de Poche :

LES GENTILLES FILLES VONT AU PARADIS,
LES AUTRES LÀ OÙ ELLES VEULENT

ELIE GRIMES

Mrs Stafford et le capitaine Conrad

HACHETTE ROMANS

Pour Mrs Pebbles & le Captain Hornet

« Arrière les fictions de vos romans imbéciles,
ces trames de mensonges tissues par la Folie !
Donnez-moi le doux rayon d'un regard
qui vient du cœur, ou le transport que l'on
éprouve au premier baiser de l'amour. »

Lord BYRON

Chapitre 1

Conrad

— Êtes-vous certain que ce soit une bonne idée, capitaine ?

Le capitaine Conrad Filwick regarda longuement son ordonnance avant de lui répondre. Le jeune homme aurait pu paraître nerveux, au regard du contexte, mais il affichait une parfaite maîtrise tant dans son maintien que dans ses expressions.

— La dernière fois que vous avez vu sir Baldwin, les choses ont plus ou moins bien tourné… ajouta Albert.

— C'était différent, l'interrompit Conrad.

La dernière fois, ils étaient dans le même régiment, lors du bref passage de son cousin dans l'armée, plus de dix ans auparavant. Sir Henry Baldwin était un jeune homme impétueux et orgueilleux dont il avait fallu rattraper les actes d'héroïsme et les excès à plusieurs reprises. En substance, le récupérer dans quelques maisons closes et l'empêcher de se rendre aux duels qu'il y provoquait.

Ils étaient tous deux des hommes faits désormais.

Le capitaine Conrad Filwick abordait la trentaine avec sérénité, en même temps qu'une retraite bien méritée. La mort de son père lui permettait de se retirer de l'armée, alors qu'il sentait que sa blessure à la jambe allait bientôt l'y contraindre. Avec l'argent que feu sir Filwick lui avait laissé, il venait de s'acheter un petit domaine où s'établir et couler des jours enfin tranquilles, du nom de Stryge Burnan. Son choix s'était porté sur cette maison de maître entourée de champs et d'étangs et située à égale distance des domaines de son frère aîné William et de leur cousin Henry Baldwin.

Il n'avait pas revu Henry depuis dix ans. Entre-temps, l'étudiant dissipé et éphémère soldat s'était marié à une miss Halsworth et avait eu deux enfants, un garçon et une fille. Nécessité faisant loi, Conrad allait séjourner chez son cousin, le temps de remettre en état ce manoir qui ne manquait pas de charme, mais d'aménagements qui auraient pu lui assurer un minimum de commodité. En tant qu'ancien soldat, il n'avait certes pas besoin d'un confort excessif mais il lui semblait qu'un toit, ainsi que des écuries munies de murs pouvaient lui être nécessaires.

Son frère William s'était offusqué de le voir préférer un séjour chez Henry plutôt que chez lui. Il avait suffi à Conrad de faire un geste vague vers la pelouse où se roulaient les héritiers Filwick, telle une portée de chatons bagarreurs, pour que William soupirât et lui dît qu'il comprenait. Les héritiers mâles Filwick, au nombre de cinq, auraient pu dissuader tout un régiment d'envahir la région. Leur sœur Elizabeth, unique fille du couple, âgée de sept ans, aurait sans doute fait reculer la reine Victoria elle-même. Toute la maisonnée s'accordait pour dire que c'était la pire d'entre eux.

Au souvenir de sa terrible nièce, Conrad sourit. Elle était peut-être impitoyable mais avait également le don d'obtenir ce qu'elle voulait. Dans sa poche, il avait le petit paquet qu'elle lui avait remis pour la fille de Henry.

— Vous donnerez ça à ma cousine Margaret, avait-elle dit d'une voix autoritaire. En mains propres, mon oncle.

— Mes mains le sont-elles suffisamment ? avait-il dit en exposant ses paumes.

La petite créature avait reniflé avec mépris.

— J'imagine qu'on ne peut pas en demander plus à un militaire, avait-elle répondu.

Elle lui avait posé un baiser sur la joue et avait aussitôt disparu par la porte du salon, suivant les bruits de dispute de ses frères et prête à se jeter dans une bagarre qui ne la concernait pas, juste pour le plaisir d'en découdre.

Sa belle-sœur, assise près de lui, avait souri, elle aussi.

— Je vous assure que j'essaie d'élever cette enfant…

— On n'élève jamais vraiment une Filwick, avait répondu Conrad. Son mari aura fort à faire avec elle.

— Si mes souvenirs sont bons, votre femme ne sera pas en reste, avait murmuré Catherine.

Avant de lui vanter les intérêts du mariage avec la ferveur d'un recruteur. Il l'avait écoutée pour la centième fois, sans se départir de son intérêt poli, gardant pour lui les sentiments que le mariage lui inspirait, de peur qu'elle ne s'immisçât dans ses projets.

Le capitaine Conrad Filwick n'était pas revenu d'Afrique du Sud uniquement pour goûter aux joies de la campagne anglaise. Il savait que les tréfonds du Northamptonshire seraient d'un ennui mortel sans une vie domestique bien remplie. Dans ce but, il avait besoin d'une femme à ses côtés. En homme pragmatique, il en avait déjà dressé un portrait, du moins moral. Une future Mrs Filwick se devait d'être douce, sans être soumise, intelligente sans être raisonneuse, cultivée sans être docte, aimable sans être naïve, accueillante sans être mondaine. Elle devait également exceller dans les arts domestiques mais en toute discrétion ; il détestait qu'on l'ennuyât avec des considérations matérielles. Elle aurait assez à faire avec leurs enfants. Pour le reste, il se laisserait bien surprendre. Il faudrait bien que sa femme eût sa propre personnalité et quelques loisirs. Il n'avait d'ailleurs rien contre la musique et la peinture, qui faisaient partie des compétences courantes chez les jeunes femmes anglaises de son milieu.

La première vue qu'il eut de la nouvelle existence de son cousin Henry le conforta dans l'idée qu'il n'aspirait lui-même qu'à la douceur d'une vie de famille. Albert et lui étaient arrivés par le sentier familier qui longeait le chemin principal menant au château. Au détour d'un bosquet, il avait aperçu la grande pelouse qui s'étendait du perron de la bâtisse jusqu'aux arbres. Le château qui s'était transmis de père en fils dans la famille Baldwin ne possédait pas la grandeur de certaines bâtisses du Northamptonshire. Pour lui, il avait les parfums d'une enfance heureuse.

Ramassée sur elle-même et sur les vestiges de ses fondations médiévales, la bâtisse avait subi plusieurs restaurations, dont une qui l'avait affublée de balcons bien inutiles à la campagne. Une grande pelouse reliait un étang surmonté d'un petit ponton à des bosquets touffus et quelques arbres cachaient les fenêtres du rez-de-chaussée. De coquettes tables de pique-nique blanches avaient été dressées entre deux massifs d'hortensias roses.

Conrad fut aussitôt charmé par ce changement ; lorsqu'ils étaient enfants, Henry et lui n'avaient jamais le droit de même marcher sur la pelouse. À quelques mètres de l'allée principale, deux enfants, probablement ceux de Henry, y jouaient sagement, l'une, de cinq ans environ au cerceau, l'autre, plus jeune d'un an ou deux avec un jeune chien à qui il lançait un bâton. Assise sur une chaise, le visage dissimulé par un chapeau de paille dont la simplicité toute champêtre avait été égayée de quelques fleurs de soie, une femme en robe bleue brodait. Le soleil de la fin d'après-midi tombait sur la scène et la réchauffait d'une douce lumière dorée. Le tableau idyllique appelait à la contemplation rêveuse.

Conrad mena son cheval sur le chemin principal et en descendit lestement. Alors qu'il atteignait le sol, il sentit l'élancement désormais habituel de sa jambe droite. Albert dut le voir car il descendit à son tour pour attraper les rênes de l'animal, trop précipitamment au goût du capitaine.

— Je peux encore tenir mon cheval moi-même, grogna-t-il.

Impassible, Albert lui tendit les rênes. Ce n'était pas le moment de rappeler au jeune homme qu'il n'avait pas besoin d'une ordonnance, à présent qu'il était retourné à la vie civile. Tous deux savaient très bien pourquoi il lui avait demandé de le suivre.

Il se dirigea vers le petit groupe puis hésita un court instant, prenant soudain conscience qu'il arriverait ainsi sans se faire annoncer, couvert de la poussière de son voyage et qu'il dérangerait leur quiétude. Cependant, la fillette avait lâché son cerceau et le regardait marcher vers eux. Le garçonnet avait pris le chiot dans ses bras. La femme n'avait pas bougé, le nez toujours baissé sur sa broderie. Comme il n'était plus qu'à trois mètres d'eux, il l'entendit marmonner, sans comprendre ce qu'elle disait.

— Un gentleman ! cria soudain le garçon d'une voix aiguë.

— Ne soyez pas stupide, John, ce n'est qu'un chien.

La voix était mélodieuse, le ton sans appel. Son cousin avait apparemment épousé une maîtresse femme, ce qui expliquait qu'il se fût calmé depuis leurs années de jeunesse.

— Je déteste broder, dit la jeune femme.

Le geste rageur qui accompagna ces paroles fit voler le petit carré de batiste sur l'herbe. Conrad le ramassa et ne put s'empêcher de rire en voyant la fleur bleue, grossière et difforme qui s'y étalait. Elle leva la tête pour le fixer. Elle était plutôt jeune – indéniablement pas assez pour Henry puisqu'elle devait avoir une trentaine d'années – et plutôt jolie – indéniablement pas assez jolie pour Henry qui aimait les visages parfaits et les formes lisses. Sous son chapeau, des boucles châtains s'égayaient de chaleur. Sa robe bleue, très simple, témoignait d'un esprit sans coquetterie. Elle avait la sage attitude et la tournure assurée des jeunes femmes bien nées. Cependant, son regard démentait toute cette délicate ordonnance. Elle dardait sur lui des yeux verts jugeurs, sans complaisance ni indulgence. Cela ne faisait aucun doute : il la dérangeait. Et elle avait raison. Quelques minutes auparavant, le tableau offrait un parfum de tranquillité. À présent, la lèvre inférieure de la fillette au cerceau tremblait et le chiot jappait furieusement dans les bras du petit garçon.

— Que pouvons-nous pour vous ? s'enquit la jeune femme, d'un ton qu'elle essayait de rendre aimable mais qui gardait des accents secs.

— Sir Baldwin est-il là ? demanda Conrad.

Diable ! Cette femme lui faisait oublier la plus évidente des politesses. À ses côtés, Albert s'agitait déjà.

— Oui, répondit la jeune femme. J'imagine que vous êtes un de ses anciens camarades de régiment…

Cette lippe… Pouvait-on mettre plus de mépris dans un rictus ?

— En effet. Et j'imagine que vous êtes lady Baldwin.

À ses mots, un sourire – le premier – s'épanouit sur le visage renfrogné. Quand elle souriait, elle n'était plus du tout jolie. Elle devenait belle, d'une beauté piquante et dérangeante, de celle que la raison appelle à fuir car elle contient autant de promesses de plaisir que de désagrément.

— Margaret, prenez votre frère et allez chercher votre père. Puis-je vous conduire aux écuries ?

Où était sa place, apparemment… Albert lui jeta un regard circonspect, au comble de la gêne.

Les deux enfants étaient déjà partis vers le château, le chien trottinant derrière eux.

— Ne vous donnez pas cette peine, répondit Conrad, sur le même ton sec. Un de vos valets s'en chargera tout aussi bien.

— Pour l'amour de Dieu, murmura Albert à côté de lui.

— Nos valets ont mieux à faire, répondit la désagréable jeune femme. Et je suis là. Me croyez-vous incapable de vous indiquer le chemin des écuries, sir… ?

Elle se leva pour attendre sa réponse.

— Capitaine Conrad Filwick.

— Oh ! s'exclama-t-elle.

Et avant qu'il pût jubiler de l'éventuelle expression de gêne causée par cette révélation, elle précisa d'elle-même :

— Le cousin !

Où diable Henry était-il allé chercher cette harpie ? Elle avait l'allure et la tenue d'une jeune femme de la noblesse et s'exprimait comme un garçon de ferme mal dégrossi.

— Effectivement, chère cousine, répliqua-t-il.

Elle sourit de nouveau – elle devait absolument arrêter de sourire ainsi. Elle lui évoquait des sentiments qu'il avait déjà éprouvés, en d'autres circonstances. Il se sentait pris d'un subit désir de… il ne savait même pas. La gifler ? La faire ployer dans ses bras, juste pour le plaisir de la dominer ? La faire disparaître de sa vue ?

— Je ne suis pas votre cousine, rétorqua-t-elle. Ma sœur a cet honneur.

Et, alors qu'elle ouvrait la marche vers les écuries, elle tourna la tête pour ajouter :

— Je ne suis qu'une pièce rapportée d'on ne sait où et qui va se hâter d'y retourner.

Derrière lui, Albert eut un léger hoquet choqué, cette fois-ci. Il n'était pas loin d'éprouver la même chose, en plus de la surprenante envie d'y retourner avec elle.

Chapitre 2

Ethel

Ce château était-il une place de foire ? Dans sa chambre, Ethel ne décolérait pas. Écrire dans ces conditions relevait du tour de force ! Au moment où elle avait enfin la perspective de travailler tranquillement, un nouvel invité s'installait pour plusieurs semaines… En outre, cette fois-ci, ce n'était pas n'importe quel invité mais le cher Conrad, le cousin préféré de lord Baldwin, l'audacieux compagnon des jeux de son enfance, l'héroïque capitaine pourfendeur de Boers, comme il lui avait été notifié à plusieurs reprises depuis son arrivée.

— Notre tranquillité est compromise ! avait lancé son beau-frère avec une excessive gaieté, en accueillant le cousin inopportun dans l'entrée.

Il était rare de voir lord Baldwin s'égayer ainsi. La plupart du temps, il restait sur un quant à soi prudent, même avec ses enfants. À les voir côte à côte, le capitaine Conrad Filwick et lui, Ethel avait pu constater qu'ils étaient indéniablement de la même famille :

même haute taille, mêmes cheveux d'un noir profond, même regard bleu foncé. Mais le capitaine avait la mâchoire et les épaules plus fortes, la peau plus hâlée et l'air plus assuré que lord Baldwin.

Pour cause ! Un militaire ! Quel ennui ! Allait-elle être obligée d'écouter des récits de bataille tous les soirs ? Pour couronner le tout, il fallait se changer pour dîner en son honneur !

Pourquoi avait-elle accepté de séjourner chez sa sœur ? La réponse était évidente et la mettait encore plus en rage : si elle avait refusé l'invitation d'Amelia, elle aurait été obligée de rejoindre tante Vertiline dans le Somerset. Pauvre tante Vertiline qui l'avait réclamée au fil de ses lettres… Était-ce sa faute si elle était ennuyeuse à mourir ? Dans une lettre pleine de circonvolutions, elle avait expliqué à cette chère tante Vertiline qu'elle se devait d'être aux côtés de sa sœur bien-aimée durant l'été, la charge de la maison et des enfants étant trop lourde à porter pour de si délicates épaules. Tante Vertiline lui avait répondu qu'elle trouvait cette mode des séjours estivaux tout à fait inappropriée et même dangereuse. Son argument le plus développé était que l'homme n'était pas fait pour voyager à plus de cent miles de chez lui, la preuve en était ses jambes ridiculement courtes.

Elle n'allait évidemment apporter aucune aide à sa sœur cadette qui avait bien plus de sens pratique qu'elle et, surtout, nombre de domestiques. Par conséquent, elle comptait se consacrer à ce qu'elle faisait encore de mieux : élever les conversations par son babillage hautement spirituel et se tenir éloignée de toute considération matérielle.

Et écrire, évidemment. Après tout, depuis peu, elle était une autrice en vogue, même si personne ne le savait. Son roman délicieusement insolent *Miss Hashelwood et le pianiste* s'était épuisé en quelques semaines. Son éditeur lui avait envoyé une longue lettre dans laquelle il lui demandait un autre manuscrit et la félicitait de son succès «auprès des dames, essentiellement».

Or, depuis trois semaines, elle n'avait pas trouvé un instant pour débuter cette commande, ni pour faire preuve de son chatoyant *sens de l'à-propos* : la maison avait été envahie par un constant défilé de ce que le coin connaissait de plus friands en discussions insipides. Pasteur et femme de pasteur, veuves soulagées de l'être, couples de vieillards certes sans malice mais sans esprit non plus, jeunes filles à marier – et à gifler dans la même foulée –, mères de famille affublées de marmots répugnants…

— Oh, Amelia, avait-elle murmuré à sa sœur la veille. Si je dois encore avoir une conversation sur le temps qui se couvre, je te promets que tu me retrouveras noyée dans l'étang.

— Ne prends donc pas tout au tragique ! avait répondu Amelia. Il y a beaucoup de discussions sur le temps qui se terminent en discussions plus intéressantes.

— Sur quoi ? avait-elle ricané (et Amelia avait levé les yeux au ciel). La reproduction chevaline ?

C'était un des sujets préférés de lord Baldwin.

— Ce que tu peux être irrévérencieuse ! avait grondé

Amelia, avant de courir vers la nursery d'où sortaient des hurlements stridents, clôturant ainsi la conversation.

Oui, l'ennui la rendait ainsi, mauvaise et irrévérencieuse. Et échevelée, constata-t-elle devant sa glace.

Sa femme de chambre finit par entrer, avec cet air affairé qu'elle avait bien souvent lorsqu'elle s'était mise en retard sans raison acceptable.

— Madame… dit-elle d'un ton désolé. Qu'avez-vous fait à vos cheveux ?

Ethel contempla de nouveau le résultat dans son miroir. En effet, il y avait de quoi être désolée. Ce qui se dressait sur sa tête n'avait rien à voir avec de charmantes boucles à orner d'un ruban ou d'une fleur. On aurait dit qu'un mouton s'était assis sur son crâne. Elle soupira et s'assit pour se soumettre à la maîtrise d'Almyria, se préparant héroïquement à souffrir sous son peigne.

— Combien d'invités, ce soir ? demanda-t-elle à la jeune fille.

— Au moins six, madame.

— Six ? s'insurgea Ethel. Qui donc ?

— Monsieur le cousin de sir Baldwin, son ordonnance Albert Jefferson, lord et lady Archibald Clarendon, lady George Harrington et lord Theodore Harrington.

Le regard que lui lança Almyria à ce nom était sans équivoque. Ainsi, aux cuisines, on lui prêtait une intrigue amoureuse avec le jeune homme. Elle vit son visage rosir dans le miroir ; cette fois-ci, elle éprouverait un véritable plaisir à l'idée de revoir le très *fashionable* lord Theodore Harrington. Avec Theodore, aucune conversation ne s'éternisait en banalités. Il avait l'esprit vif et savait badiner sans jamais être niais, insolent sans jamais être vulgaire. En outre, il raffolait des livres à la mode comme elle et particulièrement de ceux qui faisaient scandale. La perspective de le revoir la rendit soudain plus docile.

Lorsqu'elle entra dans le salon, elle était donc coiffée et plus calme. Par chance, la première personne qu'elle vit fut lord Harrington, lequel devisait avec Amelia et lord Clarendon. Il portait un costume gris et une très jolie cravate couleur lavande que sa mère devait sans doute désapprouver. Ses cheveux blond-roux, coupés court, n'avaient pas accepté la stricte tenue qu'on avait tenté de leur donner et s'échappaient en boucles soyeuses, comme ceux d'un tout jeune homme. À la façon dont il parlait, le visage tendu vers Amelia, muni de ce redoutable charme dont il était parfaitement conscient, elle voyait qu'il prenait plaisir à la conversation. Elle s'avança, prête à mettre un peu de fantaisie dans leur tranquille ordonnance et à montrer ainsi sa joie de retrouver Theodore.

Elle fut vite arrêtée par le regard de lady Harrington et, puisqu'elle l'avait croisé, fut obligée de se soumettre à un semblant de convenance et alla la saluer. Dans sa robe de veuvage grise, ses cheveux gris également tirés en chignon, la mère de Theodore se tenait droite comme la justice à côté de son amie lady Clarendon, toute en rondeur et en soie mauve et bleu, ce qui lui donnait l'air d'un présentoir à sucreries, agréable et écœurant.

Lady Clarendon… Elle était si souvent là que c'en était à se demander si elle n'avait pas été construite avec le manoir… Ethel avait passé plusieurs dîners à côté de la vieille dame, à mourir d'ennui au récit de la vie de ses deux insipides filles et de leurs ennuis domestiques, tandis que lord Harrington et Henry tenaient une passionnante conversation sur la situation aux Indes.

Ethel s'avança à pas mesurés. À son approche, lord Harrington et lord Clarendon – rond comme sa femme, aimable et sans esprit – se levèrent avec empressement. Lord Clarendon aimait les jolis visages, comme il se plaisait à le répéter, et lord Harrington… eh bien, à en croire le regard qu'il lui jetait, ce n'était pas précisément son visage qui faisait l'objet de son admiration… Alors qu'il se penchait sur sa main, à la suite du vieux lord, le jeune homme accentua une œillade des plus insolentes. Frémissant d'impatience à l'idée de savoir ce qu'il avait entendu à Londres, elle lui répondit d'un sourire et, rendue complaisante par sa présence, s'apprêta à se montrer affable avec lord Clarendon aussi longtemps qu'on le voudrait. Mais Amelia avait déjà repris les rênes de la conversation, non sans l'avoir gratifiée d'un petit rictus de connivence.

L'instant d'après, Theodore rapprocha son fauteuil du sien et, sans se soucier du regard terrible de sa mère, lui murmura à l'oreille :

— Savez-vous ce que l'on dit à Londres ?

— Me voyez-vous à Londres en ce moment ? répondit-elle du même ton badin.

— Je l'ai souhaité, figurez-vous. Je me suis ennuyé, à un point… Londres devrait être interdite en été.

— Est-ce là votre grande nouvelle ?

Le regard de Theodore s'illumina durant un bref instant.

— Non, évidemment… On dit que le nouveau roman d'une certaine Emily Starling est tout à fait scandaleux.

Elle retint un rire narquois. Elle connaissait déjà le nouveau roman d'Emily Starling. Elle l'avait écrit.

— La marquise de Salisbury l'aurait caché dans son boudoir.

— Il doit être en bonne compagnie, répliqua Ethel.

— Et lu à plusieurs voix.

Cette fois-ci, elle ne put contenir son rire. À peine avait-elle refermé la bouche qu'elle s'apercevait que tous les convives, même ceux qu'elle n'avait pas encore vus, s'étaient tus et la regardaient. Celui qui la contemplait avec le plus d'attention amusée, debout près de la cheminée avec Henry, était évidemment le capitaine Filwick.

— Connaissez-vous le cousin de lord Baldwin ? chuchota-t-elle à Theodore.

— Non, figurez-vous. Il a passé dix ans en Afrique. Il est revenu pour se marier.

— Vraiment ? À qui ?

— À qui voudra, je suppose. Le trouvez-vous bel homme ?

— Mon Dieu, lord Harrington ! Quelle question !

— Le trouvez-vous plus à votre goût que moi ?

Elle le contempla pour voir s'il riait. Au contraire, il affichait une expression impassible, presque sérieuse.

— Je ne trouve personne plus à mon goût que vous,

lord Harrington, répondit Ethel. Je vous trouve si charmant que je voudrais vous enfermer dans une vitrine pour vous contempler à ma guise tous les jours. Vous seriez parfait en petite porcelaine, à côté d'une petite bergère en sucre, caressant un mouton enrubanné.

Lord Harrington émit un gloussement.

— Le contraire me plairait bien plus.

— J'avais une porcelaine de la sorte, dit soudain lady Clarendon en tendant la tête entre eux deux, les faisant sursauter. Un prince et une bergère. Figurez-vous que le chat de ma Beatrice l'a cassée. Je la regrette fort. Je ne l'ai retrouvée nulle part. Où avez-vous eu la vôtre ?

Ethel eut un instant d'incompréhension qui lui fit ouvrir de grands yeux, sans doute fort stupides.

— Votre bibelot, où l'avez-vous trouvé ? insista lady Clarendon.

— Mais ici même, lady Clarendon ! Ici même ! s'exclama Ethel joyeusement. Ce n'est d'ailleurs pas un bibelot, savez-vous, c'est plutôt, il faut bien l'avouer, une babiole !

— Une pièce de maître ! s'écria à son tour Theodore Harrington. Un chef-d'œuvre !

— Oui, un chef-d'œuvre de joliesse, en effet. Il n'a qu'un défaut, cependant.

Et comme lord Harrington et lady Clarendon l'interrogeaient du regard, l'un amusé, l'autre curieuse, elle ajouta :

— Il sonne creux.

Elle entendit le rire de lord Harrington. Il n'était décidément pas rancunier, pour peu qu'on l'amusât.

— Vous me paierez celle-là, lui murmura-t-il à l'oreille, alors que l'on annonçait le dîner.

Elle espérait bien que oui. Le dîner, en tout cas, pouvait s'avérer moins ennuyeux que ce qu'elle en avait présagé.

Chapitre 3

Conrad

Conrad leva un sourcil, alors qu'il se levait pour rejoindre le fumoir où son cousin l'entraînait, pressé de reprendre le minutieux catalogue de leurs souvenirs. Cette femme ne cesserait-elle donc pas de rire ? Ce rire, qu'il avait entendu toute une partie du dîner, était une rivière d'eau fraîche dans la chaleur de ce début de soirée… Claire et sans interruption. Le jeune Harrington devait être hilarant, pour qu'elle ne cessât de la laisser jaillir au mépris des convenances…

D'une oreille, il avait écouté Henry décrire à Albert l'ensemble de sa propriété, faute de meilleure conversation – il était évidemment hors de propos d'évoquer leurs campagnes devant des dames. De l'autre, il avait savouré ce rire, se prenant même à rêver qu'il en fût l'initiateur. Il comprenait pourquoi Harrington se pressait ainsi auprès de la jeune femme, au détriment de la maîtresse de maison et de sa mère qui pinçait les lèvres en face de lui. On avait visiblement fait en sorte qu'ils fussent réunis. Le plan de table défaiait toutes les règles de politesse en vigueur mais Henry ne semblait pas s'en soucier, trop heureux d'avoir leur compagnie. Quant à sa femme…

Comment son impétueux cousin, amateur de femmes, aventureux au point d'en être téméraire, avait-il pu épouser cette petite chose douce et blanche, au regard brun, qui croisait sagement les mains sur ses genoux et penchait la tête lorsqu'on lui parlait ? Il devait terriblement s'ennuyer à ses côtés… Henry qui affirmait à seize ans que jamais il n'accepterait un mariage de raison… La fille du vicomte Halsworth avait dû être assez bien dotée, pour qu'il acceptât de passer le reste de ses jours avec une créature qui tenait plus du mouton que de la bergère. Pourquoi n'avait-il pas eu l'idée de jeter son dévolu sur l'aînée dont Conrad avait entraperçu l'esprit pétillant et l'impudence ?

Encore à cet instant, son rire infernal volait au travers de la pièce, alors que Harrington lui présentait le bras pour sortir de la salle à manger, dans l'espoir sans doute de continuer la soirée avec elle. Elle paraissait beaucoup s'amuser avec ce gamin… Conrad, bien malgré lui, ne pouvait s'empêcher d'en ressentir une pointe de jalousie, dont Henry le sauva :

— Vous venez avec nous, n'est-ce pas, Harrington ? J'ai fait servir du brandy au fumoir.

Le jeune homme n'avait pas d'autre choix que de les suivre, lâchant à regret la compagnie de la jeune femme qui lui assurait qu'elle trouverait bien le salon toute seule. La façon dont elle le renvoyait, pleine d'amusement et de condescendance, rassura Conrad – pourquoi avait-il donc besoin d'être rassuré, exactement ? – car il voyait bien qu'elle le prenait pour un enfant. Ce qu'il était sans aucun doute. Quel âge pouvait-il avoir ? Vingt-trois, vingt-quatre ans ? Pas beaucoup moins qu'elle, au fond. Il était normal qu'ils s'entendissent, même si l'âge chez la femme et chez l'homme ne comptait pas de la même façon.

En pénétrant dans le salon réservé aux hommes, il regrettait déjà que le dîner fût terminé. Certes, il était heureux de retrouver Henry mais, il fallait bien l'avouer, il avait eu assez de présence masculine pour le restant de ses jours… En outre, il avait apprécié la compagnie de lady Clarendon, à côté de qui il était assis et qui l'avait entretenu de ses parents qu'elle avait bien connus. Sa mère, en particulier, avait été son amie lorsqu'elles étaient jeunes filles. Il avait aimé qu'elle lui détaillât des aspects d'une vie oubliée depuis longtemps : la robe que portait sa mère lors d'un dîner, l'ordonnancement de leur jardin, le service en porcelaine dont il avait cassé plusieurs tasses, enfant… Durant un long moment, il en avait même oublié ce rire qui ne cessait pourtant de tinter à l'autre bout de la table.

À présent, son verre de brandy à la main, il écoutait Henry et Albert parler de leur fameuse campagne. Le jeune Harrington et Clarendon discutaient, probablement de Londres et de leurs affaires, assez loin pour ne pas les déranger. Cependant, Conrad ne prêtait attention ni aux uns ni aux autres, perdu dans ses pensées. Le souvenir de sa mère, évoqué par lady Clarendon, l'avait ému. Elle était morte alors qu'il était loin d'elle, lors de cette année de guerre en Afrique du Sud qui avait marqué le début de sa vie militaire. William lui avait écrit une lettre brève pour le lui annoncer. Les funérailles avaient déjà eu lieu au moment où il avait reçu cette lettre. Il avait tenté de se souvenir du visage de leur mère, en vain. Tout ce qui lui venait, c'était un parfum de lys et une intonation de voix qui s'étaient échappés presque aussitôt. La lettre à la main, assis sur son lit, il était resté seul avec son chagrin et ses regrets. Le lendemain, il s'était jeté dans la bataille. Il avait assisté à des morts plus concrètes, dont celle du frère aîné d'Albert, presque dans ses bras.

— C'était une bien belle soirée, n'est-ce pas? demanda Henry, le tirant de ses tristes pensées.

— En effet, répondit Conrad, sans conviction.

Il n'avait aucune idée de la soirée à laquelle il pouvait faire allusion.

— Évidemment, je t'ennuie, reprit Henry. Tu as beaucoup de hauts faits à me raconter, plus intéressants que nos souvenirs.

— Je n'ai rien de bien glorieux à raconter et ce ne sont pas encore des souvenirs pour moi. La vie qui m'entoure maintenant m'intéresse bien plus. Dis-moi ce que tu as fait pendant dix ans et par quel miracle je te retrouve à la campagne, marié et père, toi qui jurais que tu ne t'établirais pas avant tes quarante ans…

— Tu vas vite t'en rendre compte mais faire prospérer un domaine prend énormément de temps. L'agriculture est un sujet vaste et qui demande un intérêt quotidien. On ne peut pas s'en occuper sérieusement depuis Londres ni s'en remettre à quelqu'un d'autre, figure-toi. Quant au reste…

— Ta femme est charmante, le coupa Conrad.

Un éclair parcourut les yeux bleus de son cousin. Ils se connaissaient trop bien et depuis trop longtemps pour ne pas savoir que ce genre de formule polie entre eux cachait une ironie qui les aurait sans doute jetés dans une bagarre des années plus tôt.

— Et toi, maintenant que tu es à la retraite, comptes-tu te marier ? demanda Henry, avec une franchise si brutale que le réservé Albert roula des yeux à côté de lui.

— C'est en effet une idée qui m'a traversé l'esprit. Vas-tu jouer les marieurs, toi aussi ? Ma belle-sœur revendique ce titre.

— ... cette chère Catherine, l'interrompit Henry. Dire qu'à une époque, elle rougissait lorsque tu l'approchais. Voilà qu'elle joue les mères désireuses de marier le petit dernier...

Conrad sourit. Albert avait profité du tour plus intime de la conversation pour se joindre aux deux autres hommes. Le pauvre garçon devait être au comble de la gêne. Conrad se pencha vers son cousin, retrouvant les intonations de leurs anciennes confidences :

— Elle avait de quoi rougir. Nous étions affreux... La meilleure décision qu'elle ait prise a été d'épouser le moins sauvage d'entre nous. Et pourtant...

Pourtant, il l'avait courtisée, tout comme Henry, du haut de leurs dix-huit ans, en petits coqs sûrs de leur victoire. Henry, toujours plus impétueux que ses cousins, avait même essayé de lui voler un baiser, un jour qu'ils se promenaient autour de l'étang. À la façon dont William avait fini par les rosser, ils avaient compris que leur petit jeu de conquête amoureuse avait la forme d'un profond attachement pour lui. Depuis cette rouste dont ils se souvenaient désormais tous deux en riant, ils n'avaient plus jamais traité Catherine autrement que comme la jeune lady qu'elle allait devenir.

— Mais il y a quelque chose que tu ne sais pas, dit Henry, en baissant la voix pour être sûr de ne pas être entendu de Harrington ni de Clarendon. Ce jour-là, quand l'imbécile que j'étais a essayé de l'embrasser, Catherine m'a donné une fameuse gifle. J'ai eu un bourdonnement dans l'oreille pendant plusieurs jours et je t'assure que même sans la volée que nous a donnée William, je n'aurais pas tenté le diable de nouveau !

— Ma nièce Elizabeth tiendrait donc plus de sa mère que des Filwick, sourit Conrad.

Il revoyait sa belle-sœur, à seize ans, longue fille brune aux dents éclatantes, désespérée par les taches de rousseur qui lui parsemaient les joues, même en hiver. De toutes les jeunes filles de leur entourage, elle était celle qui possédait le plus de charme. Depuis leur enfance, la silhouette de William, attentive et protectrice, se trouvait dans le sillage de Catherine. Conrad leur enviait cet amour évident qui n'avait rencontré aucun obstacle et, il fallait bien l'avouer, il enviait cette femme aimante et toujours joyeuse à son frère aîné.

— Il est fort dommage que Catherine n'ait pas de sœur, ajouta-t-il, toujours souriant.

— Amelia en a une… avança Henry.

Oui, une sœur dont le rire aurait dû être interdit…

En effet… Conrad but une gorgée de brandy, pour se donner un semblant de contenance, alors que Henry l'observait, un demi-sourire aux lèvres.

— Vit-elle avec vous ? demanda Conrad, sur le ton bien trop emprunté de la conversation.

— Non, pour l'amour de Dieu, non… Elle n'est là que pour quelques semaines puis elle retourne à Londres, chez mon beau-père qui est en Italie pour trois mois.

Conrad voyait bien de quelle situation il s'agissait. Dans quelques familles de l'aristocratie, il restait une fille à marier, trop insolente ou trop laide pour être supportée par un homme et assujettie pour le reste de sa vie à la tutelle d'un père ou d'un frère. Ethel ne pouvait certainement pas être qualifiée de laide. En revanche, il ne faisait nul doute que son ironie et sa totale indifférence des convenances avaient dû faire fuir les prétendants que son rire infernal aurait pu attirer. Attirer, c'était le mot. Comme des papillons sur une flamme.

— Le vicomte s'est sans doute fait une raison, ne put-il s'empêcher de lâcher.

— Se pourrait-il que tu ne connaisses pas l'histoire ? s'enquit Henry.

Il présentait un visage à l'expression à la fois soulagée et conspiratrice. Conrad secoua la tête.

— Ma belle-sœur est veuve depuis six ans. Elle avait contracté un mariage d'amour tout à fait romanesque. Une affaire qui a secoué toute une partie de Londres car mon beau-père possède une assez jolie fortune et Ethel, en tant qu'aînée et malgré son fort caractère, était très courtisée. Elle a repoussé tous les partis qu'on lui proposait pour épouser… le fils d'un horloger, Hugh Stafford.

— Je connaissais Stafford, le père. C'était un véritable virtuose dans son domaine. Il était l'horloger de notre bonne reine Victoria. Que s'est-il passé ?

— Ils sont partis en voyage. Stafford, le fils, est mort d'une pneumonie, à Milan. Une maladie de femme, aurait dit mon père…

Conrad retint un rictus de mépris. S'il adorait Henry, il avait toujours eu une profonde aversion pour son oncle, un homme dur en paroles et faible en actes. Sa tante, la sœur de son père, avait été malheureuse sous sa gouverne. Il s'en souvenait comme d'une femme chétive, toujours inquiète, qui n'osait même pas donner de tendresse à Henry lorsqu'elle était seule avec lui parce que son mari estimait qu'il fallait l'endurcir.

— Tu penses bien qu'après ça et malgré la jolie dot que mon beau-père a récupérée en même temps que sa fille, les prétendants ne se pressent pas.

— Le vicomte souhaite-t-il qu'elle se remarie ?

Henry eut un geste vague.

— Il n'en a rien dit. Mon beau-père est d'une faiblesse incroyable dès qu'il s'agit de ses filles. En outre, c'est un original, avec des idées impossibles sur l'éducation. Elles ont beaucoup voyagé à ses côtés et appris uniquement de lui. Il y a eu des conséquences. Fort heureusement, Amelia a gardé un tempérament calme et facile.

— Elle en a l'air, oui, admit Conrad, sans difficulté.

— Voilà le genre d'épouse que tu devrais chercher, lui conseilla Henry.

— Hélas, tu as été plus rapide que moi, cette fois-ci, répondit Conrad.

Henry releva la boutade d'un sourire et, lassé de parler de sa belle-sœur, interpella Albert pour sommer le pauvre jeune homme de raconter quelque histoire embarrassante sur le capitaine.

Tout en écoutant son ordonnance décliner poliment l'ordre, et Henry insister sans s'émouvoir de son embarras, Conrad se fit la réflexion que son cousin paraissait parfaitement heureux avec son petit mouton de femme, pour une raison qui lui échappait complètement. De toute façon, il devait bien se l'avouer, il n'en savait pas plus sur le mariage que sur l'agriculture.

Chapitre 4

Ethel

Ethel ouvrit en grand la fenêtre de sa chambre. La chaleur devenait presque insupportable et rendait l'attente du sommeil encore plus exaspérante. Quelle idée, de séparer ainsi les hommes et les femmes… Ces messieurs continuaient de rire au fumoir, tandis qu'elle avait dû prétexter un mal de crâne épouvantable pour s'enfuir le plus loin possible de la terrible conversation de lady Harrington et lady Clarendon. Terrible, oui… La première par les pièges qu'elle lui tendait : « Nous n'avons pas les mêmes idées sur les choses domestiques, une fois que nous avons été mariées, n'est-ce pas ? » « Mon frère est à Milan en ce moment. Vous connaissez Milan, je crois… »

Évidemment, elle connaissait Milan… C'est là que Hugh était mort et la vieille jument n'était pas sans l'ignorer. Elle avait presque failli faire un faux pas. Son cerveau la trahissait si souvent, lorsqu'elle se retrouvait en présence de ces abominables mères la morale… Elle avait résisté à l'envie de la faire taire : « Je connais fort bien Milan, mon mari y est mort dans mes bras. Je porte toujours le mouchoir qui a reçu sa dernière expectoration de sang. Souhaitez-vous le voir ? »

Les yeux épouvantés d'Amelia l'avaient arrêtée net. Elle avait promis de bien se tenir. Promis. Avec un sourire tout à fait exagéré – Amelia se tordait les mains devant elle – elle s'était contentée de murmurer : « Une ville magnifique… » avant de se tourner vers lady Clarendon qui avait mis le coup de grâce à sa patience en lui parlant du capitaine Filwick : « J'ai bien connu sa mère avant qu'elle n'épouse Filwick. Elle peignait fort bien. Elle avait un chat blanc et noir qu'elle appelait Daisy et qui avait le droit de monter sur les fauteuils. Elle a eu beaucoup de mal à élever Conrad, ce cher enfant. Connaissez-vous Filwick House ? »

Ethel ne connaissait pas Filwick House et se fichait du nom du chat de lady Filwick. Les yeux perdus dans la profondeur insondable de son thé depuis long-temps refroidi, elle regrettait amèrement l'absence de Theodore, de Henry, même du capitaine… bref, de n'importe quel homme capable de la sortir de cet enfer ! Des princesses se faisaient sauver pour moins que ça.

Désormais délivrée – par elle-même, merci –, accoudée au balcon de sa chambre, elle contemplait les arbres qui bordaient le parc et que la lune éclairait faiblement. L'odeur des jasmins montait jusqu'à elle. Amelia adorait le jasmin et, par un miracle qu'elle avait dû lui expliquer sans qu'elle l'écoutât vraiment, avait réussi à le maintenir en vie pour embaumer le pas de porte.

La nuit était idéale pour se promener mais Almyria l'avait déjà aidée à se préparer pour son coucher. Elle ne pouvait prendre le risque de tomber sur un de ses messieurs en chemise de nuit ni n'avait le courage de se rhabiller seule. Elle se contenta donc de contempler le parc, à regret, humant le moindre souffle d'air qui se présentait. Le jardin plongé dans les rayons de lune respirait la rêverie, la liberté et le mystère de toute une vie qu'elle entendait sans la voir. Elle avait connu des nuits telles que celles-là, lorsque Hugh était encore en vie. Des nuits trop chaudes pour dormir, trop chaudes pour tout, durant lesquelles ils cherchaient la fraîcheur où elle était, voluptueux sans dessein, dans la chaleur bourdonnante. Ils se repoussaient à regret, durant ces nuits-là et savouraient le silence, côte à côte, chastes et ensuqués.

Hugh adorait le silence de la nuit. La nuit était son élément, à tel point que parfois, elle lisait dans ses yeux que même sa présence lui était vaguement odieuse.

Pour la première fois depuis longtemps, il lui manqua et ce manque devint presque palpable. Il lui sembla qu'il suffirait de se retourner pour le voir allongé sur le lit, le regard perdu sur la soie du baldaquin, heureux de sa solitude. Il la considérerait soudain – la discrétion n'avait jamais été le fort d'Ethel – et se forcerait à lui sourire, avant de lui ouvrir ses bras, résigné à partager ses silences avec elle.

Elle chercha des larmes qui pussent l'apaiser, en vain. Elle avait déjà bien trop pleuré. C'était là son secret le plus farouchement protégé. En public, elle avait toujours réussi à garder un visage froid, même quand tout en elle hurlait de douleur. Personne ne le savait, à part son père et Charlotte, leur femme de chambre. Personne dans son milieu n'avait imaginé qu'on pleurât le « fils d'un horloger ». Elle avait pourtant sangloté de longs mois, à en tomber épuisée, presque évanouie. Depuis, ses larmes avaient tari. Elle se lamentait sur elle-même, les yeux secs.

Six ans… six ans de veuvage, de retraite forcée… et la perspective de toute cette solitude qu'elle n'aimait qu'en journée. À quoi servait la nuit d'été, si c'était pour être aussi seule ? À quoi bon l'odeur du jardin, le bourdonnement des insectes, la volupté de l'obscurité parsemée de la faible blancheur des fleurs ?

Elle allait rentrer, lorsqu'un sifflement discret s'éleva depuis le bosquet. Elle aperçut des boucles blond-roux et une main qui s'agitait vers elle.

— Harrington ?

Le jeune homme sortit sur la pelouse, devant le jasmin.

— N'êtes-vous pas censé vous trouver à partager de passionnantes anecdotes de chasse au fumoir ?

Il sourit, le visage levé vers elle, éclairé par la lune.

— Oh, vous savez, la chasse à Londres…

— De toutes formes de chasse…, répondit-elle, avec un petit geste qu'elle voulait insolent mais qui lui donna plutôt l'air d'écarter une mouche.

En termes d'insolence, Theodore Harrington n'avait rien à prouver à personne. Il lui offrit son rictus le plus joliment espiègle et répondit, d'un ton crâne :

— Que savez-vous des discussions de fumoir ?

— J'en sais peut-être autant que vous, mon jeune

garçon. Je sais aussi que votre mère vous attend pour que vous la rameniez saine et sauve et qu'il serait impoli, voire cruel, de la laisser s'endormir dans un fauteuil du salon, à son âge.

— Ma mère est en train d'assommer votre sœur avec les rénovations de notre toit. Et moi, j'ai oublié de vous donner le cadeau que je vous ai apporté de Londres.

Ethel sourit.

— Vous me le donnerez demain.

— Demain, demain… je ne serai peut-être plus là.

— Ne soyez pas stupide, Harrington, répliqua Ethel, plus amusée qu'agacée. Vous serez là demain et nous aurons le temps de parler en nous promenant.

Theodore eut l'air déçu mais pas vaincu. Une lueur diabolique parcourut son regard et il dit, d'une voix suave :

— Me permettez-vous au moins de rendre hommage à votre beauté, là, à ce balcon, dans cette toilette qui…

— Vous n'oserez pas, gronda Ethel.

Elle avait oublié qu'elle était en chemise de nuit, durant toute leur conversation. Un premier mouvement la poussa à reculer pour se dérober au regard amusé du jeune lord mais sa fierté fut plus forte, comme souvent. Il était hors de question qu'elle montrât de la gêne devant un garçon qui était de cinq ans son cadet.

— Que n'oserais-je pas ? commença-t-il. Cette lueur dans le regard…

Elle présageait le pire.

— Vous dire que… Mais doucement ! Quelle lumière jaillit par cette fenêtre ?

Elle sentit le sang lui quitter le visage. Ce petit

crétin était bel et bien en train de lui déclamer du Shakespeare, d'une voix assez forte pour alerter le garde, voire les messieurs du fumoir.

— Elle vient de la lampe de ma chambre, Harrington ! Et je vous assure que vous allez la prendre sur la tête si vous ne vous taisez pas immédiatement !

— Eh bien, descendez, sourit Theodore.

— Certainement pas !

— Alors, lève-toi, belle Aurore, et tue la lune jalouse…

— Allez-vous vous taire ?

Les blagues de Harrington étaient décidément plus drôles lorsqu'elles portaient sur les autres.

— Rejoignez-moi…

— En pleine nuit et en chemise ? Avez-vous perdu le sens commun, mon petit ?

Le rabaisser ne servit à rien. Bien au contraire, il prit une grande inspiration pour écorcher de nouveau le monologue de Roméo, avec un débit qui tenait plus de la harangue de foire que du jeu d'acteur :

— Voilà ma dame ! Oh ! voilà mon amour ! Oh ! Si elle pouvait savoir…

— Je descends ! lança Ethel, au comble de l'agacement.

Un rire lui répondit.

— Elle parle !

— Mais pour vous gifler !

— Oh, parle encore, ange resplendissant !

Avec un grondement exaspéré, elle fit volte-face et rentra dans sa chambre pour attraper, malgré la chaleur, son peignoir de coton, un cadeau d'Amelia, et qui n'avait de ce fait rien d'indécent. Après s'être assurée que personne n'arpentait le couloir, elle courut jusqu'à la porte de l'escalier des domestiques pour descendre les marches à tâtons, sans lumière, pestant autant qu'elle pût contre cette idée stupide qu'elle avait eue de favoriser cette intimité railleuse entre Harrington et elle. Les garçons de cet âge étaient prêts à tout pour se faire remarquer et se donner l'illusion qu'ils pouvaient tout se permettre !

Le petit jeu de cache-cache auquel elle se livra pour traverser l'entrée des domestiques sans être vue par eux la calma un peu. Il y avait quelque chose d'amusant à sortir la nuit, au nez et à la barbe de tous. L'entreprise lui rappelait ses escapades nocturnes d'enfant. D'innocentes et aventureuses escapades pour regarder les étoiles dans la cour de l'hôtel de son père. Les étoiles londoniennes, clairsemées et comme voilées de fumée, la remplissaient de ravissement, presque autant que le sentiment de liberté qu'elle éprouvait. Rien qui pût être comparé à ce moment précis, cependant. Elle n'était plus innocente et elle savait que Harrington ne comptait pas qu'elle le fût, pour avoir osé se planter ainsi sous son balcon et hurler comme un écorché.

L'herbe asséchée par la chaleur lui rappela qu'elle était pieds nus. Elle longea le petit sentier de sable qui séparait les bosquets des jasmins et menait sous ses fenêtres mais sans apercevoir Harrington. Était-il parti ? Avait-il été obligé de fuir ? Devait-elle se sentir soulagée ? L'idée qu'il se fût enfui l'amusait un peu. Elle pourrait le lui rappeler le lendemain, par subtiles allusions, pour le faire enrager. En revanche, la perspective de se retrouver nez à nez avec Henton, le garde de sir Baldwin, l'amusait nettement moins. Non seulement il était bourru à faire peur, mais d'une loyauté à toute épreuve. Il ne manquerait pas d'en informer Henry, même si elle essayait de lui faire garder le secret. Il l'avait déjà dénoncée une fois, pour cette grossière histoire de portail qu'elle avait oublié de fermer et qui avait permis à Whitey, la chèvre des enfants, de se faire une orgie des plates-bandes qui bordaient l'allée principale.

Un mouvement derrière elle la fit sursauter. Elle n'eut pas le temps de crier. Un bras lui encercla la taille et la tira en arrière, vers le bosquet devant les arbres. L'instant d'après, elle était face à cet idiot de Theodore Harrington qui lui présentait son visage le plus hilare. Son premier réflexe fut de le gifler, ce qui n'effaça pas son sourire goguenard, hélas, car le geste avait largement manqué de fermeté. Elle ne pouvait pas dire qu'elle perdait la main ; elle n'avait jamais giflé un homme auparavant.

— Lord Harrington ! s'exclama-t-elle, furieuse. À quel moment vous ai-je laissé croire que vous étiez en droit de me traiter comme une fille ?

— À aucun ! s'insurgea le jeune homme. Mais avouez que l'entreprise ne manquait pas de panache !

— Du panache ? Vous m'avez fait un odieux chantage ! Vous m'avez menacée de me déshonorer !

Harrington sourit de nouveau, d'un autre sourire qu'elle lui connaissait bien et auquel il était difficile de résister. Il fallait bien tout le charme de ce sourire pour faire passer les horreurs dont il était capable.

— Pas encore, il me semble, murmura-t-il.

— Vous ne me faites pas rire.

Il était si proche d'elle qu'elle sentit son souffle sur sa joue. Elle frémit. Elle n'avait pas été dans une telle promiscuité avec un homme depuis Hugh. Six ans ! Cela faisait six ans qu'elle n'avait pas senti un souffle sur sa joue ou une main autour de sa taille. Et celle de Theodore y était toujours. Elle se dégagea brusquement. Un bref instant, il eut une expression dépitée puis il retrouva un peu de sa nonchalante arrogance. Ils se ressemblaient beaucoup, au fond.

— Je vous faisais rire avant de partir pour Londres. Je veux bien avouer que j'ai été grossier.

— Vraiment ? persifla-t-elle.

— Mais je n'avais pas d'autre solution pour vous voir seule quelques instants.

— Je me contente assez bien de vous voir entouré.

— Vous êtes cruelle. Si vous saviez… j'ai évincé la moitié des héritières de Londres, car je ne pensais qu'à vous. Et vous, avez-vous pensé à moi ?

— Pas plus que de raison. Mais maintenant que vous me le dites, j'aurais dû employer ce temps à éprouver de la compassion pour les malheureuses jeunes filles qui ont croisé votre route et eu à faire à vos manières cavalières.

— Je vous assure qu'aucune de ces jeunes filles n'était malheureuse et que je suis le plus à plaindre. Leurs stratégies pour m'arracher un quelconque intérêt auraient dû les faire rougir de gêne. L'une d'elles, la puînée d'un comte, a même essayé de noyer sa cousine dans la Tamise pour être la seule en lice.

— Vous en parlez comme s'il s'agissait de chevaux de course !

— Je vous jure qu'il n'y avait pas besoin de les monter pour…

Ethel laissa échapper un hoquet de rire, bien malgré elle.

— Vous êtes infect, Harrington.

Encore ce sourire. Sans doute travaillé depuis l'enfance.

— Je ne suis pas infect. Je suis fou amoureux de vous.

Il s'approchait dangereusement.

— Harrington…

— Arrêtez donc de m'appeler Harrington comme le ferait un franc camarade !

Elle prit garde de ne pas laisser paraître sa satisfaction. À plusieurs reprises, elle lui avait parlé de cette « franche camaraderie » qui les unissait, jouant en toute conscience de cette hypocrisie placée au bon moment – en général quand il menaçait d'outrepasser les règles de bienséance.

Elle regrettait un peu ce petit divertissement, à présent. Elle ne pensait pas qu'il eût pris leurs petites joutes pour autre chose qu'un jeu destiné à leur faire passer le temps dans cette ennuyeuse campagne. Elle recula d'un pas. Derrière elle, le tronc de l'arbre qu'elle rencontra n'avait rien de rassurant, bien au contraire. Elle était coincée, en chemise de nuit, entre Theodore Harrington et un arbre qui n'avait rien demandé de tel, lui non plus.

Elle devait trouver quelque chose pour sortir de

cette situation en évitant une brouille, d'autant plus fâcheuse que Theodore était son unique secours face à l'ennui. Theodore qui avait avancé, lui aussi, et dont les yeux brillaient…

— Vous m'avez parlé d'un cadeau, il me semble, dit-elle précipitamment.

Elle n'avait rien trouvé de mieux mais, à sa décharge, les yeux de Theodore, son sourire infernal, ses mains qui s'approchaient de sa taille avaient coupé court à toute spiritualité.

— Oh, c'est vrai ! répondit-il.

Il fouilla dans sa poche droite de veste, puis la gauche, puis de nouveau la droite.

— Je l'ai perdu.

En même temps que sa superbe, visiblement.

— Qu'était-ce donc ? demanda-t-elle, soudain plus curieuse qu'elle ne l'aurait voulu. Un bijou, j'espère, puisque vous me prenez pour une cocotte !

— Mieux que ça, rétorqua-t-il. Le fameux roman d'Emily Starling !

— Mon pauvre Harrington… souffla-t-elle, en frémissant de rire, cette fois-ci.

Lui avait-il apporté son roman ? Son propre roman ? En cadeau ? Son scandaleux et amusant roman ?

— Je mesure toute votre jeunesse, à cet instant précis, reprit-elle non sans une certaine délectation.

Il lâcha un soupir désolé.

— Vous ne savez pas à quel point. Si je l'ai perdu dans la calèche et que ma mère tombe dessus, c'en est fini de ma tranquillité.

— Si vous l'avez perdu dans le salon et que mon

beau-frère tombe dessus, c'en est fini de la mienne. Vous pensez bien qu'il imaginera que c'est moi qui l'ai apporté. Allez, ajouta-t-elle devant son expression embêtée. Je porte à votre crédit l'intention, qui était sans doute de m'amuser et non pas de me plonger dans le vice de cette littérature honteuse. Nous devrions nous dire au revoir maintenant. Votre mère vous attend et je n'ai pas envie qu'on nous trouve dans cette situation incommodante, si je me vois en plus soupçonnée d'apporter des livres immoraux dans un honnête foyer. Nous nous empresserons d'oublier cette mise en scène amusante que vous avez imaginée pour me faire votre cadeau et redeviendrons les amis que nous avons toujours été.

Elle était très fière de son discours, qu'elle trouva à la fois sérieux, chaleureux et raisonnable. Pour preuve qu'il l'était, Theodore hochait la tête devant elle, les yeux baissés, parfaitement contrit. Puis il les releva brusquement, eut une moue amusée et répondit :

— Vous n'avez aucune idée de ce que le mot amitié signifie.

Avant de l'embrasser, sans qu'elle eût le temps de réagir.

Chapitre 5

Conrad

Après cette première soirée, Conrad était plus que surpris, lui aussi, mais pour de tout autres raisons. Il s'était persuadé que le calme d'une vie à la campagne lui serait bénéfique et qu'il suffirait de l'accommoder de parties de chasse, de camaraderie remuante avec Henry et de quelques visites aux voisins de son âge. Il avait sans doute surestimé son pouvoir de conviction.

La vérité s'était étalée devant lui, dans ce fumoir : Henry était devenu un bon propriétaire terrien, à la mine tranquille, derrière laquelle on sentait la nostalgie de la jeunesse et du mouvement. Le jeune Harrington, mélange du dandysme londonien et de la routine du Northamptonshire, ne ressemblait en rien aux jeunes hommes qu'ils avaient été, préférant visiblement la discussion à l'action. Lord Clarendon était trop vieux, William trop occupé – William n'avait jamais été turbulent, de toute façon, quoi qu'en dît feu leur père. Quant à Albert, il paraissait particulièrement heureux de tout ce repos à venir, vu la façon gourmande et

muette dont il avait parcouru les rayons de la bibliothèque de Henry. Conrad allait devoir se résoudre à
faire du cheval. Beaucoup de cheval. Seul. Dans cette
campagne anglaise qu'il connaissait par cœur.

Pour le moment, il avait bien trop bu. Il se sentait
étourdi et fatigué et la trop longue station immobile
avait fini par provoquer des élancements dans sa
jambe. Une promenade dans le jardin, de nuit, lui avait
semblé nécessaire. Son médecin lui avait conseillé de
marcher, lorsque la douleur était encore supportable,
pour enrayer les crises.

Il marchait donc en pestant. Il en venait presque
à regretter la fraîcheur des nuits d'Afrique du Sud.
Avait-on idée d'avoir un temps pareil en Angleterre,
sans un souffle de vent ? pensait-il, avec une parfaite
mauvaise foi, quand des voix étouffées lui parvinrent,
depuis un bosquet sur le côté. Par réflexe, il quitta le
sentier de sable pour se mettre à l'abri de l'obscurité.

Les voix se turent, brusquement. Se rapprochant,
il aperçut deux silhouettes collées l'une à l'autre,
contre un arbre. Un homme, en costume sombre et
une femme, tache blanche contre le tronc, en charmante posture. Ou incommodante, selon. L'homme
devait être Harrington, il reconnaissait ses ridicules
boucles blondes. La femme… Il avait du mal à la voir,
Harrington la cachait, bien évidemment. Et ce baiser
durait bien plus qu'il ne l'aurait dû, étant donné les
circonstances.

Lorsqu'ils se séparèrent, il la reconnut aussitôt.
Même à cette distance, il était capable de discerner
son regard vert clair qui dardait son jugement railleur

sur ses interlocuteurs. Il sourit. La sœur de sa cousine était donc bien la jeune femme affranchie que son rire laissait présager. Mais avec Harrington... Le désœuvrement poussait à bien des extrémités... Il avait imaginé qu'elle eût meilleur goût, même si son expérience des femmes l'avait depuis longtemps instruit sur leur manque de discernement dès qu'il s'agissait d'affaires de cœur ou, plus vraisemblablement dans ce cas, de bosquets.

Ils se disputaient, à présent. Du moins, Ethel disputait Harrington qui se contentait de rire comme le gamin qu'il était. Quel idiot... S'il avait été à sa place, Ethel n'aurait pas eu le loisir et certainement pas l'envie de se transformer en cette petite harpie toute blanche, semblable aux Banshees dont on lui racontait les histoires enfant et qui braillaient à vous rendre fou dans les vieilles demeures.

Oui, s'il avait été à sa place... Il se surprit à imaginer ses mains sous le sage peignoir de nuit blanc, sa bouche sur la tiédeur du cou que la dentelle dévoilait et le corps d'Ethel qu'il entrevoyait à peine sans corset, entre l'arbre et lui, offert et tendu. Un frisson parcourut son bas-ventre. Il le réprima aussitôt ; il n'allait pas se faire surprendre par un désir qu'il n'avait pas sollicité, caché dans un buisson, comme un personnage de ces romans dont on parlait à mi-mots dans les salons.

Ces romans... D'instinct, il tâta le côté de sa veste où se trouvait celui qu'il avait ramassé et parcouru rapidement dans le fumoir, avant de l'enfouir dans sa poche, sur le prétexte de ne pas mettre mal à l'aise Henry à qui il appartenait sans doute. Un de ceux-là...

Il n'en avait jamais lu, évidemment. Les militaires évitaient la lecture frivole, en général, quand encore ils n'évitaient pas la lecture tout simplement.

En attendant de le remettre discrètement à Henry, il allait devoir trouver un moyen de sortir de son buisson, sans être vu. Les deux jeunes gens ne semblaient pas prêts à se séparer, hélas. Ce crétin de Harrington se jetait aux genoux de la jeune femme à présent. N'allait-on rien lui épargner ? Et elle croisait les bras… et levait le nez d'un air boudeur… et… Quelle stupide jeunesse ! Il ne lui manquait plus que les plumes du paon. Avait-on besoin de ce genre de parade amoureuse ? Si tous les jeunes gens ressemblaient à Theodore Harrington, l'Angleterre risquait de connaître le taux de natalité le plus bas de son histoire dans les années à venir.

Ethel se débrouillait mieux – en termes d'efficacité pour écourter l'entrevue, pas pour relancer la natalité, Dieu merci. Elle le releva en fronçant les sourcils et vu la façon dont elle plissait la bouche, le jeune dandy devait se faire sermonner de la façon la plus poivrée qui fût.

— Benêt, marmonna Conrad, en s'adressant à la fois à Harrington et à lui-même, dans un élan de solidarité masculine qui l'étonna fort.

La position dans laquelle il était torturait un peu plus sa jambe blessée, l'odeur des jasmins était détestable mais il tirait une certaine satisfaction à voir Ethel repousser son élégant prétendant. Enfin, après une attente qui lui parut interminable, Harrington s'éloigna d'un côté, d'un pas furieux, et Ethel disparut à son tour à l'angle de la maison, non sans être passée dangereusement près de sa cachette.

Conrad se déplia de son buisson, en serrant un peu les dents. Il se sentait particulièrement idiot et pas seulement parce qu'il avait assisté à la scène de badinage la plus grotesque qu'il lui eût été permis de voir. Depuis quand se cachait-il ainsi ? Il aurait dû marcher tranquillement et les obliger, eux, à se dissimuler dans les bosquets. Sans doute fallait-il mettre cette stupidité sur le compte de l'alcool… ou, plus raisonnablement, de la perspective de la réaction d'Ethel s'il l'avait prise en flagrant délit d'indécence. Elle n'était certainement pas le genre de femmes à rougir de ses faiblesses mais plutôt de la race de celles qui n'avaient de cesse de se venger de celui qui les avait prises sur le fait. Celles-là, Conrad les connaissait très bien. Une en particulier, dont il ne voulait même pas évoquer le souvenir à l'aube d'une nouvelle vie.

Alors qu'il rentrait dans le hall de Baldwin House, il croisa lady Harrington et son fils, sur le départ. Le jeune homme avait repris son masque de petit crétin réjoui. Conrad lui jeta une œillade ironique puis fit ses adieux à lady Harrington qui cachait comme elle pouvait sa fatigue sous une expression solennelle.

Pour ne pas prendre le risque de se faire coincer par la nostalgie de Henry, il évita le fumoir et se rendit directement à sa chambre. Le grand escalier qu'il avait souvent dévalé enfant, en se faisant chaque fois disputer par sa tante et sa mère, lui paraissait moins majestueux désormais. Il trouvait même les sculptures de la rampe à la fois naïves et criardes, après avoir passé des heures à les regarder et à suivre les entrelacs de leurs feuilles, lorsque la gouvernante de Henry, excédée, l'isolait sur la première marche pour le calmer.

Il s'engagea dans le couloir de l'étage des invités et se surprit à jeter un rapide coup d'œil à la porte de la chambre d'Ethel. Il se souvint aussitôt d'autres portes auxquelles il avait frappé doucement et qui s'étaient ouvertes avec la lenteur nécessaire pour respecter les convenances. Il se souvenait aussi de belles paires de gifles, dont la plupart n'étaient qu'une simple formalité avant de passer à des parades plus sérieuses.

Sa chambre se trouvait tout au bout. Henry l'avait installé dans celle qu'occupaient autrefois ses parents lorsqu'ils venaient en visite. Si les tentures avaient été changées, fort heureusement, Conrad avait tout de suite reconnu le grand lit aux colonnes entièrement sculptées, dans la famille des Baldwin depuis les Tudor et qui passait pour une merveille historique. Il avait également la particularité d'être ridiculement bas, surtout pour un homme de sa taille.

La fenêtre avait été ouverte pour donner une illusion de fraîcheur et le couvre-lit tiré. Il ne sonna pas Perkins, le valet que Henry lui avait affecté. S'il détestait bien une chose, c'était de se faire servir, surtout par un homme qui maîtrisait mieux les subtilités de l'élégance que lui. Il avait abandonné l'usage d'un valet le jour où il avait quitté la maison familiale pour s'engager dans l'armée.

D'autres officiers suivaient pourtant cette tradition et ne s'étaient pas gardés de lui faire part de leur étonnement, voire de leur désapprobation. Il leur avait répondu qu'un homme incapable de faire chauffer lui-même l'eau pour sa toilette n'avait aucune chance de survivre aux privations qu'une guerre impliquait. Et également que l'image qu'ils propageaient de la civilisation ressemblait aux illustrations domestiques que l'on trouvait dans les fac-similés pour jeunes mariées. Il avait été provoqué en duel pour cette sortie-là et convoqué par son général qui lui avait fermement ordonné de changer ses manières, en public comme en privé. Albert avait donc été contraint de transporter de l'eau jusqu'à sa tente. Après quoi, ils jouaient aux cartes et Conrad se mettait au lit sans l'aide de personne.

Il se déshabilla rapidement, après avoir pris soin de sortir le livre honni de sa poche et de le déposer sur la table de chevet, à côté du seul chandelier allumé. Il se glissa sous le drap de lin, sa jambe blessée étendue sur le côté, comme son médecin le lui avait prescrit puis prit le roman, curieux de découvrir ce qui pouvait scandaliser la bonne société.

Sans doute peu de choses, surtout si on considérait que le livre avait été écrit par une femme. Il se plongea dans la lecture, d'abord distrait. L'héroïne se présentait sous les traits d'une jeune aristocrate douée de toutes les qualités. Elle brodait, chantait, peignait, savait ordonner un bouquet de fleurs, montait à cheval, citait de la poésie médiévale, dansait à merveille, avait un goût très sûr en matière de toilettes, possédait une générosité et une retenue sans pareilles. À ce stade-là, il était fort probable qu'elle sût également tirer à l'arc et tisser elle-même les tapisseries de son salon. Au deuxième chapitre, elle avait déjà chaviré pour un pianiste talentueux et sans titre, chamboulée par son âme délicate et son jeu sans fausse note. Au troisième chapitre, elle lui cédait, non sans pousser de nombreuses exclamations désolées mais inaptes à le faire reculer dans cette entreprise. Circonspect, Conrad assista à la révélation de la volupté des deux jeunes gens, rendue vivace par des métaphores bariolées et multiples, puis aux inévitables remords qui s'ensuivaient.

Les personnages étaient faits de carton-pâte, de véritables marionnettes. Leurs sentiments ? De pâles imitations de la vraie vie (il l'aimait et le disait de façon grossière, elle l'aimait et le taisait tout aussi grossièrement). Leurs désirs ? Irréalistes (la jeune aristocrate rêvait d'une vie où elle passerait son temps à écouter son mari pianoter). Les scènes qui faisaient scandale ? Voilà bien ce qui le dérangeait le plus. Il n'avait pas été choqué. À peine dérangé. Peut-être un peu émoustillé par quelques évocations de salons de musique isolés et de promenades qui tournaient court mais sans plus. À ce titre, il était évident que ce roman avait bien été écrit par une femme. Seule une femme pouvait avoir une telle méconnaissance de ce qu'un homme attendait d'elle au lit.

Lorsque sa chandelle fut presque consumée et que la jeune déesse eut déjà cédé cinq fois aux assauts opiniâtres du prodige, il referma le livre en le résumant par la seule pièce de Shakespeare qui ne lui donnât pas envie de dormir : *Beaucoup de bruit pour rien*. Puis il s'endormit, définitivement convaincu qu'il ne fallait pas laisser des questions aussi importantes que le sexe à des êtres dont la principale préoccupation sur terre était d'écrire des romans ou d'écouter des pianistes.

Chapitre 6

Ethel

— Les enfants ne peuvent-ils pas prendre leur petit déjeuner dans la nursery pour une fois ?

Ethel leva un sourcil en approchant de la porte de la salle à manger. La voix de Henry était plus qu'agacée, ce qui ne lui ressemblait pas, et à moitié couverte par le tapage que faisaient Margaret et John, malgré les tentatives d'Amelia de les ramener au calme. Un tintamarre de percussions accompagnait leurs cris perçants, que seul un rire dépassait en intensité. En entrant dans la pièce, elle ne fut pas étonnée de découvrir qu'il appartenait au capitaine Conrad.

— Laisse donc ces enfants profiter des cadeaux que je leur ai faits, dit-il, visiblement ravi de l'initiative des deux petits Baldwin.

Ethel porta un regard empreint de mépris sur les tambours primitifs qui avaient été offerts à ses neveux et se garda bien de se montrer amusée. John frappait l'un des deux de sa cuillère, alors que Margaret avait coincé le sien entre sa chaise et la table pour taper plus facilement dessus.

— De vrais sauvages, lâcha-t-elle en s'asseyant à côté de son neveu, face au capitaine qui continuait de rire. Il suffit, John. Et vous, Margaret, posez cet instrument et tenez-vous droite.

Comme elle s'y attendait, les deux enfants s'interrompirent aussitôt. Elle était la seule dans cette maison à obtenir rapidement ce qu'elle voulait d'eux. Mais elle constata avec déplaisir que John, la main levée au-dessus du tambour, lança furtivement un regard au capitaine Conrad, cherchant son approbation.

— Utilisez cette cuillère pour déjeuner, reprit-elle, en dardant sur lui son œil le plus féroce.

Le petit garçon s'exécuta, sans moufter.

— Bien.

Pour lui montrer qu'elle n'était pas vraiment fâchée, elle passa sa main dans les cheveux blonds de son neveu qui, méprisant, lui refusa un sourire. Tant pis. Les rancunes de John ne duraient jamais longtemps. Bien qu'elle fût toujours la première à céder, Margaret serait plus difficile à dérider.

Les adultes purent enfin reprendre une conversation sereine, à défaut d'être vraiment intéressante. Henry décrivait la journée à venir – ennui, ennui, ennui, déjeuner, ennui… tandis qu'Amelia rectifiait la tenue de sa fille, l'écoutant d'une oreille distraite. De l'autre côté de la table, Conrad Filwick l'observait, sans même penser à le faire avec le minimum de discrétion requise. Pourquoi diable cet homme la dévisageait-il ainsi ? Avait-elle oublié de se coiffer ? Pour ne pas lui faire le plaisir d'une réaction, elle se concentra sur Margaret qui se débattait avec sa fourchette et son couteau.

Puis quelqu'un pensa à lui demander ce qu'elle ferait de ce nouveau jour de vacances.

— Je compte me laisser aller au désœuvrement jusqu'à l'heure du thé, répondit-elle.

— N'avez-vous jamais pensé à vous trouver une activité ? demanda aussitôt le capitaine Conrad, sans laisser à quiconque le temps de rebondir ou même de rire de sa sortie.

La condescendance s'était apparemment faite homme et beurrait un toast sous son nez.

— Une activité ? répliqua-t-elle. De quel ordre, je vous prie ?

— Des œuvres, peut-être.

— Et qu'est-ce qui vous fait croire que je n'ai pas déjà mes œuvres ?

Pour toute réponse, il eut une petite moue qu'elle aurait trouvé fort drôle si elle n'avait pas été calquée sur un visage aussi arrogant.

— Vous feriez une gouvernante remarquable, reprit le capitaine Conrad.

Quel déplaisant personnage… Qui croyait-il qu'elle fût ? Une vieille fille en mal de moyens et d'enfants ? Il devait adorer mettre mal à l'aise les femmes un tant soit peu indépendantes, sans doute par peur de ne pas se sentir à la hauteur. Un officier, obtus et paillard, dans toute sa mesquinerie, qui aimait le tapage à table pour couvrir l'inanité de sa pensée…

— Il est vrai que c'est une activité utile à la société, rétorqua-t-elle malgré les trémoussements d'Amelia.

Les enfants qui n'ont pas bénéficié de l'éducation rigoureuse d'une gouvernante compétente deviennent des adultes indélicats et vulgaires.

— J'ai d'excellents souvenirs de ta gouvernante, intervint Henry avec un sourire qu'il pensait sans doute finaud.

— Je n'en doute pas une seconde, répondit Ethel.

Margaret mit fin à leur joute, en aspergeant sa robe blanche de jaune d'œuf, ce qui provoqua le rire de son frère et la chute de sa tartine, côté marmelade, bien entendu. Amelia s'excusa et fit sortir les deux enfants.

— N'avez-vous pas une gouvernante, à ce propos ? demanda Conrad à Henry.

— Si. Amelia tient à ce que les enfants déjeunent avec nous mais ne veut pas de miss Teaburdy à table. Elle dit qu'elle lui fait peur.

À juste titre, pensa Ethel.

— Cette femme ferait en effet tourner le lait s'il lui venait l'idée de regarder dans le pot, dit-elle. Mais elle n'est pas trop dure avec les enfants et ils lui obéissent parfois.

— Obéissiez-vous à votre gouvernante ? demanda Henry.

Elle ne tomba pas dans le piège. Elle connaissait le point de vue de son beau-frère en matière d'éducation. Il avait plusieurs fois fait des allusions à celle que le vicomte avait donnée à ses filles et qu'il jugeait apparemment trop libre. Cependant, leur père n'avait jamais toléré une mauvaise tenue à table, pas plus qu'il ne supportait les facilités d'esprit. Lorsqu'il venait l'été pour voir sa fille et ses petits-enfants et bien qu'il les adorât, il s'échinait à rectifier ce qu'il appelait une fois à Londres « la terrible négligence de ces Baldwin en matière d'esprit et de goût ». Ethel avait tout de même dû lui préciser que John n'était pas encore en âge d'apprécier Homère dans le texte et que les fautes de français et d'italien de Margaret venaient sans doute du fait qu'elle n'avait pas encore appris les bases de ces deux langues. Elle tentait néanmoins de défendre Henry auprès de leur père, par égard pour sa sœur qui avait l'air de l'aimer sincèrement.

— Cela dit, l'éducation des enfants pourrait être améliorée, reprit Ethel à l'attention de Henry. Miss Teaburdy ne leur lit pas assez de livres et ne les invite pas à en lire eux-mêmes, du moins dans le cas de Margaret qui pourrait très bien se débrouiller seule maintenant.

— Lisez-vous beaucoup, miss Halsworth ? intervint Conrad, sur le ton de la conversation.

— Énormément. C'est encore la seule chose qu'on laisse aux femmes pour qu'elles s'instruisent.

Henry tenta de dire quelque chose mais ni l'un ni l'autre ne l'écoutèrent.

— Les femmes ont pourtant leurs propres occupations, non moins intéressantes que celles des hommes et qui leur permettent d'élever leur conscience, répondit Conrad.

— Comme l'éducation des enfants ?

— L'éducation des enfants demande de solides connaissances et j'imagine qu'elles leur sont fournies, oui.

— À l'école, voulez-vous dire ? (Elle prit le temps

de boire une gorgée de thé, puis lui sourit.) Vous avez étudié à Cambridge avec Henry, il me semble ? Les mathématiques, l'histoire, la philosophie… Savez-vous ce qu'on étudie dans les pensionnats pour jeunes filles ?

— Je n'ai jamais eu le plaisir d'en fréquenter.

— Moi non plus, répliqua-t-elle. Mais pour avoir connu des jeunes femmes sorties de ces établissements, je sais qu'on ne leur apprend rien qui pût élever l'esprit et le forger à réfléchir. C'est à peine si on y trouve une bibliothèque digne de ce nom. Aimez-vous vous-même la lecture, capitaine Filwick ?

— J'ai peu lu durant ma vie militaire, lâcha-t-il. Mais je l'apprécie, même si les romans ne m'intéressent guère.

— Et pour quelle raison ?

— Ils ne sont que des miroirs de la réalité. Tout y est froid et sans consistance. Lire un roman, pour moi, revient à regarder un spectacle de marionnettes. Je n'ai plus l'âge de me résoudre à cette illusion.

— Les miroirs de la réalité ? Il n'y a rien de plus vrai, de plus authentiquement humain qu'un roman ! Un seul chapitre de Mr Dickens est plus riche en informations sur l'âme humaine que tout ce que nous pourrions nous en dire face à face.

— Les histoires d'orphelins ? répliqua Conrad.

C'en était trop pour Ethel. Elle pouvait supporter un assez grand nombre de choses, du moins de son point de vue, car la plupart des gens trouvaient qu'elle pouvait se montrer facilement impatiente et peu d'indulgente envers les marottes des autres. En revanche, la mauvaise foi alliée à l'ignorance crasse la mettait dans des colères noires qu'elle avait promis de ne pas dévoiler à Baldwin House. Elle prit une profonde inspiration, cala un sourire aimable et dont elle sentait les étirements sur ses lèvres et prit congé de son beau-frère et de l'infect capitaine Conrad. Ce ne fut qu'une fois dans le couloir qu'elle arriva à desserrer la mâchoire. La vie serait bien plus facile et agréable sans ce genre de personnages. Sans les hommes, même ! Charles Dickens, réduit à « des histoires d'orphelins » par un individu dont l'histoire se souviendrait peut-être un jour comme « un homme qui avait su se tenir à cheval ». Et encore, s'il mourait de façon particulièrement grotesque en tombant… Ce qu'elle lui souhaitait, à cet instant précis, alors qu'elle remontait le couloir, agacée contre lui et, il fallait bien l'avouer, encore plus contre elle-même. Elle l'avait laissé insulter Mr Dickens sans être capable de le moucher d'une bonne répartie. Elle l'avait aussi laissé sous-entendre qu'elle était inutile et inactive.

À présent, elle était dans ce couloir, agacée, mécontente d'elle-même. Et affamée. Elle lui en voulait pour ça également.

— Dickens raconte comment notre société est barbare et inculte parce que ses membres les plus puissants sont des ignares embarbés de certitude !

Pourquoi les meilleures réponses ne venaient-elles à l'esprit qu'après l'affront ? Voilà ce qu'elle aurait dû lui répondre, bien qu'elle ne fût pas certaine que le mot « embarbés » existât. Dans ce cas, il manquait à la langue anglaise. Elle revint sur ses pas, bien décidée à reprendre la joute. Comme elle allait pousser la porte restée entrouverte, elle fut interpellée par le ton que la conversation avait pris en son absence. Henry et le capitaine Conrad parlaient bas, avec des intonations de conspirateurs, mais pas assez pour qu'elle ne comprît pas le sujet qu'ils abordaient.

— Je t'assure que ce n'est pas mon livre, disait Henry. Je ne lis pas de romans scandaleux et je ne sais même pas qui est cette Emily Starling.

— Scandaleux… Voilà une réputation bien usurpée…

— Vraiment ? L'aurais-tu lu ?

— Je l'ai parcouru hier soir.

La voix du capitaine trahissait un certain amusement – Ethel était persuadée qu'il l'avait feint.

— Des histoires de boudoir… continua le capitaine.

— Dans un style exécrable, n'est-ce pas ?

Ça, par exemple ! Henry Baldwin se targuait d'y connaître quelque chose en littérature, lui aussi ! Lui qu'elle n'avait jamais vu ouvrir un livre, sauf celui des comptes.

— Le style est correct, admit Conrad.

Trop aimable.

— Mais les situations… reprit-il. Je ne sais pas qui est l'autrice mais elle ne connaît véritablement rien aux hommes. À mon avis, c'est une de ces vieilles filles qu'on oublie dans un coin et dont les oreilles ont trop traîné dans des conversations qui ne leur sont pas destinées. Aucune expérience, aucun goût. De toute façon, je n'ai pas terminé le livre. Si cette femme avait été d'une autre trempe, je ne dis pas…

— À ce propos, te souviens-tu d'Anastasia ? répondit Henry, avec un rire des plus explicites.

Pour l'amour de Dieu… allait-elle subir un de leurs souvenirs grivois, en plus de l'humiliation qu'on venait de lui infliger ? Une vieille fille ! Une femme qui ne connaissait rien aux hommes ! Encore plus folle de rage que quelques instants auparavant, bien qu'elle ne crût pas cela possible, elle fit volte-face.

— Où vas-tu ? demanda Amelia qui remontait les escaliers au même moment.

— Dans la bibliothèque ! lâcha Ethel, d'un tel ton que sa sœur eut un moment de stupeur.

Le seul endroit dont ces malappris ne connaissaient visiblement pas le chemin.

Chapitre 7

Conrad

Quel diable de bonne femme, pensait Conrad en regardant Ethel, alors qu'elle remontait l'allée de buis vers l'étang, au bras de Theodore Harrington. Une mégère au petit déjeuner et la plus délicieuse des jeunes femmes quelques heures après. Et cette robe… rien à voir avec la petite robe de drap bleu de la veille qui, certes, mettait en valeur sa taille mais n'avait rien d'aguichant, la robe d'une honnête jeune femme à la campagne sans souci de séduire ni d'être séduite.

Sur ce sentier champêtre qui les menait tous au petit bois, elle portait une adorable tenue de coton jaune, brodée de boutons de fleurs ton sur ton, décolletée à la limite de ce qu'une robe d'après-midi autorisait. Ses cheveux châtains, relevés en rouleaux sur les côtés, s'échappaient d'un canotier posé sur cette cascade de boucles, serrées par un ruban de soie jaune. Cependant, ce n'était pas seulement sa tenue qui attirait le regard mais ses yeux qui s'étaient adoucis d'une langueur, d'une indulgence qui éclairaient leur vert d'une étrange teinte.

En outre, elle souriait.

Beaucoup.

À lui, également.

Elle l'avait même écouté durant le déjeuner, tête penchée, alors qu'il racontait un voyage en bateau sur le fleuve Tugela et durant lequel il avait failli mourir à plusieurs reprises. Elle avait même ri – de son rire le plus infernal – lorsqu'il avait avoué qu'il n'avait pas véritablement failli mourir mais que, comme le disait souvent Albert, la légende valait bien l'histoire.

— Ne soyez pas modeste, mon cousin, était intervenue Amelia d'une voix aimable. Une aventure sur un fleuve africain ne peut pas être dénuée de dangers.

Elle n'était pas si mouton, finalement, cette cousine. À bien la regarder, elle avait même quelque chose de sa sœur, dans l'expression, un élan d'esprit, sans l'insolence ni l'orgueil de son aînée. Elle aussi avait de jolis yeux, d'un brun changeant, illuminé d'un peu de doré. En les voyant miroiter, il aurait bien voulu lui dire qu'il y avait eu un vrai danger mais il lui manquait les mots pour décrire ce qu'il avait vécu, le raclement du bateau lorsqu'ils longeaient la berge, la végétation qui mangeait le fleuve et leur fouettait le visage, le bourdonnement des insectes, le craquement des branchages sous les pas des animaux. Et cette lenteur… cette effroyable lenteur dans l'air moite… Albert le fit mieux que lui et avoua qu'il avait eu peur.

— Seuls les hommes aguerris connaissent la peur, m'a-t-on dit, avait lancé Ethel.

Conrad avait retenu un hoquet en voyant le sourire qui s'épanouissait sur le visage de son ancienne ordonnance, alors qu'il se penchait sur tout ce jaune bordé de flatteries éhontées. Cet imbécile ne s'était aperçu de rien et continuait à afficher un sourire niais à loisir. Mais quel homme ne sourirait-il pas d'un air niais, si cette bouche-là continuait à faire la moue devant lui ? Lui-même s'était surpris à légèrement enjoliver son récit. Seule la fierté l'avait sauvé du ridicule.

À présent, il la contemplait alors qu'elle se faisait les dents sur le jeune Harrington, ce crétin incapable d'obtenir plus d'un baiser d'une femme pareille…

Son esprit vagabonda du côté de la nuit précédente et de cette silhouette blanche perdue sous son balcon. Il aurait pris du plaisir à embrasser le pli que le rire faisait à sa bouche. Encore plus à appuyer ce corps qu'il devinait voluptueux, sans la tenue du corset, contre le tronc de l'arbre, et à laisser ses mains courir le long de la chemise blanche pour la relever doucement…

— Ne croyez-vous pas, capitaine ?

— Hein, quoi ? répondit-il à Albert qui marchait à ses côtés et dont il lui semblait découvrir la présence.

— Une allée de buis…

Il le contempla, effaré. Quoi, une allée de buis ?

— Pour votre parc.

— Bon sang, Jefferson, que voulez-vous que je fasse d'une allée de buis ?

Albert eut un sourire indéchiffrable.

— On s'y promène.

Conrad suivit son regard. Ethel Stafford riait à gorge déployée – et pour cause ! – la tête renversée en arrière, fermement accrochée au bras du jeune lord. Ses boucles tressautaient sur ses épaules presque dénudées par le mouvement de sa poitrine. Le jeune Harrington avait-il effleuré cette poitrine, la nuit précédente? Aucune chance. Il y aurait perdu une main, à coup sûr. Enfin, à coup sûr… Ethel venait de poser sa main sur l'avant-bras du garçon et, avec une moue gracieuse, lui chuchotait quelque chose à l'oreille. Conrad leva les yeux, excédé; il en avait mis de plus précieuses dans son lit.

— Je préfère qu'on y plante des arbres, on y chasse la bécasse, maugréa-t-il à l'attention d'Albert.

Comme toujours, Albert ne perçut pas la pique. Conrad ne lui fit pas remarquer, cette fois-ci. Il avait vaguement honte de cette saillie injuste qui trahissait son agacement à voir la jeune femme se tortiller ainsi au bras d'un freluquet. Encore plus, il avait honte d'avoir participé à une exhibition de bravoure facile à table pour lui plaire. Un imbécile, décidément, lui aussi… Comment, à son âge et avec son expérience, s'était-il retrouvé à vouloir impressionner une coquette? Qui se tournait vers eux pour lancer d'une voix claire:

— Albert? Venez par ici, je vous prie, nous avons une question pour vous!

« Venez »… Elle donnait des ordres, par-dessus le marché! Et Albert qui accourait comme un domestique. Content de servir, avec ça!

Comme il observait la scène singulière qui se déroulait sous ses yeux (Albert avait pris place à la gauche d'Ethel et s'égayait, conversant avec Harrington et elle comme des amis de longue date), Amelia vint marcher à ses côtés, de son petit pas tranquille. Elle tenait

Margaret par la main. L'enfant boudait ostensiblement sous son chapeau de paille agrémenté de bleuets.

— C'est une excellente idée, ce thé près du ruisseau, dit Conrad. Lorsque nous étions petits, Henry, William et moi allions y pêcher. Il n'était pas rare que nous y prenions également notre thé.

— C'est une idée de Henry, effectivement, répondit Amelia. Il est dommage qu'il ne soit pas avec nous pour se remémorer ces bons moments.

— Nous en avons évoqué en nombre depuis hier. Je lui raconterai mes impressions au souper. Peut-être pourra-t-il se libérer un matin pour pêcher avec moi, cela dit ?

— Je voudrais bien que Papa m'amenât à la pêche, intervint Margaret, le visage renfrogné.

Sa mère arrangea son chapeau, tout en la sermonnant sur le fait qu'elle ne devait pas insister quand on lui disait non, puisqu'elle était trop jeune.

— Trop jeune ? sourit Conrad. Catherine avait son âge lorsque nous l'emmenions au ruisseau à côté de notre manoir.

— Vous voyez, Maman, plaida la petite fille. Catherine avait mon âge !

— Catherine a eu de la chance de ne pas se noyer ! rétorqua sa mère d'un ton ferme.

— Si vous me le permettez, j'emmènerai cette jeune demoiselle pêcher avec moi, dit Conrad. Je vous assure que je sais nager. J'ai survécu au terrible fleuve Tugela, vous souvenez-vous ?

— Alors qu'il y avait des crocodiles ! surenchérit Margaret.

L'enfant n'avait pas perdu une miette des échanges du déjeuner, tout en ayant l'air de se concentrer sur la pêche qu'elle épluchait jusqu'au noyau. Elle lâcha la main de sa mère pour prendre celle du capitaine qui lui sourit, après un moment de léger étonnement. Il n'avait pas l'habitude des enfants et cette petite main le surprit par sa douceur. Il avait cependant la ferme conviction qu'il n'arriverait pas à s'en débarrasser facilement.

— Il ne faudra pas amener John, ajouta-t-elle, perfide. Il est trop petit, il nous gênerait.

Conrad rit franchement. Relevant la tête, il perçut Ethel qui s'était retournée et l'observait, par-dessus son épaule.

— Eh bien, capitaine, lâcha-t-elle. Il semblerait que vous ayez trouvé une occupation de garde d'enfants !

Conrad pointa Harrington du regard, le temps nécessaire à ce que la jeune femme le remarquât. Puis rendant son sourire à Ethel, il lui répondit, non sans une certaine délectation :

— Vous aussi, ma chère, vous aussi.

Chapitre 8

Ethel

Stupide robe, pensait Ethel. Si elle avait su qu'elle devrait passer par-dessus les pierres d'un ruisseau, elle n'aurait jamais mis une tenue qui nécessitât un corset aussi serré. Bon, elle le savait, à vrai dire. Amelia l'avait prévenue de ce thé en pleine nature. Elle avait omis ce détail lorsqu'elle avait choisi sa toilette avec Almyria.

— Quelque chose de frais et de joli, vois-tu ? Ma robe jaune… ou la verte ? Non pas la verte… La verte me fait un teint épouvantable au soleil. La jaune que je gardais pour l'anniversaire d'Amelia…

Almyria n'avait pas exprimé l'étonnement qu'elle éprouvait sans doute à la voir ainsi inquiète de son apparence et Ethel s'était bien gardée de lui faire part de ses intentions. Avant de prendre cette décision de jaune, de frais et de joli, elle en avait pris une autre : celle de prouver qu'elle connaissait les hommes. Au début, comme elle arpentait rageusement la bibliothèque, elle avait tout d'abord eu pour projet de séduire le capitaine Filwick pour lui démontrer qu'il était facile de mener n'importe quel représentant masculin par le bout du nez. Puis elle s'était dit que le capitaine Filwick ne méritait pas d'être séduit. Il y prendrait trop de plaisir. Il méritait de voir un autre séduit sous ses yeux. Harrington, évidemment… Elle voyait bien que le jeune lord l'agaçait. À juste titre, d'ailleurs ! Jeune, beau, drôle et particulièrement aimable. Tout le contraire de Conrad Filwick… Il regretterait de l'avoir humiliée ainsi. « Le style est correct. » Son style, juste correct ? « Aucune expérience, aucun goût. » Et s'il avait raison ? À vrai dire, en échafaudant sa stratégie – qui se résumait pour le moment à « exercer une séduction irrésistible sur Theodore Harrington » –, elle s'était laissé envahir par le doute.

Son expérience se bornait à ses deux années de mariage. Impossible dès lors de comparer avec ce qu'elle avait vécu, d'autant que leur vie intime avait été un sujet de constant tâtonnement pour Hugh et elle. Après une nuit de noces des plus maladroites, elle avait d'abord cru qu'il n'y avait pas à faire grand cas du sexe. Hugh lui-même n'avait pas eu l'air de trouver le moment particulièrement agréable, étant donné qu'il n'avait pas su comment il fallait se comporter ni quels étaient les gestes à accomplir avant de passer au cœur de l'affaire. Ethel, quant à elle, avait été plus surprise que gênée : les baisers que Hugh lui avait donnés durant leurs courtes fiançailles lui avaient laissé entrevoir que le devoir conjugal serait des plus plaisants et qu'elle s'y soumettrait avec intérêt. Au matin de leur nuit de noces, ils avaient convenu qu'ils ne l'accompliraient pas plus que nécessaire, avant de s'interroger sur la fréquence communément acceptable à laquelle ils devraient s'adonner à la chose puis auprès de qui ils pourraient obtenir une telle information.

Ethel n'avait plus de mère. Celle-ci était morte à la naissance d'Amelia. La jeune femme ne s'en souvenait pas, puisqu'elle n'avait que quinze mois. Lorsqu'elle était enfant, elle trouvait banal d'avoir une mère morte en couches et préférait raconter à sa sœur que la mort d'Athinea Halsworth n'avait été qu'un subterfuge pour dissimuler sa fuite avec un prince français. Lorsque Amelia avait commis un acte intolérable, comme refuser de lui céder sa part de gâteau à l'heure du thé, elle ajoutait que cette décision avait été prise au lendemain de ses couches, après avoir découvert la laideur et la probable stupidité de sa cadette nouvellement née.

En attendant, mère demi-mondaine ou morte en couches, elle n'en avait pas. C'était sa tante Vertiline qui s'était chargée de venir la trouver dans sa chambre virginale, la veille de ses noces, pour lui parler de devoir conjugal. En voyant la tête de la gentille mais soporifique Vertiline (qui paraît-il ressemblait fort à sa sœur Athinea, mère des deux filles, ce qui dispensa ses premiers doutes à Amelia, quant à la fuite à Paris dans un nuage de parfum français), Ethel avait compris qu'il allait être question de devoir et, du moins, que c'en était un pour la tante. S'était ensuivi un discours plus ou moins clair d'où il était ressorti que « Quand il faut y aller, il faut y aller » et attendre que ça passe, un peu comme pour l'administration d'un lavement. La tante Vertiline étant veuve, elle savait de quoi elle parlait.

En partie à cause de ce souvenir, Ethel avait farouchement refusé d'aborder le sujet de la fréquence ou de la méthode du devoir conjugal avec la tante Vertiline, terrifiée à l'idée de recevoir une nouvelle salve d'informations traumatisantes.

Un mois après leur mariage et de nombreux silences gênants au moment de se mettre au lit, dans l'obscurité de leur chambre, au-dessus de l'échoppe d'horlogerie Stafford, Hugh avait avancé l'idée qu'il devait y avoir un mécanisme propre aux corps humains, à l'image de ce qui se produisait dans le reste de l'univers. Il suffisait peut-être de trouver ce qui déclenchait ce mécanisme. Le plus sérieusement du monde, il avait exposé ses hypothèses à Ethel. Tout d'abord, il avait remarqué qu'il éprouvait un frémissement particulièrement agréable au moment où elle entrait dans la chambre vêtue de sa chemise de nuit, frémissement qu'il avait éprouvé le soir de leur nuit de noces lorsque Ethel s'était glissée entre les draps et qu'il avait entraperçu ses chevilles et un de ses mollets à la faveur d'un rayon de lune. Continuant sur le même thème – celui des jambes –, il avait également perçu ce frémissement une nuit durant laquelle Ethel avait bougé, en proie à un rêve, et que ses jambes étaient venues toucher les siennes.

Ethel avait répondu qu'elle ne se souvenait pas de ce contact et que la vue de son mari en chemise de nuit ne lui causait aucun frémissement, ce à quoi Hugh avait rétorqué qu'il en était peut-être différent pour les hommes et les femmes. Ethel avait eu le pressentiment que les femmes étaient lésées dans ce domaine-là, ce qui n'avait rien d'étonnant, étant donné qu'on leur interdisait tout ce qui pouvait présenter un intérêt un peu original – comme la philosophie ou la course en bretelles. Elle avait très envie de ressentir ce frémissement dont Hugh lui parlait et qui le conduisait, lui, à vouloir trouver des réponses sur le sujet, alors qu'elle se serait bien contentée de dormir à ses côtés et de caresser du bout des doigts le petit duvet soyeux qu'il avait sur la nuque. Elle lui avait parlé du petit duvet soyeux et, après s'être laissé caresser à cet endroit-là, Hugh avait décrété que la sensation était plaisante mais certainement pas frémissante.

Ethel avait alors pris son courage à deux mains pour suggérer quelque chose : puisque le contact de ses jambes nues avait provoqué le frémissement, peut-être devraient-ils se coucher sans leurs chemises. Si Hugh avait été choqué, elle n'en avait rien vu, puisqu'ils étaient dans le noir, mais il avait mis du temps à lui répondre que oui, il voulait bien essayer. Ils avaient alors ôté leur chemise de nuit, allongés sous les draps, en essayant de ne pas tomber du matelas ni se blesser l'un l'autre. Puis ils étaient restés immobiles, sans oser parler dans un premier temps, la respiration courte. Durant ce moment, Ethel avait bien regretté qu'il n'y eût pas de livre explicite dans ce domaine, comme il y en avait pour la morale ou les soins du ménage – Amelia lui en avait offert un, en soulignant que son train de vie ne lui permettrait plus de bénéficier d'une domesticité compétente et qu'elle serait sans doute contrainte de repriser les chemises de Hugh elle-même. Ethel avait été encore plus horrifiée à cette idée qu'après la terrifiante explication de la tante Vertiline.

Au bout de ce long moment de nudité stupéfaite, la main de Hugh était venue se poser sur son bras pour le caresser très doucement, tout comme elle avait caressé son petit duvet soyeux. À son grand étonnement, la sensation, d'agréable, était passée à légèrement frémissante. Elle lui avait fait part de cette information. La main de Hugh avait remonté le long de son bras pour atteindre son épaule ; le frémissement avait décru. Elle avait énoncé cet état de fait et Hugh ne s'était donc pas attardé sur cette zone, pour se concentrer sur son cou, non sans maladresse. Elle lui avait décrit ce qu'elle avait ressenti, en proie à sa fertile imagination dûment alimentée par la littérature fantastique qu'elle lisait à cette époque : l'affreuse sensation de cette main comme mue d'une vie propre qui parcourait sa gorge dans l'espoir de pouvoir l'étrangler. Il n'avait eu d'autre choix que de la déplacer avec une certaine précipitation. Quand ses doigts avaient effleuré son sein gauche, elle avait été au comble de la gêne mais le frémissement, quant à lui, était bel et bien là. Pour Hugh également, puisqu'il s'était tourné vers elle afin d'utiliser son autre main – il était gaucher.

Après plusieurs contacts dont elle avait décrit à chaque fois les effets de façon sobre et méthodique, il l'avait priée de se taire et s'était couché sur elle. La sensation n'était pas désagréable, cette fois-ci, mais elle avait conclu, au moment où il roulait sur le côté, apparemment satisfait de lui-même, qu'il avait raison sur un point : il y avait bien un mécanisme. Hélas, il avait été le seul à le découvrir. Peut-être, d'ailleurs, parce qu'il était horloger.

Les soirs suivants, il avait montré un certain entrain à se coucher, nu comme Adam, et lui avait déclaré qu'il était à peu près sûr qu'il n'y avait aucune nomenclature au sujet de la fréquence du devoir conjugal. Elle avait alors pensé qu'à défaut de connaître le frémissement dont il tirait apparemment beaucoup de satisfaction, elle n'aurait pas de chemise de nuit à repriser, faute de les avoir usées.

Elle avait eu une certitude, néanmoins : les hommes, eux, avaient besoin de stimulus précis. Ils avaient besoin de voir et de toucher. Les femmes, elles, étaient touchées. Pourtant, le frémissement ne venait pas. Peut-être les femmes avaient-elles également besoin de toucher. Elle avait essayé avec Hugh mais ça n'avait eu pour effet que de précipiter son frémissement à lui et de le voir se jeter sur elle comme un loup affamé. Elle avait même essayé de toucher la partie la plus intime de son être, parce qu'elle en avait eu envie plusieurs fois, mais il lui avait attrapé le poignet et lui avait demandé ce qu'elle comptait faire, là, exactement. Elle avait bégayé qu'elle ne faisait rien et il lui avait dit de ne pas recommencer. Le lendemain matin, il n'avait pas pu la regarder dans les yeux. Ni de toute la semaine, d'ailleurs.

Le capitaine Filwick avait donc peut-être raison. Elle ne connaissait pas grand-chose aux hommes. Ses romans scandaleux, parce qu'ils parlaient d'amour, n'avaient eu pour documentation que sa solide intuition à propos du mécanisme féminin. D'une certaine façon elle devait avoir réussi à concrétiser le frémissement

– mais pas son accomplissement, celui qui rendait Hugh détendu et rêveur – et à le décrire mais elle n'avait au fond aucune connaissance du plaisir tel que les hommes le vivaient. Elle ne possédait finalement qu'une bonne dose d'imagination et une certaine facilité avec les mots. Et quelques souvenirs de nuit durant lesquelles elle avait eu le sentiment qu'elle aussi pourrait se perdre comme Hugh le faisait, mais sans arriver à déterminer ce qui avait déclenché la succession de frémissements – rares et toujours inachevés – qu'elle avait éprouvée.

C'est sur cette conclusion qu'elle avait décidé d'en apprendre plus sur le sujet, d'une façon ou d'une autre. Au lieu d'écrire sur ce frémissement finalement inconnu, elle allait tenter de le provoquer. En somme, elle allait devenir une de ses héroïnes, au lieu de se contenter de les regarder vivre.

Cette résolution l'avait conduite là, en robe jaune à la jupe bien trop serrée aux hanches, à essayer de garder l'équilibre sur une pierre de ruisseau, devant Harrington qui riait sincèrement de la voir se trémousser et sous le regard délecté du capitaine Filwick derrière elle. Une fois à l'abri sur l'autre rive, dûment encouragée par une Margaret braillarde (« Saute, Tantelle, saute ! »), elle prit sur elle pour se recomposer le visage avenant qui allait sans nul doute convaincre Theodore Harrington de reprendre là où ils s'étaient arrêtés la nuit précédente.

Suivant Amelia et le capitaine Filwick, ils arrivèrent à une petite clairière où les domestiques étendirent des plaids aux délicates teintes pourpres et grises sur lesquels ils disposèrent tout ce qu'il fallait pour le thé, sauf du thé. À la place, Amelia avait fait préparer une bouteille de citronnade qui fut accueillie avec enthousiasme, tout le monde ayant très soif d'avoir tant marché. Harrington déclama quelques vers sur le jaune de la citronnade et de la robe d'Ethel qui allait si bien avec la couleur du soleil. Il fut applaudi – assez mollement par le capitaine qui, comme on le savait, ne connaissait rien à la littérature et encore moins à la poésie. Après quoi, le capitaine proposa d'aller pêcher des grenouilles avec Margaret. Amelia les suivit pour vérifier que son enfant ne se noyait pas et Albert se perdit quelque part aux abords de la clairière, sans un mot, avec cette facilité déconcertante qu'il avait de pousser la discrétion jusqu'à la disparition complète.

Comme Ethel s'y attendait, Harrington en profita pour lui proposer de partir à l'aventure dans les bois où il lui promit de la défendre contre les animaux sauvages. Elle lui répondit qu'elle n'avait pas peur des animaux de la forêt et que le seul sauvage qu'elle voyait pour le moment était lui, le tout avec une moue qu'elle voulut affriolante. La surprise qu'elle lut dans les yeux de Theodore lui indiqua qu'elle aurait peut-être dû s'exercer auparavant devant sa glace.

Le jeune lord l'entraîna néanmoins hors du sentier, passant courageusement devant elle lorsqu'il fallait écarter un buisson et lui prenant le bras pour escalader les pierres qu'ils rencontraient. À la faveur d'un de ces sauvetages, il se retrouva face à elle, pratiquement aussi proche que la veille. De jour et de près, elle pouvait voir les nuances de ses yeux bleus et les cils interminables que toute femme était en droit de lui envier.

— Je pensais que vous m'en vouliez, souffla-t-elle.

— Parce que vous avez juré de me transformer en eunuque si je me permettais de vous embrasser de nouveau ?

— Oui, ça aussi, marmonna-t-elle. Je pensais plutôt à…

La bouche de Theodore se rapprochait à une vitesse qu'elle n'avait pas prévue. Le reste de sa phrase mourut dans un baiser, bien plus délicat que la veille, peut-être parce qu'il était consenti, cette fois-ci. Elle laissa le bras de Theodore encercler sa taille et ses lèvres se presser contre les siennes, alors qu'il la faisait reculer contre l'arbre derrière elle. Apparemment, son mécanisme à lui nécessitait un environnement sylvain, ce qui restait étonnant pour un jeune homme qui faisait tant de cas de Londres. L'instant d'après, il lui embrassait le cou, par petits baisers furtifs et charmants, comme des caresses d'ailes de papillon. Elle chercha le frémissement, en vain et se demanda ce qu'il se passerait s'il laissait sa langue courir le long de sa peau, à cet endroit précis où le cou rejoignait l'arrondi de sa mâchoire. Et comme la peau de Theodore était à la portée de sa bouche, elle tenta l'expérience. À la façon dont il sursauta, elle comprit qu'il n'y prenait pas beaucoup de plaisir, sans doute parce qu'elle ne pouvait pas atteindre son cou dans cette position et qu'elle lui léchait la joue. Il y avait donc des parties du visage qu'un homme ne se faisait pas usuellement lécher, conclusion à laquelle elle aurait bien pu arriver sans essayer, cela dit.

Cependant, l'idée avait eu pour effet de guider Theodore vers ce qu'elle voulait. Elle sentit le bout de sa langue remonter le long de son cou. La sensation lui arracha un frisson bien plus violent que le frémissement. Lorsque la langue de Theodore descendit vers sa gorge, elle passa ses deux bras autour de son cou. Plus tard, elle s'avoua à elle-même que c'était sans doute par peur de le voir s'échapper mais, sur le moment, personne n'eut une telle idée, bien au contraire.

Theodore libéra l'une de ses mains pour la faire remonter le long de sa jambe, de façon suffisamment efficace pour qu'elle la sentît malgré son jupon et ses pantalons. Le frémissement suivait ce mouvement pour rejoindre le frisson qui lui parcourait désormais la gorge, alors que la bouche de Theodore suivait une trajectoire sans équivoque, s'arrêtant uniquement aux exigences du corset, avec un soupir mélancolique. Elle se baissa alors un peu, pour mettre son visage au même niveau que le sien et récupérer cette bouche qui s'ingéniait à passer des obstacles pour l'instant infranchissables. Cette fois-ci, ce fut elle qui l'embrassa. D'abord avec douceur. Puis ses lèvres se firent un peu plus audacieuses et, comme cette première exploration concernait essentiellement la langue, elle s'autorisa à glisser la sienne entre les lèvres du jeune homme. Ce nouveau baiser la porta au comble du frisson. Theodore sembla éprouver la même chose car il se pressa un peu plus contre elle, froissant la jupe trop serrée entre eux deux. Elle reconnut fort bien le signe qui indiquait que son mécanisme avait pris sa place la plus naturelle.

À ce moment-là, elle se dit qu'il eût été fort dommage d'en faire un eunuque.

Chapitre 9

Conrad

La journée avait été plus rude que ce qu'avait imaginé Conrad. Il avait pensé en finir rapidement avec le thé champêtre conduit par Amelia et rentrer au château pour terminer de rédiger plusieurs courriers que son avoué de Londres attendait. C'était sans compter les conventions tacites de la bonne société anglaise, qu'il avait oubliées et qui venaient de se rappeler à lui sous la forme d'un jeu de croquet, d'une série de charades et enfin d'une courte libération durant laquelle il devait se changer pour dîner.

Évidemment, il n'avait pas participé au croquet – la dernière fois qu'il avait été obligé de jouer à ce jeu stupide, William, Henry et lui avaient moins de treize ans et avaient cédé aux supplications de Catherine – mais il n'avait pu échapper aux charades. Depuis le fauteuil qu'il n'avait pas quitté, il avait pu constater plusieurs faits.

Tout d'abord, Theodore Harrington était capable de se rendre ridicule de cent façons sans jamais se délester de son sourire railleur.

Ensuite, Ethel Stafford ne riait pas du tout lorsqu'elle jouait, que ce fût un maillet à la main ou un bon mot à la bouche. Son esprit de compétition s'était dévoilé dès le début du jeu, laissant peu de place à d'autres sentiments que la hargne et la pugnacité. Plus inattendu, la douce Amelia montrait le même acharnement à gagner. Les deux sœurs n'avaient pas cédé d'un pouce, ni au croquet, ni aux charades et Conrad crut même qu'elles allaient en venir à une dispute. L'échange fielleux qui conclut le croquet sur une victoire d'Amelia lui donna un aperçu de ce qu'avaient dû être certains après-midi de leur enfance.

Enfin, il détestait toujours les charades et s'y montra un piètre concurrent, ce qui lui valut des œillades moqueuses d'Ethel et des encouragements d'Albert qui furent encore plus humiliants.

À présent, il était dans sa chambre et regardait ses lettres en souffrance et sa cravate vert sombre et décorée d'un lâche tissage doré avec le même manque d'entrain. Il fallait pourtant qu'il répondît à chaque courrier et qu'il nouât cette maudite cravate pour le dîner.

Il prit donc la lettre à en-tête de George Moorehead, son avoué, et la relut, se promettant de rédiger une réponse à son retour du dîner, afin qu'elle partît à la première heure le lendemain matin.

Sir Filwick,
Concernant la mission que vous m'avez confiée, je puis
vous affirmer désormais que ledit Warren Hodge vit de
façon tout à fait raisonnable et ne montre donc aucun

signe extérieur qui révélerait un enrichissement excessif. Les papiers que vous avez eu l'obligeance de me confier ne révèlent aucune illégalité ni défaut d'écriture. Feu Eldon Jefferson a bien vendu l'intégralité des parts de son entreprise de filage en état de déficit à son gendre Warren Hodge avant sa mort. Le court délai entre la date de la signature et le décès de Mr Jefferson peut faire l'objet d'une enquête. J'attends vos ordres, quant à la constitution d'un dossier officiel. Concernant vos interrogations subalternes, j'ai l'honneur de vous informer qu'après calcul, vous avez la rente nécessaire pour subvenir aux besoins d'une épouse et de quatre enfants jusqu'à leur majorité, trois si vous avez deux filles à doter.

Votre très dévoué, George Moorehead.

Pauvre Albert… Déshérité par un homme qui lui avait prodigué tous les soins paternels, en plus d'avoir exprimé une franche fierté de le voir embrasser la carrière militaire à la suite de son frère. Albert qui s'était conduit vaillamment sur le champ de bataille, y laissant sa jeunesse et un frère qu'il aimait par-dessus tout. Non, Conrad n'y croyait pas. Il devait y avoir là un acte malhonnête, sans doute de ce beau-frère qu'Albert ne connaissait pas vraiment et qui avait épousé sa sœur aînée alors qu'il était déjà en Afrique. Albert parlait d'elle comme d'une créature timide, en proie à des faiblesses de nerfs, mariée tard et sans nul doute mal. Il était allé la voir lorsqu'ils étaient rentrés en Angleterre. D'après lui, elle avait été distante. Son mari, qui avait la critique facile, accaparait la conversation, critiquant la position de la reine durant le conflit contre les Boers et tout ce qu'elle avait mené comme batailles à l'étranger depuis dix ans. En outre, il avait sans cesse rappelé qu'il avait sauvé l'entreprise familiale de la ruine. Ce couple mal assorti avait trois enfants aussi timides que leur mère. Une atmosphère triste régnait sur la petite maison qu'ils occupaient. À la fin de leur entrevue, la sœur d'Albert lui avait glissé dans la main un portrait de leur mère dans un petit cadre en argent. Son mari lui avait demandé s'ils étaient si riches, pour qu'elle se perdît ainsi en prodigalité et avait exigé de récupérer le cadre. Albert était parti, après avoir jeté un dernier coup d'œil à ce sombre tableau, celui de sa sœur et de ses trois enfants, serrés sous le joug de cet homme sans souplesse ni affection.

Ni sa sœur ni son mari n'avait évoqué la situation d'Albert qui se retrouvait sans ressource au retour d'un service où il s'était conduit avec rigueur et courage. Le jeune homme s'était résolu à accepter cette indignité. Conrad lui avait alors proposé de continuer à s'occuper de ses affaires courantes, sans évidemment souligner qu'il le sauvait. Il trouverait toujours à l'employer correctement une fois en possession de sa maison. Albert était cultivé, bien élevé, discret et travailleur. Peut-être manquant un peu de fantaisie mais parfois assez drôle, quand il ne lui prenait pas l'idée de disparaître sans explications. Cela dit, si cette habitude était problématique sur un campement militaire, elle ne lui poserait pas de souci sur son domaine. Malgré ses évasions régulières et ses silences, le travail serait fait à la fin de la journée, de façon consciencieuse et impliquée.

En outre, il ferait un compagnon convenable dans

sa solitude campagnarde. Peut-être même accepterait-il de le seconder pour organiser les visites qu'il devrait obligatoirement prévoir, avant d'être remplacé dans ces obligations par une maîtresse de maison. En attendant, il voulait le fin mot de cette histoire, non pas pour se débarrasser d'Albert à qui il portait une sincère affection mais pour rectifier ce qu'il pressentait comme une injustice.

Étrange garçon qui ne réclamait jamais rien et semblait se contenter de vivre dans l'ombre de ceux qui l'entouraient, d'abord son frère mort au combat et puis lui, son capitaine… Un garçon si calme qui aimait les livres, la musique et la fuite… Il lui rappelait William par bien des côtés, même si le caractère de son frère aîné avait sa part d'ombres. Il était capable de belles colères lorsqu'il estimait avoir été lésé ou offensé. Parfois pour une broutille, une plaisanterie qui avait mal tourné. Cependant, il n'avait jamais cessé d'être le grand frère dont il avait besoin lorsqu'il était enfant : affable la plupart du temps, patient parfois, joyeux bien souvent. Conrad allait apprécier de passer du temps avec sa famille et lui, quand il serait installé et habitué à la vie civile. Peut-être même William et Catherine seraient-ils heureux de lui confier leurs deux premiers-nés quelques jours pour qu'il les amenât à la pêche et apprît à les connaître – il ne se sentait pas capable de recevoir Michael qui n'avait que six ans et encore moins Daniel qui n'en avait que trois et qui courait maladroitement derrière ses frères et sa sœur.

En arrangeant sa cravate devant le miroir, il se prit à rêver de cette vie calme, entouré d'enfants qui n'étaient pas à lui et qu'il pourrait rendre à leurs parents quand il n'arriverait plus à les contenir. Il retrouverait ses moments de sérénité le reste du temps, avec Albert pour seule compagnie. Il devrait engager une intendante, peut-être une de ces maîtresses femmes à qui rien n'échappait dans la tenue d'une maisonnée et qui saurait le délester des contraintes matérielles du quotidien. Et une cuisinière, évidemment. Il aurait sans doute besoin de l'aide de sa belle-sœur pour ça. Il n'avait jamais engagé personne auparavant.

L'idée de faire entrer Catherine dans sa vie domestique le plongea soudain dans la consternation. Elle avait déjà évoqué les milliers d'aménagements dont il n'avait pas la moindre idée quelques jours avant d'arriver dans la région. Ce qu'il fallait pour meubler le manoir. L'entretien de son écurie. La gestion de son personnel, depuis le valet jusqu'à la femme de chambre… Elle lui avait également parlé linge de maison jusqu'à le rendre hébété.

S'il la laissait faire, il se retrouverait plongé dans la dentelle de Calais jusqu'au cou. Non, il préférait se débrouiller seul que laisser Catherine mettre la main sur l'organisation de sa vie. Même s'il lui fallait passer des semaines, voire des mois, à ordonner une vie domestique à laquelle il n'avait jamais eu besoin de s'intéresser jusqu'ici.

Des heures et des heures d'entretien, de comptes, de discussions aberrantes à propos de la façon de recevoir ou du déroulement d'une journée… Comment avait-il pu rêver de cette vie, durant les nuits de bateau à lutter contre le mal de mer sur le mauvais lit de sa cabine puis à souffrir de sa blessure sur son cheval, depuis le port de Brighton jusqu'à Filwick House ?

À vrai dire, il n'en avait pas rêvé. Chaque fois que son esprit s'égarait du côté de sa nouvelle vie, il la partageait avec cette jeune femme idéale, douce et pragmatique, qui le déchargeait des ennuis domestiques et de ses soucis de la journée et faisait de sa maison un havre de paix.

— Bon Dieu, grogna-t-il à son reflet. D'ici là, je vais sacrément me faire suer !

Chapitre 10

Ethel

Ethel arrangea la dentelle des manches de sa chemise de nuit d'un geste à la fois nerveux et inutile, puisque de toute façon, Theodore l'avait déjà vue aussi débraillée, lorsqu'elle l'avait rejoint dans le jardin. Et n'avait pas fui, ce qui était plutôt encourageant.

Encourageant ? Elle n'en savait plus rien. Sa stupide idée, pour peu qu'elle fût assez bravache, risquait de la mettre dans une situation pour le moins délicate.

Si Henry ou, pire, un domestique, le voyait monter les escaliers qui menaient à sa chambre ? Non, encore pire, cet abominable capitaine Filwick qui avait passé le dîner à les surveiller du coin de l'œil, avec un sourire narquois aux lèvres... Il allait se présenter à sa porte d'un moment à un autre. La panique l'envahit soudain. Pourquoi avait-elle accepté ? C'était trop brutal, trop précipité... Qu'allait-il penser d'elle ?

Elle aurait dû y songer avant de se laisser embrasser contre un arbre ! Deux fois, qui plus est. Que disait-on à un homme qui vous rejoignait dans votre

chambre en pleine nuit ? Devait-on lui servir un minimum de conversation ? Un verre d'eau ? Du cognac ?
Elle n'avait pas de cognac dans sa chambre, même si
l'idée l'avait parfois effleurée, les soirs où elle avait dû
subir l'affreux babillage de lady Clarendon à table et
qu'elle rentrait épuisée et maussade pour se coucher.
Hugh avait toujours une bouteille d'armagnac sur le
guéridon devant la cheminée, dans leur chambre et
parfois, le soir, il… Elle ne devait absolument pas penser à Hugh !

Trop tard. Est-ce qu'elle était en train de tromper
Hugh ? Est-ce que l'on était coupable d'adultère lorsqu'on était veuve ? Adultère à sa mémoire ? Tout en se
tourmentant ainsi, elle s'aperçut qu'elle avait déchiré
la dentelle de sa manche. Parfait. Si Theodore arrivait
à ce moment précis et ne frappait pas – ce qui, il fallait
l'avouer, serait plutôt cohérent –, elle se retrouverait
définitivement dépenaillée devant lui, avec le genre
d'expression de surprise à laquelle elle était facilement
encline et qui, selon Amelia, lui faisait une tête de pois-
son hors de l'eau. Tant pis, elle resterait ainsi, avec sa
manche de dentelle qui pendait lamentablement au
bout de son poignet. Mais de quoi aurait-elle l'air ? Et
lui en découvrant sa toilette ? Si on les surprenait, on
penserait sans doute que Theodore avait tenté d'abuser
d'elle. Ce serait un beau scandale et il faudrait sans
doute les marier. Elle frissonna d'horreur. Ils seraient
absolument incapables de se tenir l'un devant l'autre et
en viendraient à n'échanger que des saillies ironiques
sous l'œil lassé de leurs nombreux domestiques. En
outre, il était beaucoup trop jeune !

La dernière chose qu'elle voulait était d'épouser Theodore Harrington, tout lord qu'il fût. Non, en fait, c'était l'avant-dernière chose. La dernière chose qu'elle voulait était d'avoir lady Harrington pour belle-mère. À ce stade de sa réflexion – mais que faisait-il ? Venait-il en calèche depuis le salon ? – elle se dit que la situation semblait bien mal engagée. Aucune femme prête à recevoir un amant ne déchirait sa chemise de nuit ni ne pensait à une potentielle belle-mère. Dans ses romans, elles étaient toutes obsédées par la crainte de déplaire à l'objet de leur désir ou de céder trop vite, ce qui lui avait toujours paru être la seule façon honorable de réagir – si tant était que l'honneur eût quelque chose à voir avec ces affaires-là…

Elle n'avait pas vraiment peur de déplaire à Theodore. À en croire son expérience de l'anatomie masculine, elle lui plaisait déjà beaucoup lorsqu'elle était habillée. Quant à céder trop vite… Elle lui avait justement donné rendez-vous pour céder trop vite. Il était vrai que la question ne se posait pas dans ses romans : les rencontres amoureuses n'étaient pas censées se terminer dans une position incommodante de façon aussi évidente. Il faudrait, dans le prochain, qu'elle conçût un personnage féminin assez téméraire pour donner un véritable rendez-vous à son amant. Une fille de marin, peut-être, ou d'armateur ou de… il fallait qu'elle notât ces idées sur-le-champ.

Cependant, alors qu'elle se dirigeait vers son bureau, un bruit vers la fenêtre la tira de ses pensées. Theodore se tenait derrière la vitre, l'air passablement fâché. Fâché ! Quelle idée de passer par le balcon ! Elle lui avait pourtant dit de prendre les escaliers !

— Décidément ! lui chuchota-t-elle en le faisant entrer. Vous avez un goût très particulier pour les fenêtres !

— J'ai dû faire semblant de prendre congé ! gronda-t-il en retour. Et traverser le parc dans l'autre sens, de nuit, avec cet abominable garde-chasse et son chien monstrueux qui le sillonnent en permanence ! Qu'a-t-on fait à votre chemise ?

Il n'y avait que ce dandy de Theodore Harrington pour remarquer ce que tout autre homme aurait ignoré pour se concentrer sur l'essentiel, à savoir le peu de rempart que faisait son habit entre eux deux.

— Elle est tombée en miettes à force de vous attendre ! répliqua-t-elle. C'est un miracle que l'on ne m'ait pas enterrée dedans !

— Vous avez encore la langue bien pendue pour une femme à l'agonie, répondit Theodore. C'est donc là votre chambre ?

Son regard bleu balaya la pièce, s'arrêtant sur les détails de la tapisserie et le désordre du bureau, pour s'attarder sur le lit, plus que de raison.

— Évidemment, c'est ma chambre, dit-elle. À qui voulez-vous qu'elle fût ?

Theodore haussa les épaules puis s'approcha d'elle, d'un pas tranquille. Bien qu'agaçant à l'extrême à cet instant même, avec son air d'être là en visite mondaine, il était particulièrement beau, ses cheveux blonds aux nuances cuivrées dans la lumière des chandelles. Son teint hâlé, inhabituel pour un Anglais, le désolait, lui avait-il avoué un jour, de façon fort peu virile mais sous cet éclairage, il lui donnait un charme fou, de ceux que l'on remarque du coin de l'œil et qu'on tente d'oublier bien vite de peur de s'attirer de sérieux ennuis.

Brusquement, il la prit dans ses bras, comme il l'avait fait dans le bois.

— Vous avez eu une excellente idée, de m'y inviter, en tout cas, murmura-t-il. J'en ai rêvé depuis la première fois où je vous ai vue !

Elle lui sourit. La première fois qu'il l'avait vue, si sa mémoire ne lui faisait pas défaut, elle ramenait du jardin un John couvert de boue qui se débattait en poussant des rugissements terribles. Elle avait perdu son chapeau dans la bataille et sa robe était maculée de taches. Et Theodore donnait le bras à sa mère, plus pincée que jamais devant ce spectacle. Ce n'était pas vraiment le tableau idéal pour une révélation amoureuse.

Theodore l'embrassa, exactement comme il l'avait fait contre l'arbre. Et exactement comme elle l'avait fait contre l'arbre, elle glissa sa langue entre ses lèvres, ce qui lui procura un frisson charmant. Pourquoi n'y avait-elle jamais pensé ? Elle savait pourquoi. Pour qui, plus exactement. Hugh serait sans doute tombé dans un mutisme de plusieurs semaines, si elle s'était risquée à une telle audace. Theodore, lui, accueillait ce baiser avec une persévérance dont les défaillances n'étaient perceptibles qu'au léger tremblement de sa main, alors qu'il passait son bras autour de sa taille pour l'attirer à lui. De nouveau, elle eut la preuve qu'il appréciait l'initiative autant qu'elle, si ce n'était plus.

Elle osa poser les mains sur ses épaules. La bouche de Theodore quitta ses lèvres pour retrouver le chemin de son cou, là où il avait obtenu tant d'effet, à la lisière du visage. Le frémissement survint, par surprise, prenant naissance dans son ventre pour remonter lentement jusqu'à sa poitrine et s'y nicher, la laissant haletante et confuse. Elle voulut l'attirer encore un peu plus mais il trébucha, ou alors ce fut elle, ou eux deux. Ils se retrouvèrent sur le lit, elle en équilibre au bord de l'affreuse courtepointe en toile de Jouy, lui sur elle ou plus exactement entre ses cuisses qu'elle avait ouvertes en tombant, pour sa plus grande honte. Honte qui disparut presque aussitôt car Theodore, nullement incommodé par la chute, avait repris l'exploration qu'il avait initiée, entre son cou et sa poitrine, provoquant des vagues de frémissement dont elle se dit qu'elle aurait du mal à les contenir, entre deux pensées des plus incohérentes.

Il suffisait donc de s'embrasser d'une certaine façon… C'était si simple… Si évident.

Elle eut soudain envie de sentir sa peau contre la sienne. D'une main tremblante, elle défit les deux boutons qui tenaient sa veste fermée et l'attira de nouveau contre elle. Son torse contre sa poitrine, séparé seulement du fin coton de leurs chemises, lui procura une nouvelle série de frémissements, dans le creux des reins, cette fois-ci.

— Attendez, dit-il. Je ne puis entrer dans votre lit tout habillé…

Elle se fichait bien qu'il y entrât habillé, en chemise ou même nu comme le jour de sa naissance.

Cramponnée à lui, elle écoutait le frémissement croître et décroître au creux de ses reins. Il détacha ses mains de son cou. Il lui fallut en appeler à toute la dignité qu'il lui restait pour ne pas soupirer de déception lorsqu'il se releva.

Son sourire le plus narquois aux lèvres, il ôta sa veste, d'un geste lent, puis sa chemise. Sans la quitter des yeux. Elle-même était incapable de détourner le regard et lorsqu'une petite voix raisonnable lui intima de souffler les bougies, elle ne bougea pas d'un pouce, subjuguée par le spectacle de ce jeune homme qui se déshabillait, sans aucun signe de pudeur, au pied de son lit. Sous la chemise qui suivit la veste sur le fauteuil près du lit, elle découvrit une peau au grain délicat, aussi dorée que son visage, des épaules aux biceps allongés, un ventre plat où naissait une barrière de poils d'un blond sombre. Lorsqu'il se baissa pour dénouer ses lacets et ôter ses bottines, elle aperçut la ligne de son dos, depuis ses épaules larges jusqu'à la finesse de sa taille et eut aussitôt envie de suivre, du bout des doigts, le piquet parfait de sa colonne vertébrale. Il enleva son pantalon avec une infinie délicatesse, puis le caleçon qui embrigadait des cuisses qu'elle découvrit musclées, suivant un chemin catégorique jusqu'à ses tibias encore encerclés par un fixe-chaussettes des plus élégants. Lorsqu'il se tourna pour poser pantalon et caleçon long sur les accoudoirs du fauteuil, elle put constater que ses fesses étaient tout aussi musclées que le reste de son corps, signe qu'il le soumettait à un exercice régulier et efficace.

Mon Dieu, comme il était beau ! Divinement beau.

Apollon lui-même lui aurait collé une bosse sur le dos pour le punir d'avoir osé être plus beau que lui ! Elle en restait bouche bée. Décidément, ce garçon était dangereux pour sa dignité.

Enfin, il se releva devant elle, sans faillir. Absolument sans faillir.

Un instant, elle eut envie de rire à la vue de ce qui se dressait entre ses cuisses. Comme c'était déroutant ! À la fois intéressant et assez laid. Hypnotisant et dégoûtant. Et la façon dont il semblait ne pas être gêné par cet accessoire pour le moins embarrassant la fascinait encore plus que l'objet lui-même.

— Êtes-vous déçue ? demanda-t-il.

— Je ne crois pas, répliqua-t-elle. Pour vous dire la vérité, je n'avais jamais vu un homme nu.

Elle tentait tant bien que mal de dissimuler le trouble de sa voix. En vain. Theodore eut un sourire qu'il aurait été légitime de rendre moqueur, ce qu'il ne fit pas. Il s'avança vers elle, laissa ses doigts courir sur sa gorge à moitié dénudée et, posant un genou sur le lit, la renversa pour l'embrasser de nouveau. Mais avant même qu'elle eût pu retrouver le frémissement qui l'avait parcourue quelques instants auparavant, il s'était glissé en elle et... eh bien, il bougeait. Sans brutalité. Délicatement même. Mais enfin ! Sans aucune autre forme de politesse, pas une caresse, ni même un baiser un peu prolongé. Il bougeait en elle comme s'il ne se souciait pas une seconde de l'intérêt qu'elle portait elle-même à la chose ni au fait que la position manquait affreusement de confort : elle avait les fesses à moitié sur le matelas, rendant leur équilibre à tous deux des plus précaires. Au bout d'un temps ridiculement court, il gémit. Puis il ne se passa plus rien, qu'une série de soupirs enroués, dans l'immobilité la plus totale.

C'était donc… ça ? De nouveau ? Elle ne voyait absolument aucune différence avec son expérience conjugale. Était-ce ce que le capitaine Filwick avait voulu dire ? Ses romans n'étaient pas réalistes parce que ses personnages masculins, contrairement à Theodore Harrington, prenaient le temps de mener les femmes qu'ils aimaient jusqu'à leur lit ? Elle se sentait très mal à l'aise, à vrai dire. Bernée. Comment, après un jeu aussi délicieux, avait-il pu se laisser aller à une telle trivialité ? Elle se sentit encore plus stupide lorsqu'elle se rendit compte que ce qu'elle avait pris pour un jeu amoureux n'en avait pas été un. Non, elle en était désormais certaine… Si Theodore Harrington avait lentement enlevé veste, pantalon, chemise et caleçon puis les avait déposés délicatement sur le fauteuil, ce n'était pas pour instaurer entre eux une délicieuse attente, d'un érotisme torride mais tout simplement parce que cet abominable dandy… avait eu pour premier souci de ne pas les abîmer…

— C'était *meraviglioso*, comme disent les Italiens… chuchota-t-il.

Alors qu'il se lovait contre elle, son bras noué autour de sa taille, dans une position encore moins confortable que la précédente, elle le contempla, ébahie.

— Vous ne parlez pas italien ? demanda-t-elle.

— Eh bien, si, répondit-il, hésitant.

— Apparemment, non.

Elle le regarda, cette fois-ci droit dans les yeux.

— *Meraviglioso* veut dire formidable, en italien, rétorqua-t-elle.

Puis elle se dégagea de son étreinte.

Chapitre 11

Conrad

— D'ici la fin de la semaine, je viendrai voir l'avancée des aménagements de ta maison avec toi, lui annonça Henry de derrière son journal.

Conrad leva le nez de la tour qu'il essayait de sauver d'une redoutable attaque du cavalier blanc, mené allègrement par une Amelia silencieuse. C'était la dernière fois qu'il lui faisait une concession aux échecs. Elle se montrait encore plus pugnace que pour les autres jeux. Par ailleurs, il avait sous-estimé ses capacités de stratège, se laissant tromper par l'insistance dont il avait dû faire preuve pour qu'elle acceptât de jouer. Le petit sourire qu'elle affichait à présent révélait que le jeu avait commencé bien avant qu'il eût disposé les pièces sur l'échiquier.

— Serais-tu déjà incommodé par ma présence ? demanda-t-il.

Un froissement de journal lui parvint, par-dessus le silence concentré d'Amelia.

— Pas du tout, s'exclama son cousin. Je te trouve

simplement bien tranquille. J'aurai moi-même besoin de bouger un peu plus. Ce sera l'occasion, ne crois-tu pas ?

Conrad acquiesça. En effet, il avait peu l'habitude de rester coincé dans un salon dont l'ambiance tournait à la morosité la plus palpable depuis trois jours. Ethel Stafford avait été malade, le lendemain de leur pique-nique au bord de la rivière. Elle avait passé toute une journée au lit. Un mauvais rhume, lui avait-on dit. Rien qui l'empêchât de manger, cela dit, avait-il constaté en voyant la femme de chambre de la jeune femme monter des plateaux chargés de gâteaux, de sandwichs pour le thé et de soupe. Ni de lire, puisqu'elle avait fait demander qu'on lui apportât plusieurs ouvrages, lui confirmant qu'elle devait avoir la détestable habitude de lire et de manger en même temps. Lorsqu'elle avait réapparu, elle avait promené une attitude maussade qui ne lui ressemblait pas, pour le peu qu'il avait vu d'elle. C'était à peine si elle était coiffée, affichant une indifférence absolue pour la vie de la maison, même si le chignon qu'elle portait lâche sur sa nuque et dont s'échappaient quelques mèches de cheveux bouclés lui donnait un air tout à fait charmant. Il avait exprimé la joie qu'il prenait à son rétablissement, comme il se devait. L'effroyable femme l'avait toisé, montrant ainsi son mépris pour les manifestations d'intérêt les plus cordiales.

Le jour d'après, Amelia et elle s'étaient isolées dans un petit salon, duquel Ethel n'était sortie que pour partir d'un pas décidé vers la bibliothèque. Et à présent, il la voyait qui devisait gaiement avec Albert, dans un coin de la pièce, d'on ne savait quoi, comme deux bons vieux camarades. Pendant que le cavalier d'Amelia assassinait sa tour – elle avait une façon parfaitement exaspérante de siffler entre ses dents lorsqu'elle gagnait –, il les contempla, tous deux assis sur la banquette du bow-window, penchés sur le même sujet de conversation. Les boucles indisciplinées d'Ethel frôlaient les cheveux drus du jeune militaire. Ils formaient un couple dont l'apparence, pleine de douceur, le prit à la gorge. De temps en temps, ils baissaient la voix de façon très incorrecte, Ethel pouffait et il était certain d'avoir vu un sourire joyeux se dessiner sur la bouche de son ordonnance. Encore une demi-journée à ce rythme et il le verrait sans doute rire aux éclats, ce qui lui semblait inconcevable…

En revanche, le temps, lui, était redevenu bien anglais. Il pleuvait à verse depuis le matin. En observant Ethel qui taquinait Albert à propos de sa cravate – ou de sa chemise, à cette distance, il n'entendait pas distinctement –, il repensa à la seule conversation qu'il avait eue avec la jeune femme, la veille, alors qu'ils prenaient le thé dans ce salon même.

Un crachin régulier embrumait les fenêtres du salon. Amelia tournait autour de son mari, lui servant son thé à la place de la femme de chambre. Ethel lui demandait d'arrêter, arguant qu'elle lui donnait mal au cœur, à force de bouger ainsi tel un insecte affolé. Conrad s'était senti soulagé de l'entendre ; lui aussi commençait à trouver ces attentions virevoltantes agaçantes. Elles lui évoquaient en effet une abeille autour d'une tarte aux mûres. La robe d'Amelia, jaune à dentelle noire, n'aidait pas à oublier cette image. Après avoir lutté pour le principe, Amelia avait fini par s'asseoir à la table du thé et laisser Henry lire son journal en paix.

— Que penses-tu de cela ? avait demandé Henry, sitôt la dernière page lue. Miss Abeline Forshour est la première femme à avoir effectué un marathon de course à pied dans le Gloucestershire. Les nouvelles sont de plus en plus idiotes, ne crois-tu pas ?

Ethel avait pincé le nez.

— Parce qu'on y relate un haut fait qui concerne une femme ?

Avant d'esquisser un sourire qu'il eut envie de suivre : la tête ahurie de Henry valait bien qu'on s'en moque.

— Parce que c'est sans intérêt ! avait répondu Henry, piqué.

Ethel avait posé sa tasse très tranquillement. Conrad s'était bien gardé d'intervenir. Il savait désormais quels étaient les gestes annonciateurs de son entrée dans une bataille.

— Hier, il y a eu deux pages sur cet homme qui a soi-disant inventé un moteur tellement puissant qu'il pourrait propulser deux bœufs au travers d'un champ, ce qu'il a apparemment expérimenté. Avez-vous trouvé cette information plus intéressante ?

— Mon Dieu, mais oui ! Les moteurs sont utiles à notre société. Quel intérêt peut présenter une femme qui a eu la lubie soudaine de pratiquer la course à pied ?

— Pour la société, je ne sais pas. Pour elle, se donner la possibilité de fuir face à la plupart des hommes que je connais.

Henry avait sifflé entre ses dents.

— Ne soyez pas spirituelle. (Ethel avait levé un sourcil.) Vous savez très bien ce que je veux dire.

— J'en ai bien peur, en effet.

Henry s'était tourné vers Conrad, alors même qu'il tentait de se faire oublier. Non pas qu'il n'aimât pas argumenter mais il fallait bien reconnaître que le charme d'Ethel était démultiplié quand elle s'en prenait à un autre que lui. Or, il n'aimait pas se priver du charme d'une jolie femme, fût-elle par ailleurs insupportable.

— Aide-moi, Conrad, avait insisté Henry. Tu es bien d'accord avec moi, n'est-ce pas ?

— Sur la vanité des journalistes ? Oui, avait-il répondu.

Assez prudemment, il fallait bien en convenir.

— Pensez-vous que les femmes doivent faire du sport, capitaine Filwick ?

La perfide créature avait dardé ses yeux verts sur lui.

— Je pense que les femmes ont la chance d'échapper à ces pratiques souvent dangereuses et épuisantes. Leur délicatesse doit être préservée.

Était-ce tout ce qui lui venait ? Les yeux verts fichés en lui comme des carreaux d'arbalète lui faisaient décidément perdre ses moyens.

— Je suis bien d'accord, était intervenu Henry. Une femme sur un terrain de rugby ! Ce serait proprement monstrueux. En pantalon, tant qu'on y est ?

— Ce n'est pas tout à fait ce que je voulais dire, s'était défendu Conrad.

En vain.

— Le rugby me semble à la portée de n'importe

quelle femme, pour peu qu'on lui donne l'occasion de le pratiquer régulièrement, avait argumenté la jeune femme.

— On voit bien que vous n'avez jamais reçu un ballon de six livres en plein ventre, avait maugréé Henry.

Plus que n'importe quel autre de leurs congénères, Henry avait détesté le rugby en pension, sans jamais oser le dire ni s'arrêter d'y jouer. Un ballon jeté avec force à l'endroit le plus sensible de sa personne l'avait contraint à garder la chambre pendant plusieurs jours. Pas « en plein ventre » comme il l'avançait. Le médecin qui était venu à son chevet avait ordonné des bains de glace. Des bains de glace. À cet endroit. Conrad se souvenait encore de la tête de Henry lorsqu'il était sorti de l'infirmerie. Ce secret était resté entre eux deux. Amelia elle-même ne devait pas connaître cet épisode peu glorieux de la jeunesse de son mari.

— Donc, avait repris Ethel. Si je comprends bien, nous pouvons donner la vie, mais pas courir avec un ballon dans les bras.

C'en avait été trop pour Conrad. Il pouvait supporter les yeux jugeurs, l'opiniâtreté, et même cette constante moue de dédain boudeur qui lui donnait envie de l'embrasser furieusement, ne serait-ce que pour la faire taire mais il ne supporterait pas cette mauvaise foi un instant de plus.

— Vous comparez deux choses incomparables. Enfanter est un acte naturel pour la femme.

— Et je peux vous assurer que le rugby n'en est pas un pour l'homme, avait ricané Henry.

— Que voulez-vous dire, capitaine ?

— Le corps de la femme est fait pour enfanter. Il ne s'agit pas là d'une pratique inventée de toutes pièces et pour laquelle il faut contraindre son corps à l'endurance et à la force.

— Êtes-vous en train de sous-entendre que donner la vie ne demande aucune endurance ni aucune force ?

— Je ne sous entends rien. Je vous affirme qu'il est naturel pour la femme de mettre au monde des enfants et qu'il s'agit donc là d'un effort épisodique pour lequel le corps a été préparé naturellement.

— Je vois…

Elle avait repris sa tasse, très tranquillement. Nouveau signe, nouvelle salve.

— Combien avez-vous dit que pesait votre ballon de rugby, Henry ? Celui que vous avez pris dans le ventre ?

— Six livres, avait marmonné Henry.

— Oh, avait-elle commenté.

Puis elle s'était tournée vers sa sœur.

— Et combien pesait Margaret à la naissance ?

— Huit livres, avait soupiré Amelia.

Un long silence était tombé sur l'assistance, troublé uniquement par le bruit de la tasse de porcelaine qu'Ethel reposait sur la soucoupe.

— Je n'ai rien à ajouter, avait-elle affirmé.

Puis elle lui avait souri, à lui uniquement, d'un sourire tellement victorieux qu'il s'était demandé furtivement dans quelle circonstance cette femme acceptait de ne pas avoir le dernier mot. Le même sourire qu'elle adressait à Albert, à cet instant, mais non teinté d'ironie ni de triomphe. Ils regardaient ensemble un dessin qu'il avait fait et qui semblait fort intéresser la jeune femme. Étrange femme, tout de même, aussi bravache et parfois aussi grossière dans ses manières qu'un soldat mais à qui il suffisait de montrer quelques aquarelles pour qu'elle se fît aussi douce qu'un agneau. La même femme qui prenait un malin plaisir à le pousser dans ses derniers retranchements chaque fois qu'elle lui adressait la parole, que ce fût pour discuter du temps ou de la condition des fermiers du coin.

— Échec, claqua la voix d'Amelia.

— Sans aucun doute, répondit Conrad du tac au tac. Avant de se rendre compte qu'elle parlait du jeu.

Chapitre 12

Ethel

La vie était parfois faite d'intéressantes rencontres. Du moins, c'était exactement ce que pensait Ethel en cette fin de journée, dans la bibliothèque, pendant qu'Albert Jefferson cherchait devant la fenêtre un angle qui lui permettrait de bénéficier des quelques rayons de soleil que les nuages laissaient filtrer. Qui aurait pu penser que ce discret jeune homme, l'ombre obligeante du capitaine Filwick, pût se révéler l'homme de la situation ?

Elle l'observait à la dérobée, par-dessus son propre livre. Il n'était pas vraiment beau. Certes, son expression romantique apportait un peu de noblesse à un visage somme toute assez commun mais la couleur de ses yeux, d'un noisette familier, ne lui apportait aucune lumière. Et sa bouche était définitivement trop grande.

En outre, il était d'une finesse délicate qui venait contester toutes les belles théories de Henry et son cousin sur l'efficacité d'une pratique sportive. Rien à voir avec Theodore. À aucun niveau, d'ailleurs. Albert Jefferson se révélait intelligent et cultivé, doté d'un humour bien à lui, qu'il fallait déceler sous son flegme et son absence d'éclat.

Par ailleurs, son humeur toujours égale arrivait à épuiser toutes ses ressources d'ironie et de sarcasme. Il lui en avait pourtant fallu pour dissimuler la gêne de leur première rencontre en tête à tête, dans cette même bibliothèque, deux jours auparavant.

Après sa journée de maladie feinte dans l'unique but de ne pas affronter sa famille, affaiblie par l'échec cuisant de sa conduite indécente avec Theodore – en toute honnêteté, elle en aurait conçu moins de honte si elle en avait tiré du plaisir – et pressée par Amelia, elle avait fini par accepter de descendre au salon, sans avoir la force de se mêler aux conversations.

Amelia s'était inquiétée, à la façon d'Amelia, à la fois consolatrice et exaspérante, et l'avait prise à part pour sonder son âme. Ethel avait tergiversé ; elle ne pouvait pas dire, même à sa sœur, ce qu'elle avait eu la bêtise de faire deux nuits auparavant. Puis, par une suite de sous-entendus qui avaient bien failli mettre à mal la patience de la douce Amelia, elle lui avait plus ou moins fait comprendre que certaines conversations avaient jeté le doute sur l'image idyllique qu'elle avait de son mariage et qu'elle s'interrogeait sur la façon dont une femme devait agir pour retenir un homme chez lui. Amelia n'avait pas eu l'air plus étonnée que cela de comprendre à mi-mots que Hugh – le pauvre, lui qui n'avait jamais même regardé une autre femme qu'elle – avait été infidèle, ce qui avait profondément vexé Ethel. Puis elle lui avait répondu qu'elle savait que Henry n'allait pas se compromettre ailleurs.

« Sans doute parce que toutes les femmes à moins de cinquante lieues ont au moins deux cents ans… » avait pensé Ethel, encore vexée du manque de réaction de sa sœur.

S'était ensuivie une longue description des qualités de Henry qu'Ethel avait appuyée d'un hochement de tête hypocrite. Elle voulait savoir ce qui permettait à sa sœur d'affirmer qu'elle était capable de retenir son mari, bien qu'il suffît de le regarder plus de cinq minutes pour comprendre que tout ce qui portait un jupon en sa présence risquait de s'en trouver momentanément dépossédé. Au moment où Amelia soliloquait sur l'époustouflante culture de son mari en matière de techniques agricoles, Ethel lui avait sommé de révéler quel était le secret de sa réussite. Amelia n'avait pas rougi mais, se penchant sur sa sœur, avait chuchoté :

— La bibliothèque cachée de Baldwin House.

Intriguée, Ethel avait demandé des précisions.

— J'attendais le moment pour t'en parler, avait répondu Amelia. Vois-tu le rayonnage des bibles anciennes de feu sir Baldwin ? Eh bien, figure-toi que ce panneau coulisse… Oui, ma chère, comme dans un roman gothique… Et derrière, il y a des livres bien peu recommandables.

Elle avait légèrement rougi. Pas par gêne, comme Ethel s'en était rapidement aperçue. Plutôt au souvenir de sa découverte.

— Des romans scandaleux ?

— Des poèmes et des traités, plutôt. En grec. En latin, aussi.

Amelia lui avait expliqué que ces livres inconnus d'Ethel donnaient des conseils sur la façon dont on devait se conduire au lit et que, grâce à ces intéressantes lectures, elle avait su comment se comporter avec Henry.

— Je n'ai évidemment pas tout mis en pratique, avait-elle conclu. Certaines sont véritablement repoussantes, sache-le.

— Henry connaît donc l'existence de ces livres ?

— Non, évidemment ! avait dit Amelia.

Puis elle avait eu un rire malicieux.

— Il ne l'a donc jamais découvert ?

— Dans une bibliothèque ? Crois-tu qu'il y mette souvent les pieds ?

C'était peu probable, en effet.

— Tout de même, avait repris Ethel. C'est étonnant. Sais-tu à qui ils appartenaient ?

— Certainement pas à mes beaux-parents, avait ri Amelia. Peut-être à un ancêtre plus érudit ou plus… tu vois…

— Je vois très bien, avait-elle simplement répondu. Je suis tout de même très choquée que tu aies découvert de telles lectures sans m'en faire part, moi qui aime tant la pensée antique.

Elle avait dit ça d'une voix égale, pour dissimuler son envie soudaine de laisser sa sœur où elle était et de courir jusqu'à la bibliothèque pour parcourir les livres indécents.

— Oui, j'ai rougi de confusion à plusieurs passages,

avait avoué Amelia. Mais en attendant, Henry n'a jamais envisagé de faire chambre à part, contrairement à l'usage.

Hugh non plus ne l'avait jamais envisagé, avait pensé Ethel.

Peut-être aussi parce que leur appartement ne comportait qu'une seule chambre.

— N'est-ce pas John que j'entends pleurer ? s'était-elle exclamée, soudain.

Amelia avait froncé le nez puis s'était levée, suivant de bon cœur les pleurs imaginaires qu'Ethel lui indiquait.

— À tout hasard, avait-elle lancé avant de disparaître. Si jamais, n'est-ce pas… Le panneau s'ouvre par le côté et il faut légèrement le pousser.

Grâce à ces généreuses indications, Ethel était donc en train de parcourir le rayonnage instructif quand Albert Jefferson était entré dans la bibliothèque – elle s'en était aperçue trop tard. Bien trop tard pour faire glisser l'imposant cache rempli de bibles du XVIIIe siècle habilement disposé devant.

Elle avait franchement paniqué et n'avait trouvé comme solution que de se tourner vers le jeune homme.

Après l'avoir saluée, Albert s'était contenté de déclarer, de ce ton parfaitement poli qui ne le quittait jamais :

— Est-ce Catulle que je vois là ?

Avant de préciser, devant sa surprise muette :

— Juste à côté de Suétone. Étrange classement, au passage…

Il n'avait pas mentionné le mécanisme qui permettait de dissimuler les ouvrages ni ne s'était étonné de leur proximité avec les livres saints.

— Je fais des recherches, avait répondu Ethel.

Assez peu intelligemment, il fallait l'avouer.

— Sur les mœurs antiques ? avait questionné Albert, toujours de son ton neutre.

Elle avait soupiré. Ce n'était pas la peine de le prendre pour un imbécile, ce qu'il n'était vraiment pas car un imbécile aurait déjà tiré parti de la situation, d'une façon ou d'une autre, ou se serait récrié de connaître de tels auteurs.

— Sur les mœurs en général, avait-elle avancé.

— Je vois.

Que voyait-il donc ?

— Catulle peut être assez explicite, avait-il ajouté. Me permettez-vous de vous retrouver les passages qui pourraient vous intéresser ?

Il avait attendu son acquiescement muet et son mouvement vers la droite pour prendre le livre avec une précaution cérémonieuse. La façon dont il avait traité le livre, tournant les pages en douceur, avait touché Ethel. Il n'avait rien de véritablement charmant – cette bouche bien trop grande et ces yeux communs ! – mais, indéniablement, il y avait de la sensualité chez ce jeune homme. Elle s'était dit que tout homme capable de traiter un livre avec une telle douceur devait traiter les femmes de la même façon. Puis elle s'était souvenue de ce que son père disait de lord Byron…

— Voyez-vous, les Grecs pensaient qu'il fallait

contenter le corps autant que l'esprit, avait-il continué. Certains Romains également. Catulle en fait partie.

— Comment cela, contenter le corps autant que l'esprit ?

— Vous n'êtes pas sans savoir que les Grecs élevaient les amours entre gens du même sexe au rang d'amours philosophiques. Certains Romains qui les imitaient en tout point ont hérité de cette théorie amoureuse. N'hésitez pas à me dire si je vous choque.

— Pas du tout, continuez.

— Leurs pratiques étaient tout à fait différentes des nôtres, ainsi que leurs perceptions de l'intimité. Catulle pense que la bouche est un élément primordial dans l'expression de l'amour.

— Eh bien, quoi ? avait-elle répondu. Nombre de poètes pensent la même chose.

Il avait ri – elle ne l'avait jamais entendu rire et elle avait aimé ce rire.

— Je me suis mal exprimé. Je vous laisse lire l'auteur par vous-même.

Il lui avait tendu le livre, ouvert sur un passage. Certes, elle n'avait pas pratiqué le latin depuis fort longtemps mais, au bout de quelques phrases, elle arrivait à percevoir le sens de sa lecture. Effectivement, Albert s'était mal exprimé. Elle lui en savait gré, d'ailleurs. Ce que Catulle préconisait, ce n'était pas la bouche au sens figuré du terme, mais bien son utilisation, triviale et concrète.

— Ce ne sont certainement pas le genre de pratiques que l'on trouve en Angleterre, avait-elle murmuré.

Prise entre une gêne incommensurable et un intérêt croissant pour le sujet.

— Ou peut-être dans des endroits peu fréquentables.

Albert avait esquissé un geste de la main pour éluder le sujet.

— Et ce sont des pratiques entre hommes.

Mon Dieu… Elle n'était pas certaine de traduire correctement certains mots mais elle était assurée d'une chose : aucune langue, masculine ou féminine, n'avait pour fonction de se retrouver dans tous ces endroits…

— Sappho qui était grecque en préconisait la même utilisation, à ceci près qu'elle vivait entourée de femmes, lui avait signalé Albert. Quant à savoir si notre civilisation interdit ces pratiques… Que dit la Bible à ce sujet ?

— En ce qui concerne ce que Catulle veut faire au jeune homme dont il est amoureux, je puis vous assurer que l'église le condamne lourdement, avait répondu Ethel

Albert avait hoché la tête.

— Ceci, oui, c'est écrit noir sur blanc… Mais le reste ? Je ne crois pas. Or, sans être un spécialiste en théologie, il me semble que tout ce qui n'est pas strictement et clairement interdit par le Livre saint est donc autorisé…

— Ce qui n'est pas écrit, voulez-vous dire ? Encore faudrait-il que ce soit connu. Je doute que les apôtres eussent imaginé ce genre de… mon Dieu… je ne peux même pas appeler cela des pratiques.

Elle tentait de garder un esprit scientifique et ouvert

mais les mots qui défilaient sous ses yeux lui évoquaient des images pour le moins dérangeantes, surtout en la présence du jeune homme.

— J'en doute également, avait répondu Albert.

Puis il avait repris, songeur :

— C'est d'ailleurs fort étonnant que la religion catholique ait pu ainsi se propager, avec cette absence absolue d'*imagination*…

Elle n'avait compris son humour qu'en voyant ses yeux qui, à bien regarder, n'étaient pas aussi communs qu'elle l'avait décrété.

— Ceci nous explique en tout cas la décadence de l'Empire romain, avait-elle répondu sur le même ton.

Il avait ri, de nouveau. D'un rire bien plus dangereux pour elle que les livres qu'ils avaient étalés devant eux.

À présent, ils étaient de nouveau dans cette bibliothèque, à poursuivre leurs recherches dans l'alcôve construite naïvement par Henry pour des enfants qu'il n'aurait peut-être jamais conçus si Amelia n'avait pas trouvé ces fameux livres. Albert avait découvert des ouvrages qu'il n'avait pas encore eu le loisir de lire. Ethel continuait la lecture de Catulle, en retenant énormément d'exclamations. De temps en temps, le jeune homme lui lisait un passage qu'il jugeait attrayant. Pour l'heure, il était plongé dans une reprise des *Métamorphoses* d'Ovide, d'auteur inconnu, qu'il pensait largement postérieur à l'Antiquité, bien qu'elle fût rédigée en latin. Ethel était assise dans le fauteuil voisin, dos à la fenêtre et suivait les pensées plaintives et concupiscentes d'un

Catulle rejeté par son jeune amant, les yeux agrandis par le plaisir de l'horreur.

— C'est tout à fait amusant, malgré les erreurs de grammaire, s'exclama soudain Albert.

— Quoi donc ?

— Cette version de Daphne et Apollon. Vous souvenez-vous de cette histoire délicieuse ?

— Bien entendu ! s'offusqua Ethel. Cependant, parmi les métamorphoses, elle ne faisait certainement pas mes délices ! Cette pauvre Daphne, poursuivie des assiduités brutales du dieu, et obligée de se transformer en laurier pour lui échapper… J'avais du chagrin pour elle.

— Pourtant, il en fait son ornement préféré pour lui rendre hommage.

— Quelle consolation, en effet, de finir son existence sur la tête du dieu qui voulait lui faire outrage…

Albert rit.

— Vous êtes tout à fait étonnante.

Sa tête se trouvait bien trop près de celle d'Albert mais il était trop tard pour reculer sans paraître grossière ou troublée. Déjà, dans le salon, alors qu'il lui traduisait en croquis un passage qu'elle n'avait pas compris – elle en rougissait encore mais se promettait d'étudier la question à tête reposée, quant à l'utilité d'avoir ses deux jambes et ses deux bras dans ce genre de position –, elle avait senti cette odeur qui lui était propre. Pas un parfum compliqué que l'on ne trouvait qu'à Londres, comme celui de Theodore. Son propre parfum. Une subtile composition d'odeur de peau, de tabac, avec une pointe d'autre chose, comme une épice dont elle ne connaissait pas le nom mais dont elle pressentait qu'elle en aimerait le goût.

— De toute façon, la littérature condamne toujours les femmes de pouvoir, ajouta-t-elle. Même dans les mythes qui sont censés les honorer.

— Je vous avoue qu'Apollon m'a toujours paru être un imbécile parmi les dieux.

Il laissa le reste se perdre dans ses souvenirs.

— Lequel est donc votre préféré ?

— Hermès, je crois. Il a la possibilité de partir où bon lui semble et il en a même le devoir.

— C'est un don que nous devrions tous avoir, lança-t-elle, en retenant un bâillement.

Leurs heures de lecture l'avaient fatiguée, tant mentalement que nerveusement. Albert devait être épuisé, également, car leurs deux têtes se trouvaient encore l'une à côté de l'autre alors qu'ils continuaient à se parler au-dessus du livre, sans prendre la peine de se contraindre à un sens des convenances qui ne leur faisait habituellement pas défaut.

— Si nous avions une telle aptitude, croyez-moi, il n'y aurait plus personne à l'heure du thé…

Elle sentit son sourire, presque contre sa joue. Il avait légèrement tourné la tête, de sorte que son souffle venait caresser sa peau, juste sous son œil. Elle retint le sien. Tout indiquait qu'elle devait se lever et écourter la conversation mais n'en avait aucune envie.

— Oui, j'ai toujours aimé Hermès, murmura-t-il. Il est le père d'Éros…

Elle frémit, tant sa voix était devenue voilée et son souffle plus doux contre sa joue.

— Et celui des satyres, ces créatures indécentes qui suivent le dieu Dionysos, répondit-elle.

— Ne soyez pas méchante avec Dionysos, il est le dieu le moins violent de tous.

— Il se laisse aller à toutes les démesures ! s'exclama Ethel.

— Si j'étais un dieu, je n'aurais jamais eu d'autre quête. Mais mon statut d'humain fragile me confine à la bienséance et à la pondération.

— Y êtes-vous toujours contraint ?

— Pas toujours, chuchota-t-il. Pas toujours…

Ethel sourit, bien que rien à ce moment-là ne prêtât à sourire. Elle venait enfin de faire une découverte intéressante. Les mots, pour peu qu'ils fussent prononcés de la bonne façon, avaient le pouvoir de faire naître le frémissement.

Chapitre 13

Conrad

La pluie avait cessé dans la matinée du jour suivant, permettant à Henry et Conrad de s'échapper pour chevaucher jusqu'à la nouvelle demeure de Conrad. L'heure de petits chemins boueux qui séparaient les deux propriétés avait paru courte au capitaine, heureux de revoir cette campagne dans laquelle il avait grandi.

Durant toute une partie du trajet, Henry avait pesté contre l'expansion des villages qu'ils traversaient, sous prétexte que les nouveaux bâtiments se remplissaient d'Anglais en villégiature venus chercher le calme de la campagne sans avoir les moyens d'y posséder une maison. Selon lui, les agriculteurs qui vivaient jusque-là du produit de leur terre se convertissaient tous en aubergistes âpres au gain et opportunistes, sacrifiant de bonnes et belles terres pour en faire des pelouses où jouer au croquet.

Conrad avait trouvé l'idée intéressante. Dans ses souvenirs, la plupart des agriculteurs mouraient de faim. En outre, il trouvait plutôt agréable qu'une vie mondaine se développât en dehors du petit cercle fermé des propriétaires de la région. Les paysages verts, détrempés de pluie, où s'égouttaient quelques moutons égarés dans les pâturages pentus, lui emplissaient l'âme d'un sentiment qu'il n'avait jamais connu dans sa vie et qu'il attendait depuis son arrivée.

De l'ennui. Profond.

Pas de la nostalgie, non. Un ennui tellement palpable qu'il avait peur que son poids s'ajoutât au sien et empêchât Joie du Matin, le cheval déjà poussif que Henry lui avait alloué, d'arriver jusqu'à sa maison. Jamais cheval n'avait plus mal porté son nom.

Conrad s'égaya un peu lorsqu'il aperçut ce qui devait être le début de ses terres. Quelques maisonnettes à l'aspect plutôt cossu, entourées de vergers et de champs, délimitaient la propriété, cachée derrière une colline boisée tout à fait charmante. Au moins, ses métayers vivaient confortablement. Sur son passage, il vit plusieurs enfants pointer le bout de leur nez par-dessus un muret de pierres disjointes et le regarder longuement, avant de courir vers une des maisons, plus grande que les autres. Il ne tarderait pas à avoir de la visite et devrait s'habituer à ce que ses faits et gestes fussent ainsi observés par des espions miniatures, efficaces et sans scrupules. Au bout d'un chemin dont il nota qu'il faudrait l'aplanir et en redessiner les côtés, à flanc de colline, il vit enfin la maison achetée sur gravures par son avoué.

C'était une charmante maison de maître, à deux étages, qui devait comporter des pièces sans grande envergure mais éclairées par de hautes fenêtres. Ses fondations avaient survécu à l'incendie, ainsi que le rez-de-chaussée et une partie des dépendances. Le lierre qui couvrait le front en pierre blanche également – le lierre survivait à tout. De romantiques arbustes, vaporeux et élégants, ornaient le devant de la maison mais le parc qu'ils entouraient n'était qu'un champ de mauvaises herbes. C'était à peine si on voyait l'allée, comme on avait à peine vu le chemin. À mesure qu'il s'en approchait, Conrad constata que le toit s'était effondré par endroits et avait été remplacé par des planches et que certaines vitres avaient explosé sous l'effet de la chaleur, en particulier au deuxième étage où devaient se situer les chambres principales.

Henry poussa une exclamation qu'il tenta de transformer aussitôt en sifflement d'admiration.

— Si cette maison n'est pas hantée, elle est sans doute envahie par les rats, murmura Conrad. Mais il est possible d'en faire quelque chose d'assez correct.

— Sais-tu ce qui a provoqué l'incendie ? demanda Henry.

— Un bête feu de cheminée. Il n'y a pas eu de morts, d'après Moorehead mais le propriétaire, un veuf assez âgé, a préféré vendre plutôt que d'investir dans des travaux pour une maison dans laquelle il n'était pas certain d'habiter. Le temps a passé et il est mort. C'est son fils qui en a hérité.

— Eh bien, mon cher, répondit Henry. Je crois en tout cas que nous t'aurons à demeure un peu plus que l'été.

— Non, bien que cela m'eût enchanté. D'après

Moorehead, tout le rez-de-chaussée sera vite habitable. Les ouvriers ont d'ailleurs commencé par cette partie. Allons voir où ils en sont.

Ils guidèrent leur cheval sur l'allée percluse de mousse, jusqu'à un petit perron tout à fait charmant, surmonté d'une avancée de pierre qui le protégeait des intempéries.

— Je ne crois pas avoir jamais rencontré la famille qui vivait là, reprit Henry, en descendant de cheval.

— L'homme est un ancien commerçant, avec une confortable fortune mais sans aucune accointance vraiment significative. Exactement le genre de personne que ton père n'aurait jamais voulu voir dans son salon. Je crois qu'il faisait commerce de vins.

— Alors, il est encore plus étonnant que je n'en aie jamais entendu parler.

Henry avait été un amateur de vins dans leur jeunesse, comme il avait été amateur de tout ce que son père pouvait lui interdire : musique, danse, femmes et, plus généralement, toute expression d'une quelconque joie de vivre. Conrad également, dans une moindre mesure. Son père n'avait pas la rigueur mortifère de sir Baldwin. Il lui avait parfois frotté les oreilles et mis quelques coups de pied aux fesses pour avoir abusé de l'alcool et, une fois seulement, il l'avait sermonné pour sa conduite débauchée à Londres. Le sermon s'était terminé par la liste des endroits qu'il était en droit de fréquenter et que lui-même n'hésitait pas à visiter lorsqu'il se rendait en ville. Horrifié à l'idée de croiser son père dans de tels établissements, Conrad avait tout simplement arrêté ses escapades libertines.

À présent qu'il était adulte et que son père était mort, lorsqu'il repensait à cette période peu glorieuse de sa vie, il saluait le sens de la stratégie paternelle.

La porte principale était ouverte, afin de laisser les ouvriers aller et venir durant la journée. Conrad eut le réflexe de frapper, ce qui était stupide ; il n'allait tout de même pas annoncer sa venue dans sa propre maison. L'entrée modeste mais de belle disposition lui plut dès le premier coup d'œil. Le parquet n'avait pas été endommagé, pas plus que la tapisserie dont il ne jugea pas utile de se débarrasser, car elle était d'un goût discret qui ne lui déplaisait pas – à Baldwin House, il avait encore des haut-le-cœur en passant dans le petit salon redécoré par Amelia et dont les murs exposaient des fleurs d'un rose soutenu sur fond vert prairie. Le propriétaire avait jugé bon de garder les teintes du XVIIIe siècle, date de construction de la maison : vert sauge et bleu légèrement grisé. Il s'en accommoderait tout à fait. Sur sa gauche, il ouvrit une double porte pour découvrir une grande pièce, probablement le seul salon de la maison, doté d'une immense cheminée en bois sculpté. Comme il s'y attendait, la pièce était lumineuse.

— Comptes-tu dormir sur un matelas à même le sol au milieu de ton salon ? demanda Henry.

— Je crois qu'il y a un bureau sur la droite, ainsi qu'une petite pièce qui servait à feu la maîtresse de maison pour coudre. Dans un premier temps, je les aménagerai en chambres. Albert et moi avons l'habitude de dormir dans des pièces adjacentes sans nous déranger.

Henry poussa la porte de droite, pour y découvrir une autre pièce, plus petite mais confortable et également munie d'une cheminée.

— C'est assez coquet, admit-il. Combien y a-t-il de pièces à l'étage ?

— Trois grandes et une petite au premier. Deux autres plus grandes au second, ainsi qu'une plus grande pièce encore qui ne servait à rien qu'on eût pu m'expliquer et qui a entièrement brûlé.

Ils cheminèrent encore un peu au rez-de-chaussée, découvrant une cuisine et une arrière-cuisine en parfait état qui menait sur un petit jardin où les fleurs se mêlaient aux broussailles, puis montèrent au premier. Les chambres n'étaient effectivement pas habitables. La fumée avait pénétré dans le couloir et noirci la plupart des murs. En outre, les parquets devaient être reconstruits à plusieurs endroits, ce que les menuisiers avaient commencé à faire. Conrad trouva plus prudent de ne pas emprunter l'escalier qui menait au second, repérant également des morceaux de plafond qui s'étaient effondrés, et préféra continuer à explorer le premier étage.

— Cette pièce-là te fera une chambre agréable, fit-il remarquer en faisant le tour de la seconde pièce. Pour un célibataire, il ne sert à rien de s'installer au second, de toute façon et celle-ci sera prête bientôt. Il semble y avoir une autre pièce à côté. Peut-être une antichambre. Toujours pratique. Tiens, le propriétaire a oublié des caisses, apparemment…

Il devait y avoir un autre accès, depuis la pièce du fond, car ils eurent du mal à se glisser par la porte bloquée par des grandes caisses de bois, couvertes de poussière.

— Crois-tu que nous devrions vérifier ce qu'elles contiennent ? C'est peut-être du vin, reprit Henry.

Conrad ne répondit pas et, déjà muni d'un levier laissé là, entreprit d'ouvrir une des caisses sur lesquelles aucune indication n'était donnée.

— Oh, merveilleux, soupira Henry. Des livres.

Des dizaines de livres anciens, calés par des poignées de paille sèche. Ils essayèrent d'autres caisses. Elles dévoilaient toutes le même contenu. Toutes sortes de livres. Des romans en anglais, en latin, en français, en grec, en italien. Des essais. Plusieurs livres de médecine et de géographie. Certains ouvrages devaient dater du XVIe siècle, pour peu qu'il y connût quelque chose. D'autres semblaient plus modernes et avaient la même couverture. Il s'agissait là de toute une collection. Certains exposaient une dédicace à la main, qu'il ne prit pas la peine de déchiffrer, pressé par Henry que tout cela ennuyait déjà. Une bibliothèque, oubliée dans une pièce, depuis plusieurs années et qui, d'après l'ex-libris des éditions les moins anciennes, avait appartenu à un certain D. F. Certaines couvertures avaient pris l'humidité.

— J'écrirai à Moorehead pour que le fils du propriétaire les récupère, annonça Conrad, lui aussi un peu déçu, en reposant une édition qui annonçait pompeusement le titre des *Amours éternelles de Daphne et d'Apollon*.

— Oui, répondit Henry dont l'œil lassé se perdait dans le vague. Et n'en parle pas à Amelia, je t'en prie, elle me ferait une vie impossible pour venir les voir. Au début de notre mariage, elle a passé ses soirées à lire des ouvrages en latin.

— En quoi est-ce un défaut?

— Je ne me suis pas marié pour passer mes soirées seul devant la cheminée, répondit Henry. Heureusement, la maternité a mis bon ordre à ses envies d'érudition. Elle n'en a plus le temps. Quelle idée, tout de même…

— Mrs Stafford y trouverait peut-être un intérêt.

Nom de Dieu… Cette femme venait hanter ses pensées sans y être invitée désormais… Il avait spontanément pensé à elle, avant même de penser à Albert qui aimait tant les livres, lui aussi. Et pour lui plaire, en plus… Il imaginait déjà le petit retroussement de nez narquois qu'elle aurait s'il avait la stupidité de lui proposer de les voir…

Henry eut un hoquet ironique.

— Oui, évidemment, elle a le temps de lire, elle. Allons voir les écuries, veux-tu?

Conrad voulait bien. Il referma les caisses afin de protéger les livres de la lumière que la fenêtre sans rideaux faisait pénétrer dans la pièce, puis suivit son cousin vers le rez-de-chaussée.

Chapitre 14

Ethel

— Ce maudit chien ! maugréa Ethel, en enjambant une souche d'arbre.

L'affreux corniaud que John aimait par-dessus tout s'était encore échappé. Et sir Baldwin était parti en promenade avec son cousin, au lieu de consacrer son peu de temps libre à sa famille ! Évidemment, il était hors de question d'envoyer le garde-chasse chercher l'animal. Son molosse le détestait avec une férocité débridée. John pleurait à chaudes larmes à l'idée que Puffy pût se trouver seul dans le bois derrière le parc, à la merci des pièges et des renards à qui ils étaient destinés. Amelia voulait envoyer un des deux valets qui supportaient la charge de la maison mais Ethel avait refusé. Le chien s'enfuirait sans doute à leur approche, puisqu'ils le détestaient presque autant que le molosse du garde-chasse, pour avoir dû nettoyer le parquet de ses petites pattes boueuses plusieurs fois par jour depuis que John s'en était entiché.

Elle était donc dans le bois, égratignant le bas de sa

jupe aux ronces, son chapeau hérissé de brindilles et ses gants tachés de vert, suivie par un Albert qui avait proposé généreusement de l'aider dans ses recherches. Elle avait accepté avec reconnaissance, rougissant légèrement au souvenir du trouble qui l'habitait encore depuis leurs séances de lecture.

Cependant, malgré cette aide inattendue, la nature tout entière paraissait lui être hostile, à dessein. Elle avait même reçu une limace sur le bras et poussé un hurlement qui tenait plus du vagissement furieux que de l'expression de sa préciosité. Il lui semblait plus qu'impossible de badiner dans ces conditions et elle en était venue à la conclusion que tout était décidément plus facile dans ses romans.

Aucune de ses héroïnes, pourtant expertes en frémissements en tout genre et en œillades charmeuses, n'aurait vu leur pouvoir de séduction survivre à la limace voltigeuse.

Après s'être enfoncés dans le bois assez longtemps pour envisager d'y trouver leur propre nourriture, selon Ethel, ils arrivèrent à un endroit moins touffu où ils découvrirent un petit pavillon, tout engoncé de ronces et de lierre.

— Sans doute un ancien pavillon de chasse, lança Ethel.

— Plus probablement un pavillon comme on en construisait au XVIIIᵉ siècle, quand on avait l'âme galante.

— Je doute que Puffy ait l'âme galante, fit-elle remarquer.

Assez bêtement, elle en convenait. Mais désormais, chaque mot prononcé par Albert Jefferson la mettait dans des états proches de la confusion la plus totale. C'en était grotesque. Au petit déjeuner, il lui avait demandé si le temps se lèverait dans la journée et elle avait rougi comme une bécasse. Parce que… parce qu'évidemment, si le temps ne se levait pas, ils seraient obligés de s'occuper.

Dans la bibliothèque. À échanger des paragraphes où il était question de mille baisers qui feraient des jaloux (Catulle) et de flamme subtile courant dans toutes les veines (Sappho).

— Allons tout de même voir, proposa Albert. Regardez ! La porte est dégagée.

La porte est dégagée… À ces mots, elle sentit une chaleur embarrassante lui remonter dans la poitrine. Mon Dieu ! Sans sa sale manie d'utiliser les images les plus triviales pour décrire les ébats de ses personnages et sans la sale manie d'Albert de mettre un double sens dans chacune – chacune ! – de ses interventions… L'aurait-elle suivi avec le même petit tremblement nerveux ? Sans doute pas. Certainement pas.

— Elle doit être fermée à clé et…

Elle n'était pas fermée. Albert y entra le premier et fit signe à Ethel qu'elle pouvait le suivre sans crainte. Dans l'unique pièce, une toute petite fenêtre laissait passer un rayon de soleil, filtré par le lierre et dans lequel flottait une nuée de minuscules étoiles de poussière. Il y avait encore des meubles recouverts de draps grisés de vieillesse. Là, sans doute des causeuses et une table pour le thé. Là, un petit buffet, là, une coiffeuse. Là, un lit étroit.

— Il semblerait que ce soit l'endroit idéal pour une pause, dit Albert.

Il tira le drap d'une des causeuses, provoquant un véritable tourbillon de poussière, qu'il chassa comme il put vers la porte puis dégagea la seconde. Avec leur tissu brodé de délicates jonquilles, sur un fond vert passé, elles avaient une apparence délicieusement désuète.

— Si vous n'avez pas peur de vous salir, vous pouvez vous y asseoir…

— Au point où j'en suis ! s'exclama Ethel en jetant un regard désolé sur sa jupe couverte de boue et de mousse.

Elle avait également mal aux pieds. Les bottines d'été qu'elle portait n'étaient certainement pas faites pour la marche. Elles ne seraient désormais faites pour rien, de toute façon. Leur chevreau crème n'avait pas survécu au sous-bois, tout épais qu'il fût.

— Mon Dieu, je dois avoir l'air…

— D'avoir été poursuivie par Apollon lui-même, termina Albert.

Il fallait qu'il arrêtât rapidement ce genre de sorties. À présent, il s'était assis en face d'elle et la contemplait gravement. Ses genoux effleuraient les siens et ce contact lui provoquait des petits frissons électrisants. Elle devait trouver quelque chose de spirituel à lui répondre. À la place, elle rit sottement.

— Tout de même, c'est un mystère, trouva-t-elle enfin à dire. Je me demande à qui appartenait cet endroit. Sans doute pas au père de sir Baldwin dont ma sœur m'a dit qu'il était d'une rigidité effrayante.

— L'emplacement et cette unique fenêtre… Tout porte à croire que cette personne voulait de toute façon s'y cacher. Votre beau-frère, peut-être.

— Henry ? Non. Fort improbable. Tout ceci est bien trop… précieux pour Henry. Trop féminin. J'imagine plutôt qu'il avait une espèce de cabane de contrebandier près du ruisseau, où son cousin et lui pouvaient s'adonner à la pêche et à toutes les activités viriles dont ils nous ont rebattu les oreilles durant trois jours. Cet endroit devait appartenir à un ancêtre romantique vivant quelque amour interdit…

Cette fois-ci, Albert sourit.

— Et dépourvu de sens pratique, d'ailleurs… continua-t-elle, prise par l'élan. Ce lit minuscule…

— Si la fonction de ce pavillon était d'y amener une maîtresse, la taille de ce lit est au contraire extrêmement pratique, répondit-il. En outre, l'absence de montants permet une plus grande aisance de mouvement.

Il appuya son propos d'un regard enthousiaste qui la propulsa dans une sensation des plus étonnantes.

Allait-il se taire ?

Plût au ciel que non. Il ne devait absolument pas se taire.

— Il n'y a rien sur le mouvement dans Catulle, réussit-elle à articuler.

— J'imagine que c'est parce qu'il est propre à chacun, répliqua Albert.

Son genou droit venait de se déplacer légèrement contre le sien. Un sursaut de fierté la prit subitement. Son cerveau ne pouvait pas lui faire défaut en un instant pareil. Toute sa vie, il avait été son seul allié, compensant un physique que l'on trouvait facilement banal, surtout en présence d'Amelia dont la beauté tranquille resplendissait, quelles que fussent les circonstances.

— Il est toujours utile de s'intéresser à la théorie avant la pratique, lâcha-t-elle.

Bien. Apparemment, son cerveau venait d'annoncer sa reddition.

— Je me posais justement la question, répondit Albert. Pourquoi avez-vous besoin de toute cette théorie ?

— Beaucoup de sujets m'intéressent, commença-t-elle.

— Sans nul doute. Cela dit, vous avez été mariée. A priori, vous devriez déjà avoir une vue d'ensemble assez complète, sinon précise. Vous ne me donnez pas l'impression d'avoir envie de regoûter aux joies du mariage et, si c'est le cas, vous n'êtes certainement pas le genre de femme à tenter d'y attirer un homme par des stratégies faciles… ou même par des stratégies tout court.

— Et vous, pas le genre d'hommes à prendre des détours… Je vous pensais toujours discret.

Albert rit, sans aucune malice, remarqua-t-elle.

— Je suis effectivement discret mais j'aime connaître les enjeux d'une quête lorsque je m'y engage. N'y voyez aucune stratégie de ma part mais une profonde envie d'aider.

Elle baissa les yeux. Son genou touchait toujours le sien, sans s'y appuyer, presque naturellement. Il était moins embarrassant de regarder des schémas et de lire des envolées amoureuses avec lui que de parler de son passé. L'étude avait été une barrière qui avait préservé son reste de pudeur.

— Disons que mon mariage n'a pas été très instructif

à ce sujet-là, répondit-elle. Il n'a duré que deux ans. Au bout de quelques années supplémentaires, peut-être aurions-nous pu explorer un peu plus ce que la bibliothèque secrète m'a dévoilé.

Elle se sentit rougir et n'osa lever les yeux pour ajouter :

— Pas tout, j'en conviens. Certaines descriptions me hanteront encore quelque temps, je crois… Cependant, ces livres et mon expérience personnelle me confirment que l'amour ne suffit pas à laisser s'épanouir certaines sensations.

— C'est une explication, pas un but, avança Albert.

— C'en est un.

— Non.

Elle leva les yeux vers lui, cette fois-ci. Cette expression impassible… Quel était son but, à lui ? Il lui suffisait de… eh bien… de se pencher pour obtenir ce qu'il voulait, puisqu'en toute honnêteté, il était évident qu'elle le voulait aussi.

— Pour quelle raison tenez-vous à connaître mon but ? demanda-t-elle.

— Je vous l'ai dit, j'aime connaître tous les enjeux d'une action, aussi désintéressée soit-elle. Si vous voulez, nous pouvons faire un marché, continua-t-il. Vous me révélez votre but réel, que je me garderai bien de dévoiler à quiconque, je vous le promets, et en échange, je vous fournis une information que la plupart des femmes ne possèdent pas et qui, j'en suis certain, aidera grandement vos recherches.

Un marché, à présent. Un échange d'informations. Quelle gourde elle avait été d'imaginer que cet homme tout en retenue et politesse, exalté à la seule idée de traduire un passage de grec ancien, eût envie de se laisser aller à des ébats précipités qui risquaient, en outre, de lui faire perdre sa position ! Néanmoins, il y avait une perspective agréable dans cet accord : Albert Jefferson était bien le gentleman qu'il paraissait être et elle pouvait lui faire confiance. Jusque-là, son aide affairée et sans jugement avait été précieuse.

— Pourquoi pas, murmura-t-elle.

Elle lui raconta tout, en omettant les moments où elle s'était montrée mesquine envers le capitaine Filwick mais en n'hésitant pas à ajouter quelques adjectifs choisis à la critique qu'il avait faite de sa prose. Le visage d'Albert s'illumina lorsqu'elle lui parla de ses romans et devint hilare en entendant le rapport cruel que le capitaine en avait fait.

— Le capitaine peut faire preuve d'une brusquerie assez déroutante, commenta-t-il. Il n'est cependant pas aussi rustre que ce qu'il veut bien montrer en votre présence. Il semblerait que vous l'agaciez assez facilement.

— Il ne savait pas que j'étais l'autrice de ce roman, précisa Ethel. Je dois donc l'agacer même lorsque je n'en ai pas l'intention.

— Quoi qu'il en soit, je comprends mieux désormais votre besoin de recherches. J'ai hâte de lire ce que vous ferez de toutes ces informations et de voir comment vous utiliserez l'héritage de ces poètes capables de vivre leurs amours sans aucune forme de restriction.

— Vous les enviez donc ?

— J'envie leur faculté à aimer sans entrave, oui, tout

comme j'envie à présent votre faculté à parler d'amour à vos lecteurs.

— Vous n'avez donc jamais aimé, Albert ?

— Je me défends chaque jour d'un tel sentiment. Ne me croyez pas cynique. Je suis peut-être simplement lâche. Voilà pourquoi j'envie la faculté des anciens d'aimer avec fureur alors même qu'ils font l'amour avec autant de délicatesse.

— Délicatesse… murmura Ethel.

Le passage à propos de l'utilité des murs qu'ils avaient déniché dans ce traité à l'auteur anonyme ne lui avait pas paru particulièrement délicat. Elle le regarda plus attentivement, à présent qu'elle savait qu'il se défiait de tout sentiment amoureux. Il avait dû pourtant rencontrer d'autres jeunes femmes capables d'être tout aussi charmées par son esprit vif et ses manières parfaites. Il en avait peut-être fait souffrir, également, à cause de cette distance que ses facultés intellectuelles mettaient apparemment avec les lois courantes de l'amour. Cette froideur, qu'elle voyait resurgir, par moments.

— J'ai rempli ma part du marché, fit-elle remarquer. Quelle est cette précieuse information que toute femme devrait posséder ?

Elle n'avait pas pu s'empêcher d'y mettre un peu de mépris.

— Si vous me le permettez…

Il lui avait pris la main en parlant. Intriguée, elle le laissa faire et se retrouva debout, face à lui, entre les deux causeuses.

— Vous l'expliquer serait long et fastidieux et je

crains de ne pas avoir le talent d'un Catulle et encore moins d'une Sappho pour m'exprimer. En revanche, je peux vous le montrer.

— Me le montrer ? répéta-t-elle, estomaquée.

Il esquissa un sourire.

— Je crois que nous avons assez exploré la théorie, murmura-t-il. N'est-ce pas ?

— Sans doute, oui…

Elle ne finit pas sa phrase. Repoussant la causeuse derrière lui, il s'était mis à genoux. Ses mains, tout aussi délicates que ses intentions, relevaient le bas de sa jupe.

— Mais que faites-vous donc ?

— Voulez-vous que nous en restions là ? demanda-t-il.

Il se releva sur un genou.

— Bien sûr que non !

Elle avait crié. Le capitaine Filwick avait raison sur ce point : jouer la sainte-nitouche n'apportait que confusion dans l'esprit des hommes et ne faisait que retarder un moment qui s'annonçait des plus intéressants.

Sauf s'il se contentait de la jeter sur la causeuse et de reproduire la mascarade décevante que Theodore lui avait servie, bien évidemment. À la place, il continua à faire remonter sa jupe, puis son jupon jusqu'au-dessus de ses genoux, dévoilant ses bas, jusqu'à la dentelle de ses pantalons.

— Le mieux serait peut-être que vous l'enleviez, dit-il soudain. Cette jupe est très serrée sur vos cuisses.

— Je suis bien d'accord ! s'exclama-t-elle, oubliant

un instant la position inhabituelle dans laquelle ils se trouvaient. C'est déjà un miracle que je puisse marcher.

Elle réfléchit un instant puis reprit :

— Je veux bien enlever ma jupe, même si nous sommes en plein jour, mais à une condition : que vous promettiez de ne pas en profiter pour... eh bien... profiter de moi.

— Je vous ai promis de vous apprendre quelque chose sur les femmes, répondit-il. Pas quelque chose que vous savez déjà sur les hommes.

— Parfait.

Elle entreprit de défaire les boutons du vêtement et de le faire glisser, à grand renfort de mouvements – ce que cette jupe pouvait être serrée, effectivement – jusqu'au sol.

— Dois-je garder le jupon ?

Elle tentait de garder une voix la plus neutre possible. Après tout, c'était une expérience et Albert ne s'était pas montré particulièrement troublé jusque-là.

— Ce serait plus confortable pour vous si vous l'ôtiez également.

Le jupon suivit donc la jupe sur le sol poussiéreux. Albert l'observait, un peu moins impassible que quelques minutes auparavant, mais n'avait pas bougé, toujours un genou à terre. Elle s'en inquiéta.

— Allons-nous rester debout ?

— Peu importe, répondit-il. Cela dit, il serait peut-être plus agréable pour vous que vous soyez assise ou allongée.

Elle réfléchit un instant puis se rappela l'effroyable

sensation de déséquilibre qu'elle avait eue durant ses ébats ridicules avec lord Harrington.

— M'allonger me conviendrait tout à fait, dit-elle en ôtant les épingles qui retenaient son chapeau et en le déposant sur la causeuse.

Ce qui fut l'occasion pour Albert de se relever et d'aller retirer le drap qui recouvrait le lit, de l'épousseter avec une minutie qui trahissait ses années de domesticité militaire puis de le retourner sur le matelas.

— Ce n'est pas idéal, j'en suis désolé.

— Avons-nous le choix ? répliqua-t-elle.

Ce qu'elle éprouvait à cet instant la rendait impatiente. Non pas encore le frémissement mais une curiosité dévorante, mâtinée d'une crainte bien légitime. Elle s'allongea, un peu raide mais refusant de baisser les yeux, par fierté.

— Vous m'avez promis de ne pas abuser de la situation, répéta-t-elle, pour se rassurer.

— Je vous promets solennellement que, quoi qu'il arrive, je ne prendrai aucun plaisir si vous n'en prenez pas.

Cela lui ressemblait assez. Elle le crut donc. Malgré cela, elle eut un sursaut lorsqu'elle sentit Albert s'appuyer de chaque côté de ses bras et se dresser au-dessus d'elle. Elle portait encore sa blouse, son corset, ses pantalons et ses bas. Quand il se pencha sur elle, elle ferma les paupières et attendit un baiser qui n'arriva pas. En revanche, elle sentit ses mains passer sous son dos puis ses reins, avec une agilité qui la laissa un instant ébahie. Les cheveux d'Albert lui chatouillèrent le cou, alors qu'il descendait lentement le long de son corps, sans la toucher, pour atterrir les genoux sur le plancher, les mains toujours sous ses reins. Apparemment, ce garçon aimait beaucoup se retrouver à genoux. Elle espéra aussitôt qu'il n'allait pas la contraindre à le rejoindre sur le sol. Au lieu de cela, il l'attira vers lui, la faisant glisser sur le drap et ses mains vinrent se nicher sous ses fesses pour les soulever avec délicatesse. Elle comprit à ce moment-là seulement ce qu'il comptait faire et se mit à se tortiller.

Quelle idiote ! Ses commentaires sur Sappho avaient été assez explicites. Il fallait qu'il s'arrêtât immédiatement, avant qu'ils en ressortissent tous les deux extrêmement gênés. Mais alors qu'elle allait lui dire qu'elle préférait encore qu'il prît son plaisir de façon traditionnelle et décevante, il murmura :

— Les pantalons fendus sont décidément l'invention la plus utile de ce siècle.

Avant de remonter entre ses cuisses et montrer qu'il avait une certaine connaissance pratique en matière de confection féminine. Elle n'avait plus du tout envie de l'interrompre.

— Il est encore temps de nous rétracter, si vous êtes mal à l'aise, ajouta-t-il.

Comment ? Son but à lui était-il de la rendre folle ? Et surtout… comment arrivait-il à parler avec la bouche si près de cet endroit précis de son anatomie ?

— Continuez, je vous en prie, parvint-elle à prononcer.

Ce qu'il fit, Dieu merci, sans rien ajouter. Elle sentit le tissu s'écarter devant sa bouche puis cette même bouche venir embrasser l'intérieur de sa cuisse. Elle se crispa. Il n'y avait pas eu de frémissement. Juste un début de frisson qui avait pris naissance exactement là où Albert venait de poser ses lèvres. Puis sa langue. Mon Dieu, sa langue ! Allait-il la mettre… à l'intérieur ? L'idée n'était pas dénuée d'intérêt, même si elle doutait de son efficacité. Mais sa langue remontait, sans s'attarder sur ce qui lui avait pourtant semblé être le principal objet de la motivation masculine, pour atteindre un point – un point ? – qui devint soudain le centre de son corps tout entier. Elle se crispa un peu plus, comme la langue d'Albert remuait avec une lenteur maîtrisée, s'arrêtant juste le temps nécessaire pour qu'elle eût envie de le supplier de continuer. Elle se releva sur les coudes pour mieux se cambrer et vit la tête d'Albert entre ses cuisses, tandis que ses mains accompagnaient le mouvement de ses fesses, qu'elle n'était plus en mesure de contrôler, pour son plus grand désarroi. Le frisson devint une ligne droite, une flèche qui remontait de son bas-ventre jusque dans son ventre, peut-être même jusqu'à sa gorge, puisqu'il en émanait toutes sortes de sons dont elle aurait le temps d'avoir honte plus tard.

Le plaisir, car elle était désormais certaine que c'en était, continuait de monter, par vagues qui se transformaient brutalement en raz de marée, avant de battre d'un rythme plus doux l'instant d'après, au gré des mouvements de langue du jeune homme. Peu importait la poussière et cette position indécente ! Soudain, une montée fut plus brutale que les autres. La sensation devint proche de l'insoutenable. La langue d'Albert se fit plus rapide et, si cela était possible, plus précise. Elle voulut l'arrêter mais ses mains n'arrivaient pas à lâcher le drap qu'elles tordaient avec fureur. Puis ce fut un cataclysme, l'étrange impression que l'univers venait de se former dans son bas-ventre et un plaisir qui la surprit tant qu'elle mit quelques secondes à comprendre que le long gémissement qu'elle entendait sortait de sa bouche.

Elle retomba sur le drap, haletante, perdue et prise d'une subite envie de rire, à laquelle elle se laissa aller, jusqu'à ce que la sensation d'anesthésie disparût dans le bas de son ventre et fût remplacée par un autre besoin, plus impérieux, presque animal. Albert était remonté et l'observait, sans même tenter de cacher un abominable sourire de satisfaction.

— Vous voyez bien que Dieu ne peut pas interdire une telle pratique, puisque vous avez invoqué son nom à plusieurs reprises, dit-il.

Elle ne l'avait encore jamais vu aussi fanfaron. C'était bien le moment ! Elle l'attira contre elle. Après un tel cataclysme, l'acte lui-même devait être délicieux et, surtout, nécessaire.

— Venez, ordonna-t-elle.

Albert repoussa la main qu'elle avait posée sur son épaule et se releva d'un bond.

— Je vous remercie pour votre proposition, dit-il avec une froideur déconcertante. Néanmoins, je vais être contraint de la décliner.

Elle se redressa à son tour.

— N'imaginez pas que je n'en aie pas envie, reprit-il. Mais la raison, les lois de la nature et l'heure du déjeuner qui approche m'empêchent de considérer cette idée comme raisonnable.

— Le déjeuner ?

— C'était un trait d'humour, précisa-t-il.

Il semblait qu'elle eût perdu son sens de l'humour en même temps que le peu de civilité qu'il lui restait au moment où elle l'avait laissé utiliser sa langue pour autre chose que commenter leurs lectures. Elle venait de se rendre compte de l'indécence de sa position. Ses jambes se trouvaient dans la même position que précédemment. Et elle était face à lui.

— Le plaisir ne doit jamais avoir de conséquences fâcheuses, expliqua-t-il, en lui tendant la main pour l'aider à se relever.

C'était ridicule. Elle était à peu près certaine de ne pas être fertile, de toute façon. Elle n'était jamais tombée enceinte d'Hugh, malgré leurs tentatives régulières.

— Sinon, ce ne serait plus du plaisir, conclut-il.

De mauvais gré, elle se leva à son tour pour constater qu'elle avait les jambes flageolantes, presque incapables de la porter. C'était tout à fait étonnant. Elle avait l'impression de se remettre d'un évanouissement. Albert lui tendit son jupon puis sa jupe, avec les mêmes manières efficaces dont il avait fait preuve auparavant, et l'aida à la boutonner. Le sentir derrière elle suscitait une émotion contre laquelle elle devait lutter, tant il continuait à ne lui montrer que sa maîtrise distante de l'habillement. Alors qu'elle se résignait, il déposa un baiser, particulièrement délicat, sur sa nuque puis ramassa son chapeau. Elle pensa à ce qu'elle avait ressenti après ses ébats avec Harrington, ce sentiment terrible d'injustice et de colère froide.

— Vous n'avez pris aucun plaisir, lui dit-elle. Comment pouvez-vous supporter cela?

— Je vous l'expliquerai la prochaine fois que nous aurons l'occasion de nous perdre ensemble, répondit-il, avec un sourire. En attendant et même si le capitaine et sir Baldwin sont partis pour la journée, nous sommes attendus pour déjeuner. Lady Baldwin pourrait se demander légitimement ce qui nous retient et, j'en suis sûr, nous en vouloir d'avoir laissé refroidir le déjeuner.

D'un geste galant, il lui tendit le bras et l'entraîna vers la porte. Elle se fichait bien du déjeuner de sa sœur. Si cette peste avait partagé la bibliothèque secrète de Baldwin House avant, elle n'aurait pas passé toutes ces années dans l'ignorance de l'incroyable secret qu'Albert venait de mettre en pratique.

À ce titre, Amelia pouvait bien manger froid, et pour le reste de son existence!

Chapitre 15

Conrad

Henry roulait des yeux exaspérés. C'était amusant, d'ailleurs, de le voir réagir ainsi à l'évocation du bal qu'Amelia avait décidé de donner pour son anniversaire, lui qui avait affirmé l'après-midi même, sur le chemin de retour, qu'il n'aimait rien tant chez sa femme que l'agréable routine qu'elle apportait à leur foyer, ce à quoi Conrad s'était bien gardé de répondre qu'il ne voyait rien de plus désespérant au monde.

— Il nous faudra de la glace, affirmait la maîtresse de maison. N'est-ce pas, Ethel ?

Ethel Stafford était accoudée à la table de bridge, le menton appuyé sur la main droite, tenant ses cartes en éventail dans la gauche. Derrière elle, le soir tombait doucement sur le parc.

— Évidemment qu'il faudra de la glace, dit-elle, apparemment aussi ennuyée que Henry.

— Allez-vous jouer, Jefferson ? demanda Henry.

— Ne le presse pas, intervint Amelia. Oh, et si nous donnions un bal costumé ? Ce serait merveilleux, non ?

Albert hésita un instant, prit une carte, la remit parmi les autres, hésita encore.

— Non, répondit Henry. Il est hors de question que je me déguise en Henry VIII ou en Robert Dudley.

— Vous seriez pourtant parfait en collants, marmonna Ethel.

Malgré la tentative de sarcasme, le ton n'y était vraiment pas. Conrad compatissait. Il serait sans doute dans le même état si on l'obligeait à jouer au bridge, surtout en équipe avec Albert qui mettait un temps pas possible à jeter chaque carte. Il avait d'ailleurs décliné l'invitation d'Amelia et était resté sur un des sofas, le regard perdu sur le crépuscule, le chien de John à ses pieds.

Albert et Ethel avaient raconté au dîner comment ils avaient passé la matinée à chercher l'animal pour le retrouver pelotonné dans un des fauteuils du fumoir. Ethel avait fait semblant de s'offusquer, de façon assez comique, du fait qu'Albert était rentré avec ses bottes à peine tachées de boue, alors qu'elle doutait qu'elle pût remettre un jour sa robe. Modeste, Albert avait avancé que son expérience dans tout ce qui touchait à l'exploration lui avait servi cette fois-ci et exprimé son absence de doute quant à la faculté de la jeune femme de le rattraper rapidement dans ce domaine. Conrad en avait profité pour raconter une expédition qu'Albert et lui avaient accomplie et durant laquelle Albert s'était attaché un petit singe qui ne l'avait pas quitté de toute la piste. Ethel l'avait écouté attentivement, tête penchée. Lorsqu'elle ne s'échinait pas à marteler ses vues sur la condition féminine, elle pouvait se montrer d'une compagnie parfaitement acceptable. Elle avait même ri en apprenant qu'Albert avait retrouvé le singe caché dans un des ballots du porteur, prêt à être ramené au camp pour ne pas quitter son compagnon. Il avait préféré garder sous silence le fait que le porteur l'avait abattu.

Puis Amelia avait commencé à parler du bal qu'elle comptait donner une semaine plus tard. Longtemps. Très longtemps, puisqu'elle poursuivait à l'instant même.

— Il y aura votre frère, évidemment, et Catherine. Lord et lady Clarendon, lady et le jeune lord Harrington puisqu'il sera rentré de Londres. Saviez-vous qu'il y a été appelé pour une affaire qui concernait son hôtel particulier ? Lady Clarendon n'a pas su m'en dire plus… Ah, et aussi les Perkins de Perkins et ceux de North House. Vous les connaissiez, je crois, Conrad.

— Tout à fait.

Il n'avait aucune idée de qui il s'agissait.

— Les Wilbury. Le pasteur et sa femme.

— Tweedledee et Tweedledum… soupira Ethel.

Il pouvait comprendre qu'Ethel ne partageât pas l'enthousiasme de sa sœur pour un bal, étant donné qu'elle semblait prendre peu de plaisir aux mondanités mais il s'étonna du ton maussade qu'elle employait à son égard depuis le début de la soirée, tournant en dérision tout ce qu'elle avançait. Il avait déjà eu l'occasion de voir les deux sœurs échanger quelques remarques amères ou belliqueuses lors des jeux mais il pressentait un ressentiment de la part d'Ethel qui allait bien au-delà du mauvais choix de son partenaire de bridge. Albert était certes très mauvais – il n'avait jamais vu pire joueur de bridge que le jeune homme – mais la distraction d'Amelia et l'agacement de Henry leur permettaient pourtant de les mener d'un bon nombre de points. Amelia ne prit même pas la peine de répondre à sa sœur aînée, concentrée sur le jeu.

Un silence rafraîchissant emplit la pièce, durant quelques minutes, à peine entrecoupé des soupirs d'impatience de Henry qui aimait qu'on jouât rapidement. Enfin, Albert fit un dernier très mauvais coup, ce qui permit à Amelia de reprendre le fil de son obsession en rangeant les cartes.

D'une oreille distraite, Conrad écoutait la litanie de noms vaguement familiers et totalement inconnus, tout en grattouillant le menton de Puffy, le seul de la maisonnée qui semblait parfaitement détendu, sans doute parce qu'il avait été l'objet de l'attention de la famille durant toute la journée. Jusqu'à un nom. Mrs Adaline Walsham-Oneil.

— Nom de Dieu ! s'exclama-t-il.

— Comment ? demanda Amelia.

Henry avait tressailli, lui aussi. Seuls Albert et Ethel n'avaient heureusement pas entendu, concentrés qu'ils étaient sur le déchiffrage d'une partition que ni l'un ni l'autre ne semblait avoir vraiment envie de jouer, tant ils mettaient de bonne grâce à se la repasser au-dessus du piano.

Adaline Walsham-Oneil ? Pourquoi ne pas inviter le président français à danser la valse avec la reine Victoria, tant qu'on y était ?

— Ce n'est peut-être pas une bonne idée, murmura Henry.

— Pourquoi, je te prie ? répondit une Amelia soudain remontée. Mrs Walsham-Oneil nous a invités à plusieurs reprises lorsque son mari était encore vivant et nous n'avons jamais eu l'occasion de lui rendre la pareille, puisque son grand deuil l'en empêchait et qu'entre-temps, mon état ne le permettait pas.

Adaline, veuve ? Conrad lança un regard sans équivoque à son cousin, de ceux qui le sommaient de se taire immédiatement.

— Eh bien… commença Henry. Nous en parlerons plus tard, veux-tu ?

Il avait l'air tellement mal à l'aise que Conrad ne doutât pas une seconde de sa trahison, lorsqu'il faudrait fournir une explication. Henry raconterait sans doute qu'il ne fallait jamais mettre Adaline en la présence de Conrad, parce qu'elle lui avait piétiné le cœur et conduit à une honte qui l'avait poussé à disparaître pendant dix ans. Amelia le répéterait sans doute à Ethel. Il lui faudrait supporter les regards de condescendance des deux sœurs, ce qui lui semblait pire que tout.

Tant pis ! Il devait absolument faire machine arrière, afin qu'Amelia ne cherchât pas d'explication à la sortie maladroite de son mari. Lui faire croire n'importe quoi pour ne pas éviter l'invitation puis se débrouiller pour manquer ce bal, voilà tout. Il trouverait bien quelque chose d'ici là. Un aller-retour urgent à Londres ou autre.

En attendant, il fallait éviter à tout prix que Henry racontât à Amelia la raison de sa crispation pour échapper à une dispute conjugale.

— Je serai heureux de la revoir, dit-il.

— Vous connaissez donc Mrs Walsham-Oneil. À vous voir indifférent à chaque nom, je finissais par croire…

— Je l'ai connue lorsqu'elle était Adaline Bunan. Elle faisait partie de notre cercle d'amis.

De notre cercle d'amis… La politesse anglaise prenait de drôles de détours pour évoquer la seule femme au monde pour qui il se serait damné. À ses pieds, le chien poussa un gémissement plaintif. Sans s'en rendre compte, il tirait les poils du menton du pauvre animal qui essayait de se dégager.

Adaline… Il ne s'attendait pas à la voir resurgir ainsi, dans une campagne qu'elle avait quittée bien des années auparavant. Henry s'était gardé de lui apprendre qu'elle vivait assez près de chez lui pour se rendre à un bal, bien entendu, alors qu'il lui avait donné des nouvelles de toutes leurs connaissances communes et par le menu ! Henry qui à présent détournait la conversation sur les aménagements qu'ils devraient faire pour leurs invités qui viendraient de loin… Conrad s'accorda le temps qu'il devait à la bienséance puis prit congé du bout des lèvres, sans cesser de fulminer. Personne ne le retint. Amelia et Henry parlaient draps et personnel. Ethel s'était mise au piano et écorchait le début d'un concerto avec un regain d'entrain. Albert semblait au comble du supplice mais écoutait poliment, comme à l'accoutumée. Seul le chien remarqua son départ et n'en fut d'ailleurs pas fâché.

Une fois dans sa chambre, Conrad put laisser éclater sa colère.

Adaline ! Il n'avait jamais imaginé la revoir, en

dehors d'un hasard malheureux qui l'eût mis en sa présence dans une des rues de Londres, événement peu probable mais pas impossible. Il l'aurait ignorée, sauf sous la contrainte, évidemment. Dans ce cas, il se serait contenté d'un salut poli et de quelques banalités, preuves de son détachement.

En revanche, à un bal, il était impossible de ne pas faire un minimum de conversation. S'il était certain d'un de ses traits de caractère, c'était bien de son absence absolue d'hypocrisie. Or, il était tout sauf détaché. Il ne servait à rien de le nier. Le prénom d'Adaline s'était fiché dans son esprit comme le carreau d'une arbalète. Tel le roi Richard Cœur de Lion, il mourrait probablement par là où il avait péché, en autorisant des armes que la raison et les lois de la guerre interdisaient. Celles de l'amour, dans ce cas précis. Il avait perdu Adaline parce qu'aucun d'eux n'avait réussi à baisser les armes. Parce qu'il avait été incapable de la demander en mariage. Parce qu'elle avait accepté Gideon Walsham-Oneil. Pouvait-on porter prénom plus ridicule que Gideon ? Il avait continué à la poursuivre, l'éviter, la poursuivre de nouveau, jusqu'à finir dans son lit. À l'époque, il avait préféré considérer qu'elle l'y avait attiré.

Les années d'exil en Afrique du Sud, le chagrin, les nuits passées à la maudire lui avaient finalement ouvert les yeux ; elle ne l'avait jamais aimé. Elle avait joué avec lui, alors qu'il se traînait à ses genoux pour lui prouver son amour.

À ce titre, il était hors de question qu'il la revît. Il avait mis trop de temps à panser ses plaies.

Et voilà qu'elle réapparaissait, veuve, encore jeune. Avait-elle eu des enfants ? Il espérait que oui. La grossesse transformait de façon irréversible certaines femmes. Sans sa taille fine, son petit visage amène, la délicatesse de ses poignets, Adaline ne serait peut-être plus que le fantôme d'un passé désormais enterré. Il était pourtant impossible de l'imaginer autrement que sous les traits de la jeune fille qu'elle avait été, puis de la jeune femme qui l'avait rendu fou.

Il se souvenait parfaitement de la première fois où il l'avait vue, tant il avait ressassé les mille et un détails qui avaient nourri son amour pour elle. C'était l'été. Leurs vingt et un ans leur permettaient de recevoir des amis à leur tour, dans le jardin de la maison. William avait accepté d'abandonner son étude pour se joindre à Millie Bowditch, Fidelia et Percival Ashwood, et Rosamond et Gideon Walsham-Oneil.

Après le thé, profitant de l'absence d'un chaperon, Henry avait encore eu le genre d'idées de génie qui les menait irrémédiablement à une dispute, en proposant une version personnelle du jeu du badinage, un de ces jeux français qu'il avait appris à Londres – on savait où. Ses règles consistaient à former des couples et à faire dire aux autres joueurs s'ils semblaient assortis ou non. Si les arguments étaient valables et l'avis favorable, le couple se devait de faire un tour d'honneur autour du jardin. Dans le cas contraire, ils se séparaient et attendaient le tour d'après pour tenter de nouveau leur chance.

William avait prévenu que ce jeu finirait dans les larmes et par une punition méritée, dans le cas où

Père l'apprendrait, mais Henry l'avait traité d'oiseau de mauvais augure et de toutes sortes de noms désagréables. Conrad, quant à lui, espérait que le hasard lui désigne Millie Bowditch comme partenaire, puisqu'elle était la seule à ne pas être affublée d'un frère à qui il aurait à rendre des comptes et qu'elle avait, en outre, un fort joli port de tête.

Il se souvenait parfaitement de la tiédeur de cet après-midi d'été, du blanc aveuglant des pâquerettes dans l'herbe grasse et de la robe à ruches rose que Millie portait. Henry venait de dire à William qu'ils se passeraient bien de lui, lorsque Catherine était apparue en haut des escaliers du perron, coiffée d'un adorable chapeau à voilette et munie d'une ombrelle. À ses côtés, une jeune fille blonde attendait qu'elle avançât pour la suivre.

Il avait eu la sensation de recevoir un coup. Henry, déjà, s'était empressé d'accueillir Catherine et sa compagne, tandis que William reculait d'un pas, apparemment prêt à rester. À l'époque, il ne s'était pas encore déclaré et Catherine paraissait de plus en plus inquiète de ce qu'il ne le fît pas. Elle lui jetait des regards souvent humides, hésitant à lui répondre lorsqu'il lui parlait en bon camarade, comme il l'avait souvent fait dans leur enfance. Un soir, Conrad l'avait vu essuyer une larme, furtivement. William s'était montré particulièrement distant, comme il savait le faire depuis quelques mois. Une fois seul avec lui, Conrad avait traité son frère d'imbécile, porté par le juste sentiment que William avait écarté tous les prétendants de Catherine pour finalement la laisser dans l'attente d'une demande qu'il aurait dû lui faire depuis long-temps. William s'était contenté de hausser les épaules et l'avait prié de se préoccuper de ses propres affaires de cœur, au lieu de venir faire des leçons à ses aînés.

À cet instant, il s'était peu soucié de l'attitude de William ou de la réaction de Catherine. Il n'avait plus eu d'yeux que pour la jeune fille en robe et chapeau crème et vert qui descendait les escaliers, ses cheveux blonds tressautant à chacun de ses pas. Lorsqu'elle était arrivée devant lui et qu'il lui avait baisé la main, elle avait porté sur lui un regard rieur, d'un gris qui évoquait celui des yeux de certains chats et lui avait souri. Il n'y avait plus eu qu'elle, à partir de ce moment, même lorsque Henry avait persisté dans son entreprise stupide et expliqué les règles de son jeu inconvenant aux deux jeunes filles. De façon tout à fait inattendue, Catherine ne l'avait pas rabroué comme elle savait le faire lorsqu'elle estimait qu'il avait dépassé les limites. Bien au contraire, elle s'était déclarée ravie de partici-per à un tel amusement qui la changerait du croquet et des mots rimés.

Là, Conrad n'avait plus eu qu'une envie et qu'une crainte : que le hasard des cartes l'unît à celle qu'on lui avait présentée sous le nom d'Adaline Bunan, Ada pour ses amis, comme l'avait précisé Catherine qui l'avait connue à son arrivée dans la région car elles partageaient désormais le même professeur de piano.

Le premier tour s'était passé fort mal. Catherine et William s'étaient retrouvés ensemble. Tout le monde s'était accordé à dire qu'ils étaient faits l'un pour l'autre, sauf Catherine qui avait eu un petit rire ironique

– nouveau, lui aussi – et avait commencé à argumenter contre l'avis de tous. Selon elle, ils ne pouvaient former un couple capable de vivre en bonne intelligence. Elle aimait le bruit et la danse, il aimait l'étude et le silence. Elle ne vivait que pour le bien de ceux qui l'entouraient, quand il n'avait d'intérêt que pour ce qui le concernait. Elle était capable de la plus grande abnégation, alors qu'il préférait perdre une chose qui lui était chère plutôt que de la céder à un bonheur auquel il ne pouvait prendre part. Estomaqué par ce portrait peu flatteur, William lui avait fait remarquer qu'il était meilleur danseur, plus grand amateur de musique et sans doute plus soucieux de son entourage qu'elle, ce à quoi elle avait répondu que sa modestie ne lui permettait pas de le contredire. Henry était intervenu pour rappeler que seuls les autres joueurs avaient le droit de donner leur avis. Ils lui avaient dit tous deux en même temps qu'ils se passaient facilement du sien. Tout le monde avait préféré s'intéresser à un autre couple.

Le second tour avait mis Conrad avec Rosamond Walsham-Oneil. Il était difficile de trouver couple plus mal assorti. Rosamond était minuscule, alors que Conrad dépassait d'une bonne tête ses frère et cousin, déjà de taille fort honorable. Il avait tout à fait l'impression de se tenir à côté d'une vague petite-cousine et de devoir l'emmener promener dans le jardin avec son cerceau. Les autres joueurs avaient perdu un temps considérable en circonvolutions pour éviter d'exprimer cette vérité criante. Rosamond se tortillait de gêne à ses côtés.

Adaline, elle, leur souriait. Elle avait une petite

bouche en cœur, absolument parfaite, qui s'ouvrait sur des dents légèrement inégales, au-dessus d'un menton pointu et volontaire. Le tour d'après l'avait appelée aux côtés de Gideon Walsham-Oneil. Des années plus tard, un Conrad de parfaite mauvaise foi s'était dit qu'il aurait dû y voir un présage. Adaline l'avait déjà ensorcelé pour qu'il restât aussi aveugle à ce que l'évidence révélait. Gideon avait un prénom ridicule mais il possédait tout ce qu'une jeune fille anglaise de bonne famille désirait : des cheveux blonds et sages, des traits réguliers, une taille correcte, pas de titre mais une fortune plus qu'enviable et des manières irréprochables.

Le tour suivant provoqua le drame puis le dénouement d'une affaire qui durait depuis dix ans. La carte de Catherine s'était trouvée de nouveau tirée. Rayonnant de joie, elle avait pris le bras de Percival Ashwood. Il y avait d'abord eu un silence embarrassé et tous évitaient de regarder William qui affichait un inquiétant sourire, entre le défi et la rage. Il avait fini par le briser, d'un « Voilà enfin un couple parfaitement assorti » d'un tel détachement que même Henry en resta coi, passant de l'un à l'autre d'un air effaré. Catherine avait répondu que, effectivement, Percival présentait toutes les vertus qu'elle désirait ; qu'à la différence de certains hommes, il ne montrait ni morgue ni paresse d'esprit ; qu'il était excellent danseur, elle en était certaine, bien qu'elle n'ait jamais eu la joie de danser avec lui ; qu'il avait une allure de cavalier émérite et une moustache élégante. Percival se renfrognait sur lui-même à chaque phrase. Il n'en demandait visiblement pas tant, surtout sous le regard noir de William. William avait répondu que le jeu idiot de Henry allait peut-être connaître une issue des plus attrayantes. Catherine avait rétorqué qu'il valait mieux une issue attrayante qu'une impasse ennuyeuse. William avait ricané de son sens de la logique. Elle lui avait répliqué qu'elle préférait ne pas avoir de logique si cela impliquait également de n'avoir aucune raison. Adaline Bunan s'était alors tournée vers Conrad assis à ses côtés pour lui murmurer, un éclair malicieux traversant ses yeux gris :

— Votre frère fera sa demande dans la soirée, je puis vous l'assurer.

Il n'avait pas eu beaucoup de peine à comprendre que la nouvelle amie de Catherine lui avait prodigué quelques conseils qui, s'ils défiaient toutes les lois de la sincérité, avaient été efficaces, puisque William, au comble de l'exaspération, avait fini par se lever, par attraper la main de Catherine comme il l'avait fait mille fois depuis leur enfance, et par l'entraîner derrière un noisetier d'où tous finirent par entendre des éclats de voix furieux et le rire narquois de la jeune fille.

— Vous êtes redoutable ! s'était-il exclamé, avec l'élan salvateur de la galanterie qu'il tendait à exercer sur son entourage féminin.

— Bien plus que ça, lui avait-elle répondu avec une moue amusée.

Le soir même, William était allé demander la permission d'épouser Catherine à leurs parents qui s'étaient empressés de donner leur bénédiction. Quant à Conrad, il était tombé amoureux et, par la suite, bien plus que ça.

Fou amoureux. À la chercher dans la foule des bals.

À devoir l'ignorer dans l'intimité des visites qu'ils se rendaient avec leurs parents. À accompagner William chez sa jeune fiancée dans l'espoir de l'apercevoir. À s'éreinter à faire naître la lueur malicieuse qui éclairait si bien son regard bleu, lorsque enfin ils avaient l'occasion de se parler sans témoins. Tout ce qu'il découvrait d'elle le ravissait et le jetait dans des tourments délicieux : son esprit joueur, parfois cruel, ses manières de charmante coquette, sa façon de le ramener à elle quand il faisait mine de s'éloigner. Chaque retour à la maison n'était mu que par l'envie et le besoin de la retrouver par des hasards qu'ils provoquaient tous les deux, sans jamais l'avouer à l'autre. Puis il y avait eu le printemps et le bal des Ashwood. Cet abominable bal. Il préférait ne pas s'en souvenir. Plus de dix ans après, il se maudissait toujours de sa conduite.

Puis l'annonce des fiançailles d'Adaline, une longue traversée du désert parsemée d'oasis éthyliques et nerveuses : les endroits infréquentables dont son père l'avait délogé en douceur… Son mariage était arrivé comme une libération car il enterrait tous ses espoirs. William lui avait annoncé que le jeune couple partait s'établir à Belfast où Gideon avait été nommé à un quelconque poste de directeur d'usine. Conrad leur avait souhaité bien du plaisir dans ce pays de sauvages et avait espéré qu'ils périssent tous les deux lors d'un soulèvement d'Irlandais enivrés et réfractaires.

L'année d'après, alors qu'il se croyait guéri et vaguement épris d'Eliza Philpot qu'il disputait âprement à un Percival Ashwood pugnace, il était tombé nez à nez avec elle lors d'une fête de Noël à laquelle il n'avait pas imaginé la voir. Ne supportant pas l'air vicié de Belfast, elle avait laissé mari et maison pour passer l'hiver et le printemps chez ses parents. Elle espérait profiter de son aimable présence, bien entendu. Il s'était juré de ne pas mettre les pieds dans son salon. Trois jours après, serré dans une redingote grise dans laquelle il se savait particulièrement séduisant, il prenait le thé avec elle, et contrairement à ce qu'il avait prévu, la trouvait encore plus belle que deux ans auparavant et opportunément seule, ses parents ayant décidé de ne la rejoindre que bien après la nouvelle année, afin de profiter des festivités de Londres. Trois jours et trois heures après, il la portait jusqu'au sofa d'une antichambre au charme bourgeois, en lui jurant que jamais il n'avait moins désiré une femme qu'elle. Alors et seulement alors, avait commencé la véritable descente aux enfers.

Dans la chambre d'amis de son cousin Henry, plus de dix ans après, il se souvenait des nuits qu'elle lui avait accordées, de la façon dont elle se dérobait à son désir pour l'attiser la minute d'après, jusqu'à le rendre assez fou pour qu'il la suppliât. Chaque nuit était un triomphe qu'elle ne lui concédait qu'après l'avoir mis à genoux, éperdu de désir.

Il se souvenait également de ces matins durant lesquels il se montrait froid et distant, se rhabillant sans un regard pour elle, afin de préserver ce qu'il lui restait de fierté malmenée et d'honneur égratigné. Il partait à l'aube en l'injuriant en silence et revenait à la nuit tombée en lui clamant son envie d'elle.

Entre les deux, durant tout le jour, il s'était imaginé arriver chez elle à cheval, l'appeler depuis le perron et, sans autre forme de salut, l'enlever. Ou bien il rampait à ses pieds et lui conjurait d'oublier mari et maison à Belfast pour le suivre par-delà les mers où personne ne les connaîtrait. Mais plus la journée passait, moins il croyait à ces fantasmes d'amour et plus il acceptait de se contenter de ce qu'elle lui accordait de haute lutte, car l'idée de se fondre en elle, même au prix de son honneur bafoué, lui arrachait des élans féroces, sitôt que le soir commençait à tomber.

Au bout d'un mois, après la seule nuit durant laquelle elle s'était donnée à lui sans jeu ni malice, elle lui avait annoncé tranquillement qu'elle repartait finalement rejoindre un mari qui dépérissait loin d'elle. Il avait eu la seule réaction dont il pouvait tirer quelque orgueil. Il était sorti d'entre ses draps encore tièdes de leur étreinte, s'était rhabillé avec le même soin détaché qu'il mettait habituellement à cette tâche, et lui avait souhaité le bonheur qu'elle méritait avec Gideon Walsham-Oneil, en la gratifiant d'un baisemain de parfait gentleman.

Tout le bonheur qu'elle méritait, c'est-à-dire bien peu. Tout en lui avait hurlé avec fureur dès qu'il avait passé la porte de sa chambre. Son corps comme son esprit s'étaient fendus en deux, laissant déferler des flots de souffrance amoureuse.

Le souvenir des mois qui avaient suivi lui tira un frisson de dégoût. On l'avait retrouvé dans le caniveau d'une rue de Londres plus d'une fois, jusqu'au jour où un bateau l'avait finalement arraché à cette vie de débauche, avec d'autres officiers comme lui, pour le vomir sur une côte africaine où la pénurie d'alcool l'avait forcé à la lucidité. Il avait perdu Adaline et, à ce titre, il n'aimerait plus jamais.

D'autres femmes étaient venues, certaines avec la peau si douce qu'elles le ramenaient auprès d'elle, et même une qu'il aurait pu épouser si elle le lui avait demandé mais il tint sa promesse : aucune d'elles ne l'avait rendu aussi téméraire ni aussi exalté qu'il l'avait été avec Adaline. Le jeune homme qu'il avait été semblait être mort avec son amour pour elle. Les autres femmes, pour peu qu'elles l'eussent aimé, avaient dû se contenter des quelques élans de séduction dont il avait été encore capable. Celle qu'il épouserait à présent ne devrait en tout cas rien attendre de plus que du respect et un honnête pragmatisme d'homme fait.

Ces souvenirs confirmèrent ce qu'il avait décidé plus tôt dans la soirée : il ne devait pas revoir Adaline, même si le prétexte qui lui venait pour l'éviter mettait à mal sa virilité. Après tout, sa jambe le faisait régulièrement souffrir. Il serait déraisonnable d'assister à un bal avec une jambe dans cet état, offrant à tous l'image d'un homme brisé, assis avec les vieillards. Même Amelia n'oserait insister. Au pire, on le prendrait pour un rustre, ce qu'il était à bien des titres.

Au mieux, on le laisserait en paix et c'était au fond tout ce à quoi il aspirait.

Chapitre 16

Ethel

— Au nom de l'amour, douce Ipsithilla, mes délices, charme de ma vie, accorde-moi le rendez-vous que j'implore pour le milieu du jour. Y consens-tu ? Une grâce encore ! que ta porte ne soit ouverte à personne ; surtout ne va pas t'aviser de sortir : reste au logis, et prépare-toi à voir se renouveler neuf fois de suite mes amoureux exploits.

La voix d'Albert traduisant Catulle arrivait par vagues régulières. La matinée était à peine avancée, puisque la brume recouvrait encore le parc, derrière la fenêtre de la bibliothèque.

— Neuf fois de suite ! s'exclama Ethel depuis le fauteuil où elle ne faisait rien, à part écouter les murmures d'Albert. Et en plein après-midi, en plus ! Les Romains, fussent-ils poètes, ne se perdaient pas en circonvolutions !

Albert lui sourit, par-dessus le pupitre.

— Il fallait peut-être un argument de poids pour obtenir l'entrevue. J'imagine que la performance était la preuve de la force de l'amour qu'il lui portait…

— Ou de son propre orgueil viril.

Auquel elle ne comprenait rien. Depuis qu'elle avait découvert ce qu'était le plaisir et qu'Albert lui avait assuré que toutes les femmes pouvaient le ressentir, elle s'était longuement interrogée sur les raisons pour lesquelles les hommes ne se transmettaient pas cette capacité à le provoquer. Eux qui mettaient tant de soin à leurs affaires, leurs découvertes, leurs conquêtes guerrières… pourquoi n'enseignaient-ils pas cette connaissance-là ? Elle était certaine que bon nombre de problèmes conjugaux pouvaient se résoudre de cette manière. Hugh lui-même aurait sans doute apprécié de connaître ce secret, malgré sa terrible propension à ne pas la regarder dans les yeux lorsqu'elle tentait la moindre des initiatives. Pour quelle raison, quelle réelle raison, les hommes ne s'étaient-ils jamais intéressés au plaisir de leurs épouses ?

D'après Albert, le plaisir que l'on donnait pouvait s'avérer meilleur que celui que l'on prenait. Il lui en avait fourni la preuve, même s'ils n'avaient pas repris leurs expériences là où ils les avaient laissées.

Ils se retrouvaient chaque matin dans la bibliothèque, à lire, parfois à écrire pour Ethel ou à traduire pour Albert qui y trouvait un vrai divertissement, quelle que fût l'œuvre. Néanmoins, ils n'y étaient jamais vraiment seuls. Régulièrement, un intrus se manifestait brusquement, sans avoir pris la peine de frapper. Soit Margaret et John qui, soudain désœuvrés, cherchaient la compagnie de leur tante, ce qui mettait

Albert souvent dans l'embarras, car ils avaient déjà manqué de surprendre les détails explicites d'un passage qu'il lisait à Ethel, soit Conrad venait demander un renseignement à son ancienne ordonnance. Il était le pire des trois, à rester debout devant eux, sans avoir l'air de savoir quoi faire de son grand corps, jusqu'à ce que le silence fût assez épais pour qu'il eût lui-même envie de partir.

Le reste du temps, ils participaient aux activités de la journée, toujours entourés. Albert n'avait pas proposé à Ethel de le rejoindre dans sa chambre, pourtant fort pratique car au premier étage de l'aile ouest et donc assez isolée, pas plus qu'Ethel ne lui avait suggéré de venir dans la sienne. Depuis l'épisode du pavillon, ils se comportaient en bons camarades, sans jamais faire allusion à ce qu'il s'y était produit. Même si Ethel repensait souvent à la découverte inouïe dont il avait été l'initiateur, elle refusait absolument de provoquer un événement dont il n'avait jamais été clair qu'il se reproduirait. Par ailleurs, l'esprit d'Albert était parfaitement insondable. S'il continuait ses allusions et ses phrases pleines de double sens, il ne montrait aucun empressement auprès d'elle.

Ce matin-là, il semblait même un peu ailleurs, multipliant les erreurs de traduction et les soupirs désolés lorsqu'il s'en rendait compte.

— Comment est-il possible que Catulle aimât autant les femmes que les hommes ? demanda Ethel. J'ai entendu dire qu'il était impossible d'avoir la même attirance pour les deux sexes, puisque l'une est naturelle et l'autre une déviance.

— Pas pour les Romains, souvenez-vous, lui répondit Albert sans lever le nez du carnet où il recopiait sa traduction. La déviance concernait ce qu'on faisait d'une relation, pas l'acte lui-même.

— Êtes-vous d'accord avec cette idée ?

— Que voulez-vous dire ?

— Pensez-vous que l'acte lui-même ne peut être l'expression d'une déviance ?

— J'imagine que ça dépend de l'acte. Il est souvent une déviance lorsque l'un des partenaires s'y trouve contraint.

— Avez-vous déjà été témoin d'une telle situation ? questionna-t-elle, horrifiée.

— Tous les jours, répondit Albert. Le mariage en est une.

— Voyons ! Pas tous les mariages !

Hugh ne l'avait jamais contrainte à un quelconque devoir conjugal.

— Non, j'en conviens, pas tous, mais la plupart. Les jeunes filles arrivent au mariage avec toutes les connaissances qui leur seront utiles pour vivre avec leur époux durant la journée. Personne ne leur enseigne ou même simplement ne les informe de celles qui pourraient leur servir la nuit. On leur offre des moitiés de promesse : celle d'être de bonnes maîtresses de maison, de bonnes épouses et de bonnes mères. Pour ce qui concerne le plaisir, elles sont tout à fait ignorantes. Elles n'ont aucun moyen de savoir ce qui va les attendre, alors que leur bonheur conjugal dépend précisément de cela.

— Comment pourriez-vous le savoir ? se moqua Ethel. Vous n'avez jamais été marié.

Pour toute réponse, Albert se replongea dans son livre. Elle le regarda un moment, alors qu'il reprenait le masque de la concentration puis détourna les yeux vers la fenêtre. Il avait raison. Combien de fois n'avait-elle pas entendu, dans le secret des salons où on la recevait encore parfois, par égard pour son père ou sa sœur, des semblants de confidence, des phrases qui mouraient avant même d'avoir été prononcées, des allusions ? Une histoire chuchotée qui lui arrivait par bribes… La jeune Bessie Wellington, rentrée chez ses parents… on parlait d'annulation mais personne ne le permettrait… le père tenterait de raisonner son mari… couverte de bleus, comme une servante… Et en parlant de servante… Mrs Saliwurd en changeait encore… Évidemment, ce genre de choses, ça finissait par se voir, surtout chez les femmes du peuple…

Ethel en sortait toujours épouvantée. Elle n'imaginait pas quelle aurait été sa réaction si Hugh avait engrossé leur petite bonne. Sans doute aurait-elle eu autant de peine pour la pauvre fille que de mépris pour lui. Quant à se retrouver couverte de bleus… Son père ne l'aurait jamais permis. Mais il était vrai que rien ne pouvait laisser présager de ce qu'on allait trouver dans le secret d'une chambre. Elle connaissait Robert Wellington, un homme toujours prêt à évaluer durement les autres mais aux manières irréprochables en société. Comment Bessie aurait-elle pu imaginer qu'il pût se montrer brutal, durant les longues fiançailles qui avaient été les leurs et qui les promenaient, parfaitement assortis, de salon en salon ? Elle connaissait chacun des maris dont on parlait à voix basse, celui qui avait engrossé la femme de chambre, celui qui avait rapporté une maladie défigurante, celui qui avait la main leste, tout aimable qu'il fût en public…

Elle s'était longtemps dit qu'elle avait choisi un homme profondément bon, grâce à son intuition et son sens de l'observation, qu'elle jugeait infaillibles. Au fur et à mesure qu'on parlait devant elle – elle était quantité négligeable –, elle en était arrivée à la conclusion plus lucide qu'elle avait simplement eu de la chance. Voilà pourquoi, d'ailleurs, elle n'envisageait pas de se remarier, pour peu qu'un prétendant se représentât. Il n'était jamais bon de défier deux fois la fortune.

Encore une fois, elle estima qu'Albert et elle avaient les mêmes vues sur le sujet. Souvent, depuis trois jours, elle s'était aperçue qu'ils pouvaient discuter sans s'opposer. Bien au contraire, leur connivence les amenait à des conversations où elle se découvrait des perspectives nouvelles et des questions qu'elle n'avait pas honte de lui poser.

La seule qui n'arrivait pas à franchir ses lèvres était celle qu'ils avaient laissée en suspens en partant du pavillon. Il lui paraissait évident qu'une telle question ne pouvait surgir au milieu d'une conversation de bibliothèque, même si le sujet s'y prêtait.

— Qu'avez-vous prévu de faire cet après-midi ? lui demanda soudain Albert, les yeux toujours fixés sur le livre.

Elle dissimula son étonnement. Albert ne se permettait jamais de s'enquérir de ce genre de détails. Il était toujours là, ombre tranquille et aimable, sans que personne eût imaginé qu'il pût en être autrement.

— Si j'ai de la chance, je pourrai peut-être échapper à Amelia et sa pile d'invitations… Je ne pensais pas qu'avoir une jolie écriture me desservirait un jour. Qu'avez-vous prévu de faire vous-même ?

— Le capitaine doit effectuer une visite à l'artisan qui est en charge de réparer l'une des cheminées de sa demeure. Il n'a pas besoin de moi. Je comptais explorer les alentours, puisque le temps s'y prête.

Elle voyait ses cheveux châtains, parfaitement ordonnés, ses paupières mi-closes et un bout de nez, de là où elle était, sans réussir à apercevoir s'il souriait ou non.

— Voudriez-vous m'accompagner ? continua-t-il, d'un ton toujours aussi neutre.

Elle sentit sa peau s'enflammer. Le souvenir du pavillon, de la tête d'Albert plongée entre ses cuisses, de la jouissance qui en avait résulté lui revinrent d'un seul coup.

— Avec plaisir, répondit-elle.

Par la suite, elle prononça ces mots assez souvent, surtout à table où, assise à côté d'Albert, elle sentait son genou effleurer le sien avec une connivence délicieuse. Elle se montra même aimable avec le capitaine Conrad, pourtant lui-même d'une humeur taciturne et pénible depuis trois jours.

Après le déjeuner, elle joua un moment avec ses neveu et nièce mais fut d'une fermeté sèche lorsqu'ils émirent l'idée de partir en promenade avec eux, soutenue par Albert qui évoqua la dangerosité des sentiers qu'ils allaient prendre et leur incapacité à assurer leur retour. Comme il s'embourbait dans des descriptions forestières plus fantasques les unes que les autres, elle craignit que les enfants finissent par se douter qu'ils souhaitaient simplement être seuls, surtout Margaret dont l'esprit subtil savait déceler ce qui était retors. Elle évoqua donc la présence de loups, rendus affamés par l'efficacité des chiens que leur père avait offerts à ses bergers et que John admirait chaque fois qu'il en croisait un. Elle regretta presque aussitôt ; si John ouvrait déjà de grands yeux terrifiés, Margaret qui ne disait pourtant rien, dardait un regard suspicieux sur elle. Elle leur fit aussitôt promettre de ne pas en avertir leur maman pour ne pas l'inquiéter et promit à son tour qu'elle leur lirait des histoires à son retour, s'ils allaient gentiment jouer à la nursery. Ils partirent en direction des escaliers, sans demander leur reste. Néanmoins, avant de traîner son frère sur la première marche, Margaret se retourna pour les dévisager d'un air furieux.

Lorsque Albert la remercia de l'avoir sorti de ce mauvais pas, Ethel se demanda si elle n'avait tout de même pas exagéré. Que trouverait-elle à dire à Amelia si John se réveillait en pleine nuit, persuadé que les loups entouraient la maison, comme il l'avait fait avec les korrigans, la fois où elle lui avait dit qu'ils punissaient les petits garçons qui touchaient aux papiers importants de leur tante pour en faire des guirlandes de bonshommes ?

Elle verrait bien. Tout ce qui comptait pour l'instant, c'était la présence d'Albert à ses côtés, alors qu'ils remontaient ensemble le petit sentier qui menait vers le bois.

Cette fois-ci, elle s'était habillée en conséquence, tout en essayant de garder un peu d'élégance dans sa tenue. Le temps ayant changé depuis l'averse qui les avait retenus à la maison trois jours auparavant, elle choisit de mettre un petit manteau d'été en coton gris foncé qu'elle avait emporté dans le cas où il lui prît l'envie de se promener dans le jardin le soir. Le vêtement était joli mais surtout pratique ; cintré à la taille mais large au niveau de la poitrine, pour permettre d'y ajouter une veste légère, il dissimulait parfaitement une absence de corset. Elle avait longtemps hésité en se préparant après déjeuner et finalement convenu que, si Albert en venait à lui enlever son manteau, il ne serait probablement pas choqué de s'apercevoir qu'elle n'était aucunement maintenue. Déçu, peut-être, mais pas choqué. En outre, la blouse et la jupe – large aux cuisses, celle-ci – qu'elle avait choisies d'un gris assorti au manteau lui assureraient un minimum de dignité. C'étaient en effet des vêtements de marche, solides, bien coupés et qui ne laissaient pas apparaître plus de peau que nécessaire.

Elle s'aperçut assez vite qu'Albert les dirigeait vers le pavillon, ce qu'elle avait ardemment espéré. Troublée mais nullement gênée, elle lui demanda s'il était utile d'explorer de nouveau un lieu dont il avait déjà fait le tour, lui semblait-il. Albert lui répondit qu'une exploration minutieuse permettait d'approfondir ce que leur perspicacité avait peut-être omis la première fois. Il mettait cette absence de lucidité sur le compte de leur précipitation. Le mot précipitation, dans la bouche d'Albert, lui sembla incongru.

Au bout d'une heure, ils arrivèrent au pavillon à présent familier et rassurant. Baigné de soleil, il ressemblait à une maison de conte de fées oubliée depuis si longtemps que ceux qui en connaissaient le chemin ne pouvaient être que les fantômes de ses anciens occupants. Et eux. Il y avait quelque chose de terriblement lumineux et triste dans cette petite bâtisse perdue dans le bois, comme si elle avait été construite pour échapper aux affres du temps et que ce dernier l'avait rattrapée par surprise. L'unique fenêtre au milieu du lierre, ronde comme celle d'un kiosque, contribuait à rendre cette impression d'irréalité.

De nouveau, Albert passa le premier mais la pria d'attendre qu'il nettoyât un peu, de façon à ce qu'elle trouvât les meubles dégagés et la poussière à peu près envolée. Elle apprécia cette attention qui ressemblait au jeune homme.

Lorsqu'elle entra, il lui sembla découvrir un tout autre lieu, même si elle reconnaissait les fauteuils désuets et le petit lit sans montant où elle avait découvert la source et l'aboutissement du frémissement. Albert avait enlevé les draps qui recouvraient la coiffeuse et la petite commode. Elle s'étonna d'y voir des objets laissés là, parfaitement rangés : sur la coiffeuse, un peigne d'ivoire et une boîte nacrée et sur la petite commode, un livre et un mouchoir d'homme, jauni mais bien plié, comme s'il attendait son propriétaire.

— Les personnes à qui appartenait le pavillon comptaient revenir, dit-elle à Albert.

Le jeune homme terminait d'épousseter son costume près de la commode. Ethel s'approcha du livre et l'ouvrit pour découvrir sur sa page de garde tachetée de moisissure le nom d'un des poètes que son père citait le plus.

— Un esprit subtil et érudit a vécu ici, annonça-t-elle en lui montrant le recueil de poèmes de lord Byron.

— Dont le prénom commence par un R, précisa Albert en désignant le mouchoir.

— Et il est probable que le prénom de la femme qui se coiffait avec ce peigne commençait par un D. Regardez !

Elle lui montra l'élégante et courte dédicace, tracée d'une belle écriture à l'encre passée : *De R. à D. Dans des rêves flatteurs, je te croyais à moi.*

— Tout cela est très romantique, ajouta-t-elle. Je me sens déplacée, ici.

— N'avez-vous pas une once d'âme romantique ?

Elle soupira.

— J'ai bien peur que non. Mon mari disait souvent que sous mon esprit littéraire se cachait une terrible pragmatique, incapable de broder ses sentiments.

— Fort aimable.

— Il le disait toujours pour plaisanter, répondit-elle, piquée.

— Je vois, répondit-il. Vous parlez peu de lui, je m'en suis fait mon propre portrait, celui d'un horloger, méticuleux et sans fantaisie.

— Il avait sa propre forme de fantaisie, je crois…

Elle lui sourit, pour clore le sujet. Il y avait déjà bien trop de fantômes dans cet endroit. Elle ne voulait pas de celui de Hugh en plus. Elle avait envie de goûter de nouveau les joies de l'abandon, pour quelques heures, puisque tel semblait être le dessein d'Albert. À cette idée, son bas-ventre se serra brusquement, sous le coup du frémissement qu'elle perçut plus fort et plus joyeux que jamais, peut-être pour chasser son début de tristesse.

— Ne vouliez-vous pas explorer les lieux ? lui demanda-t-elle, en se rapprochant de lui, à pas mesurés.

Elle retira son chapeau, tout en avançant. Albert la contemplait, les yeux légèrement brillants.

— En effet, répondit-il en lui ôtant le chapeau des mains pour le poser sur la commode.

Elle se dressa sur la pointe de ses pieds jusqu'à ce que ses lèvres touchent le menton du jeune homme. Elle se sentait particulièrement hardie, à présent que le frémissement avait retrouvé sa place. Lorsqu'elle lui posa un baiser sur le menton, puis à la commissure des lèvres, tout en laissant le reste de son corps se coller au sien, Albert ferma les paupières.

Encore une fois, le capitaine Conrad avait raison ; elle s'était souvent trompée en décrivant des héroïnes contraintes à la passivité. Les hommes comme Albert appréciaient des femmes comme elle qu'elles fissent le premier pas.

Cependant, quand elle voulut embrasser sa bouche, Albert se déroba, la prit dans ses bras et commença lui-même à lui embrasser les tempes, puis les joues et le menton, pour terminer par le cou, ce qu'elle aimait décidément par-dessus tout. Ses mains coururent sur son dos, sentirent l'absence de corset, ce qui lui provoqua un sourire, et vinrent déboutonner le devant de son manteau d'été, avec une douceur fébrile. Lorsqu'il lui enleva le vêtement et l'entraîna vers le lit, ce fut elle qui ferma les yeux. La jupe et le jupon subirent le même sort, avec une rapidité déconcertante. Puis Albert s'éloigna d'elle et elle comprit qu'il se déshabillait également. Elle osa le regarder entre ses cils et constata qu'il ne portait plus qu'un long caleçon de coton beige.

Il était beaucoup moins bien fait que Theodore Harrington. Nu, sa finesse le rajeunissait. Cependant, alors qu'il revenait contre elle, appuyé sur un coude, elle put se rendre compte que l'un des aspects de sa personne était beaucoup mieux pourvu que chez lord Harrington, pour le peu qu'elle en avait vu. Et beaucoup, beaucoup plus enthousiaste.

Elle tendit la tête en arrière pour le laisser lui embrasser le cou, ce qu'il fit aussitôt, aussi attentif aux signes du frémissement que la fois précédente.

— Ne devions-nous pas découvrir autre chose ? murmura-t-elle.

— C'est vrai, répliqua-t-il.

Et elle nota avec intérêt que sa voix s'était voilée.

Du bout des doigts, il lui effleura le cou, que sa bouche avait délaissé et, suivant des entrelacs compliqués à l'envi, écarta le tissu de sa blouse pour les glisser dessous. Elle frémit lorsqu'ils atteignirent le haut de son sein droit, le contournèrent pour en dessiner la courbe et prolongèrent jusqu'à son sein gauche. Elle frémit encore plus lorsqu'il la souleva légèrement de l'autre main pour lui enlever le vêtement qui lui servait de barrière.

Elle ne s'était jamais montrée nue devant un homme. Tandis qu'il lui passait la blouse par-dessus la tête pour la faire disparaître derrière eux, elle se demanda quelle serait sa réaction à la découverte de ses seins, dont elle ne s'était jamais préoccupée, serrés comme ils étaient sous le corset, mais qu'elle trouvait harmonieux, de taille tout à fait pratique et agréables au toucher.

— Je me suis montré un peu direct la première fois, lui dit Albert.

Il avait un certain sens de l'euphémisme…

— Nous avons un peu de temps cette fois-ci, répliqua-t-elle. En revanche, je ne me souviens pas avoir lu quelque chose à propos de la poitrine, dans Catulle. Je…

Elle se tut brusquement. Elle ne s'attendait pas à ce que sa hardiesse lui procurât une nouvelle manifestation du frémissement. La sensation lui coupa la parole et ses seins se dressèrent vers le jeune homme sous l'effet de sa cambrure, ce qui lui arracha une exclamation amusée et, lui sembla-t-il, émue.

Moins émue que la sienne quand Albert l'attira vers lui et que sa bouche vint caresser son téton. La vibration que la caresse provoqua résonna dans son bas-ventre. Affolée, elle se promit de vérifier dans un ouvrage d'anatomie si la poitrine et le sexe féminin étaient reliés de quelque façon. L'idée s'enfuit aussi vite qu'elle était venue au moment où Albert prit le téton entre ses lèvres et y exerça une légère pression.

À cet instant précis, elle voulut dire quelque chose, n'importe quoi, pour l'encourager mais sa propre bouche était bien trop occupée à gémir, ce qui eut un effet plus convaincant que n'importe quelle parole.

La main d'Albert, rendue libre, descendit le long de son ventre, jusqu'à ses pantalons, glissa sur le tissu léger, et, avec cette parfaite maîtrise qu'il avait pour tout ce qui concernait l'habillement, en trouva l'ouverture rapidement. En d'autres circonstances, elle aurait été horrifiée qu'un homme la touchât à cet endroit mais elle se dit qu'Albert l'avait déjà explorée d'une façon qu'elle n'était pas capable de concevoir quelques jours auparavant. Elle se contenta donc de se montrer aussi curieuse et attentive que les circonstances l'exigeaient.

La curiosité fit vite place à une sensation bien plus intéressante. De nouveau, comme lorsqu'il y avait posé sa langue, elle fut parcourue d'une douce vague de plaisir dont elle nota qu'elle prenait naissance exactement au même endroit que la dernière fois, c'est-à-dire au-dessus de l'endroit communément utilisé. Le doigt d'Albert caressait ce point précis et plus il le caressait, plus elle sentait ses cuisses s'ouvrir et son dos se creuser.

Elle fit une nouvelle constatation : si la vague prenait naissance au même endroit, elle était également différente. Plus lente. Plus douce également. Moins immédiatement satisfaisante. Moins âpre à chercher la suivante.

Mais largement améliorée par la bouche d'Albert qui passait d'un sein à l'autre et par son bras passé sous ses reins, qui l'attirait vers lui et imprimait un mouvement qu'elle reconnaissait bien.

La vague suivante la poussa tout contre lui, sa jambe

sur sa cuisse, le bras et la main d'Albert entre leurs deux corps, seuls remparts au désir qui la secouait et qui devait le tenailler aussi, car un gémissement s'échappa également de sa gorge.

— Attendez, balbutia-t-elle. Je veux que vous preniez du plaisir, vous aussi.

Elle releva la jambe, de façon à ce que son entrejambe vînt se positionner contre le sien. Il leva la tête vers elle, un peu hagard, les cheveux en bataille, fronça les sourcils et s'écarta légèrement.

— S'il vous plaît, murmura-t-elle.

— Je ne prendrai aucun plaisir de cette façon-là, asséna-t-il, sans brutalité mais d'un ton ferme.

Comme elle reculait aussi, surprise par l'intonation de sa voix, il ajouta plus obligeamment :

— Je vous l'ai déjà dit. Le plaisir ne doit pas avoir de conséquences. Je ne prendrai aucun risque qui impliquerait que vous vous retrouviez dans une situation délicate.

— Mais comment, alors ?

Il s'écarta tout à fait, cette fois-ci et retira sa main, pour son plus grand désarroi.

— Il y a d'autres moyens de prendre du plaisir, pour un homme. Vous souvenez-vous du passage de Catulle à propos d'Aurelius ?

Elle écarquilla les yeux, exactement comme elle l'avait fait en le traduisant avec lui. Bien entendu, elle s'en souvenait ! Mais…

— … Mais ce sont des pratiques qui se faisaient entre hommes !

Albert eut un rire d'une sincérité vexante.

— Quelle est la différence entre une bouche d'homme et une bouche de femme ?

— Tout ! répliqua-t-elle.

— Tout ? Je ne savais pas les femmes munies d'un bec...

— Vous savez très bien ce que je veux dire... c'est... c'est répugnant !

— Était-ce répugnant lorsqu'il s'agissait de ma bouche et de votre sexe ?

— N'employez pas ce mot !

Il eut un autre rire, encore plus sincère. Il n'avait plus du tout l'air du jeune homme discret et convenable qu'il était habituellement, avec ses cheveux en broussaille, son torse nu, ses jambes nonchalamment croisées et la bosse qui n'avait pas décru et qu'elle voyait tendre le coton de son caleçon long.

— Vous devez donc vous résoudre à prendre du plaisir alors que je n'en prends pas, répondit-il.

— Certainement pas, s'exclama-t-elle.

Et comme il riait encore, elle continua :

— Je ne voudrais pas vous être redevable ! Cela nuirait certainement à notre amitié. N'y a-t-il pas d'autre moyen ?

— Un ou deux mais je suis à peu près certain que l'un d'eux ne vous plaira pas du tout.

Elle mit quelques secondes à comprendre de quoi il parlait.

Quelle honte ! pensa-t-elle. Il défiait toutes les lois de la décence !

Mais elle aussi, depuis quelques jours, était-elle bien obligée d'admettre.

— Quelle solution proposez-vous ? finit-elle par demander.

— D'abord… avez-vous déjà vu un sexe d'homme ? répondit-il, de la même voix, aimable et sereine, que celle qu'il avait lorsqu'ils étudiaient les textes anciens.

— Hélas, oui !

Sa spontanéité provoqua un nouveau rire. Elle se garda bien d'ajouter qu'elle en avait même vu une semaine auparavant, qu'il appartenait à lord Harrington et que son utilisation ne valait pas tout le cas qu'on en faisait.

— Et touché ?

— Non.

— Voulez-vous essayer ?

Ce ton… Mon Dieu, ce ton… Il n'en aurait pas pris un autre pour lui proposer une tasse de thé.

— Pourrez-vous toujours me regarder dans les yeux après cela ?

Il eut l'air étonné, un instant.

— Vous-même, pouvez-vous me regarder dans les yeux ? Vous le faites en ce moment même ! Je suppose que ma pudeur survivra à cette entreprise, tout comme la vôtre a survécu.

— Bien.

Elle regarda la bosse de son caleçon et laissa s'échapper un soupir. Puisqu'il fallait en passer par là, autant y mettre le plus d'attention possible. Elle tendit la main vers le bouton du vêtement et le défit maladroitement, après quoi seulement, elle remarqua qu'Albert s'était crispé et que son visage avait perdu un peu de son apparente affabilité. Ses yeux brillaient de nouveau, sa respiration avait légèrement accéléré et il ne riait plus du tout. Elle avança des doigts hésitants, jusqu'à le toucher.

Tout d'abord, elle fut surprise par la douceur de la peau qu'elle sentait sous ses doigts. Comment une chose aussi laide pouvait-elle être également aussi plaisante à caresser ? Puis elle suivit la fente qui la séparait, jusqu'à rencontrer une peau plus épaisse, moins agréable, puis de nouveau plus fine, là où elle se tendait. Comme ses doigts avançaient, elle la sentit également sous sa paume et fut à la fois étonnée et subjuguée par sa vigueur qui était telle qu'elle pouvait à peine la contenir dans sa main resserrée.

Mais le plus amusant, le plus fascinant, c'était qu'elle répondait à ses caresses. Elle remua la main, pour le plaisir de ressentir ses tressautements furtifs, tout d'abord doucement puis plus hardiment, la sentant de plus en plus prompte à réagir. Tout à sa découverte, elle en avait presque oublié Albert qui, sur le dos, avait empoigné le drap et le tordait sous lui.

— Je vous en prie, gémit-il soudain.

Elle ne savait pas de quoi il la priait mais elle eut l'intuition que ce n'était pas d'arrêter. Comme le caleçon la gênait pour poursuivre son expérience, elle le baissa sur les cuisses du jeune homme pour découvrir qu'elle trouvait l'objet de son attention beaucoup moins laid, à présent qu'elle en avait découvert un intérêt tout à fait expérimental. Ainsi, le sexe de l'homme, puisque Albert le nommait ainsi, pouvait être ridicule et amusant dans le même temps. Et faire naître de nouveau le frémissement, il fallait bien l'avouer. Un frémissement d'un tout autre genre, qui tenait à un tout autre plaisir…

Albert continuait de se tordre sous ses caresses. L'évidence lui sauta aux yeux. Peu importe ce qu'elle ferait, elle le tenait désormais en son pouvoir et ce pouvoir, aussi futile pût-il paraître, résidait uniquement dans le fait que son plaisir à lui dépendait d'elle. Elle pouvait l'interrompre en faisant une chose aussi simple que desserrer les doigts. Le jeune homme était dans le même abandon qu'elle avait été sur ce même lit trois jours auparavant et pratiquement dans la même position.

Elle se demanda si les caresses prodiguées avec la main étaient différentes de celles prodiguées avec la bouche, comme ça avait été le cas pour elle. Une fois de plus, Albert avait raison ; s'il n'avait montré aucun dégoût à mettre sa bouche à cet endroit, elle ne devrait pas en éprouver non plus. De plus, si elle ne tentait pas cette pratique à laquelle il s'était adonné naturellement, elle se sentirait bien inférieure à lui. L'idée ne lui plaisait pas du tout.

Elle décida donc de se montrer courageuse et approcha sa bouche du sexe du jeune homme. Elle entendit de nouveau un gémissement sourd au-dessus de sa tête, avant même qu'elle l'y eût posée. Elle attendit un moment, écoutant avec délectation un autre gémissement s'élever, puis une plainte qui ressemblait à une supplication. Elle ne put s'empêcher de sourire tout en frôlant la peau douce de ses lèvres. Un rire étranglé lui répondit, preuve qu'Albert, malgré son trouble, était attentif à la moindre de ses émotions.

Ce n'était pas si répugnant, eut-elle le temps de se dire. Puis la situation mit rapidement à mal les quelques notions de mathématiques qu'elle avait et qui concernaient l'équivalence des volumes et des angles, ainsi que ses aptitudes élémentaires de survie. Les gémissements reprirent, comme elle s'interrompait pour réfléchir au moyen le plus efficace de poursuivre l'expérience tout en continuant de respirer.

Ce n'était pas si répugnant mais ce n'était pas non plus très pratique, il fallait bien l'avouer. À cause de ses dents. Et de sa langue. Que devait-elle faire de sa langue ? Albert perçut ses difficultés – il avait sans doute peu apprécié la présence des canines, surtout là où la peau était si fine – et se mit à bouger avec délicatesse pour lui montrer la marche à suivre. Lorsqu'elle comprit quoi faire de sa langue, ses dents et de son rythme, il la laissa profiter de nouveau du sentiment de pouvoir qui l'envahissait, immobile et crispé, gémissant quand elle s'arrêtait mais aussi quand elle reprenait et pour le peu qu'elle eût pu l'apercevoir, les yeux grands ouverts et baissés vers elle.

Au bout d'un moment, l'admirable sentiment de pouvoir s'atténua, en partie à cause de la crampe de sa mâchoire et du fait qu'elle ne savait absolument pas à quel moment elle devait s'interrompre. En outre, elle avait mal aux coudes. Alors qu'elle allait déclarer forfait, Albert lui-même la repoussa avec une brusquerie étonnante puis, presque aussitôt, se releva pour la ramener sur lui. Sa respiration haletante trahissait l'effort qu'il avait dû fournir pour l'interrompre.

— Ai-je été maladroite ? demanda-t-elle.

— Absolument pas, soupira-t-il.

— Je sais d'expérience que le plaisir que prennent les hommes s'accompagne de manifestations bruyantes. J'en déduis que vous n'en avez pas pris.

Elle pouvait difficilement contenir l'agacement de sa voix.

— Il s'accompagne d'autres manifestations dont je vous ai épargnée.

Elle le remercia en silence. Elle avait beau être ignorante de certains aspects de ce domaine, celui-là ne lui avait pas échappé, même si elle n'y avait pas pensé tandis qu'elle le tenait en son pouvoir.

— Et que comptez-vous faire maintenant ?

Elle sentait son sexe contre le sien. Il lui suffisait d'un mouvement…

— J'ai bien quelques idées…

— Mais vous doutez qu'elles me plaisent, n'est-ce pas ?

Un seul mouvement et le frisson qu'elle ressentait se transformerait sans doute en vagues aussi intéressantes que les précédentes. La main d'Albert entre eux vint mettre fin à ses atermoiements, en reprenant exactement là où elle en était avant qu'elle ne lui prodiguât cette étonnante caresse.

— Votre main, dit-il.

— Ma main ?

— La même chose, avec votre main.

Le désir le rendait particulièrement trivial. N'était pas Catulle qui voulait, malgré les heures d'études… Comme elle ne comprenait pas tout à fait, il lui prit le poignet et dirigea sa main vers son sexe tendu sous elle.

L'idée était frustrante mais ne manquait pas d'attrait, si lui-même continuait à l'effleurer ainsi du bout du doigt. Il la fit glisser à ses côtés, ce dont elle le remercia de nouveau en silence et la nicha contre son épaule, sans cesser le mouvement de sa main ni lâcher son poignet de l'autre.

Contre toute attente, elle atteignit une forme de plaisir des plus libérateurs, bien qu'un peu rapide, alors qu'il ne semblait pas encore prêt à manifester bruyamment son plaisir. Consciente qu'elle menait encore le jeu, elle contempla l'évolution du frémissement sur le visage du jeune homme, remarquant avec satisfaction qu'il n'avait plus besoin de lui insuffler un rythme ou de lui indiquer ce qu'elle devait faire. Il suffisait d'écouter ce que le corps d'Albert lui disait.

Elle trouva l'expérimentation particulièrement instructive, jusqu'à ce qu'une dernière crispation, beaucoup plus forte que les autres, parcourût le bas-ventre tendu vers elle. Elle eut cependant à peine le temps de s'enorgueillir du râle qu'elle venait de provoquer ; la manifestation à laquelle elle ne pensait plus et dont il l'avait épargnée une première fois eut lieu au même moment, sans qu'elle eût la présence d'esprit de retirer sa main.

Comme Albert ne faisait pas mine de s'excuser – tout de même ! sans prévenir ! – elle en conclut qu'il s'agissait là d'une chose naturelle qui n'avait simplement pas eu la bonne destination.

Cela dit, elle nota tout de même que dans ses romans, aucun des amants ne se levait pour aller chercher son mouchoir puis restait nu au pied du lit, l'air pensif, sans savoir quoi faire dudit mouchoir une fois qu'il l'eût utilisé.

Elle décida donc qu'en matière de sexualité, elle avait eu au moins une bonne intuition : il valait mieux ne pas s'attarder sur les conséquences triviales de l'acte pour se concentrer sur le mécanisme complexe et précis qui menait à la consécration du frémissement. Alors qu'Albert l'aidait à se rhabiller et lui déposait exactement le même baiser sur la nuque que la fois d'avant, elle se dit même que le plaisir féminin avait cela de supérieur au masculin, qu'il se manifestait sans conséquence désastreuse pour l'un comme pour l'autre.

Il était donc logique qu'avec leur sens du drame grandiloquent, la plupart des hommes le considérassent comme insignifiant.

Chapitre 17

Conrad

Conrad ne se souvenait pas que le village de Brigstock fût aussi accueillant. Il avait en mémoire un endroit un peu triste, une fontaine sans finesse, des échoppes basses et des maisons imposantes entourant une place souvent vide. À la place, il découvrit les nombreux étals d'un marché où des fermiers vendaient des produits locaux, tels que des bocaux de jambon aux oignons et aux pommes de terre, des pâtés de porc à la sauge, des mètres de laine, des tartes aux pommes striées de baies, des articles pour la pêche et même le fameux Long Buckby Feast Pudding qui ne se fabriquait pourtant qu'un mois plus tard, pour Noël.

Devant l'église Saint-Andrew, la seule gloire du village à ses yeux d'enfant, dont les fondations dataient du XIe siècle et où il avait assisté à quelques messes, il se souvint qu'elle possédait une horloge mécanique conçue à la fin du Moyen Âge. Elle intéresserait sans doute Ethel Stafford, si elle avait partagé la passion de son défunt mari à un moment.

Ethel… Pourquoi diable cette péronnelle occupait-elle encore ses pensées à tout propos ? Déjà, après le petit déjeuner, voyant que le *Graphic* proposait un feuilleton intitulé « Tess d'Uberville », il s'était dit qu'il lui garderait la page, bien qu'elle n'eût jamais montré un intérêt particulier à la lecture de la presse, même pour les pages littérature. Et voilà qu'elle apparaissait devant une austère bâtisse médiévale qui n'aurait dû lui évoquer que l'odeur entêtante de l'encens et les œillades terribles de son oncle quand il le prenait à bâiller pendant l'office !

L'atelier de l'ébéniste qu'il cherchait lui fut indiqué par un de ces aubergistes qui attiraient les foudres de Henry. L'homme, qui se nommait Masheck Learmonth, savait déjà qu'il était le propriétaire de Stryge Burnan et lui avait proposé de déjeuner dans son auberge pour lui souhaiter la bienvenue dans la région. Il lui avait promis de lui parler de la maison et de son histoire car il avait bien connu l'ancien propriétaire. Conrad lui parla des caisses de livres et Learmonth lui précisa qu'une belle et grande bibliothèque occupait une partie du rez-de-chaussée, pour le plus grand plaisir de la maîtresse de maison. Il était fort étonné que l'ancien propriétaire les eût abandonnés là après l'incendie.

L'ébéniste rabotait un long banc de chêne lorsque Conrad passa la porte de son atelier. Il se présenta sobrement puisque, apparemment, tout le monde était au courant de son arrivée et attendit que l'homme eût fini son ouvrage, en disant qu'il ne manquait pas de temps. Il apprécia son manque d'empressement et le soin qu'il mettait à achever sa tâche. Ce banc revêtait une grande importance pour le village ; il devait servir à la fête de la Saint-Andrew qui aurait lieu d'ici un mois. La fête méritait qu'on y assistât, d'ailleurs, d'après l'aubergiste, l'ancien propriétaire de Stryge Burnan ne la manquait jamais. Lui-même, Silas Peeblepot, s'annonça content de voir que la maison fût de nouveau habitée. Le village avait fort changé depuis que les gens de la ville venaient s'y reposer, on ne manquait pas d'animation mais rien ne remplaçait un représentant de la noblesse dans la région, pour peu qu'il fût agréable aux petites gens. Son franc-parler plut à Conrad qui lui précisa qu'il n'était pas de la noblesse, mais un simple capitaine à la retraite que le hasard avait fait naître dans une famille qui avait le goût de la terre et de la propriété. Peeblepot lui répondit qu'il savait bien qui était sa famille, puisque c'était son père qui avait remis à neuf la table de la salle à manger du château de sir Baldwin père et qu'il en avait été si content qu'il l'avait envoyé à Filwick House par la suite. Silas Peeblepot était trop jeune pour se souvenir des détails mais son père en avait souvent parlé, par fierté d'avoir accompli ce travail et d'en avoir reçu des félicitations.

Il était donc tout à fait disposé à réaliser une cheminée en tout point conforme à celle qui avait été brûlée et à y mettre tout son savoir-faire, puisqu'il s'agissait d'une tradition entre leurs deux familles.

Enfin, il s'excusa un instant et sortit pour demander à son apprenti d'aller chercher les échantillons de bois qu'il souhaitait lui présenter car, s'il se souvenait bien, personne n'avait été capable de lui dire de quelle essence était la cheminée. Conrad attendit donc sur une chaise, seul jusqu'à ce que la porte de devant s'ouvrît.

Un homme d'une soixantaine d'années, la stature altière, le regard très clair et la moustache grisonnante, entra, tenant à son bras une jeune fille, d'une vingtaine d'années à peine, vêtue d'une tenue d'amazone noire et d'un chapeau haut où virevoltait un ruban de satin bleu. L'homme portait lui-même un costume de cavalier et paraissait aimable. Il demanda s'il était bien chez maître Peeblepot et, comme Conrad se levait pour les saluer, se présenta :

— Reginald Harrold Samuels.

La jeune fille dévisageait Conrad, les sourcils froncés, comme si sa présence la dérangeait.

— Et ma fille Dorothy.

Ils devisèrent un moment du temps, du chemin depuis Dingley qui était parfois difficile à suivre à cheval, du village et de l'auberge. Puis Mr Reginald Samuels informa Conrad qu'il venait se faire construire un pupitre plus grand que celui qu'il avait apporté de Washington où il avait longtemps exercé le métier d'imprimeur. L'inhalation des produits nécessaires à l'impression des journaux lui ayant causé des ennuis de santé dont il n'était pas nécessaire de parler, son médecin lui avait conseillé de s'établir à la campagne. Aussi avait-il acheté un joli petit cottage qu'il aménageait depuis trois mois, non loin du village, dans cette région qu'il avait appréciée plus jeune, avec sa fille unique venue s'établir avec lui. Au regard que la jeune

Dorothy lançait à son père, Conrad se douta qu'elle n'avait pas eu le choix, ce qui fut aussitôt confirmé :

— Il n'est pas facile pour une jeune fille pleine de vivacité de rester à s'occuper de son père dans un village perdu au fond du Northamptonshire. Dorothy ne connaît personne ici, à part la fille du pasteur. Ses amis de Washington lui manquent beaucoup. Comme moi, Dorothy n'aime rien tant que la société.

La jeune fille soupira d'exaspération, d'entendre ainsi parler d'elle. Conrad ne douta pas une seconde qu'elle fût habituellement une personne élevée selon les règles de la bienséance mais il était évident que sa situation la poussait à défier ce père qui l'avait apparemment arrachée à tout ce qui lui était cher. En outre, elle avait un regard trop pétillant et trop intelligent, derrière des paupières qu'elle gardait mi-closes, pour n'être que l'enfant gâtée qu'elle incarnait à ce moment-là. Et elle était fort jolie.

— Il y a une excellente compagnie dans les environs, répondit Conrad. Je suis certain que ma cousine sera ravie d'y introduire votre fille.

— Ce serait formidable, n'est-ce pas, Dorothy ?

La jeune fille offrit un sourire spontané à son père qui s'égayait et lui tendait sa carte.

— Où se trouve cette merveilleuse maison ? demanda-t-il à Conrad.

— Il s'agit de Baldwin House, répondit le capitaine.

À ce nom, le regard de Mr Samuels s'éclaira brièvement.

— Sir Wilbur Baldwin ?

— Il s'agit bien de la demeure de feu sir Wilbur

Baldwin, répondit Conrad. Mon cousin en est l'actuel propriétaire.

— Je l'ai connue autrefois, autour de 1855… Votre oncle m'a invité à plusieurs reprises lorsque j'étais en séjour dans la région. Il voulait faire imprimer une sorte de manuel ou de manifeste sur les dangers de la vie à la campagne.

— Ce point-là ressemble bien à mon oncle, admit Conrad en riant. En revanche, je n'ai jamais entendu parler de cet ouvrage.

— Je crois qu'il ne l'a jamais terminé.

Il s'arrêta quelques secondes, perdu dans ses pensées, puis reprit d'une voix plus basse :

— Mais vous me dites que votre cousin en est désormais le propriétaire ? S'agit-il de lord Richard Baldwin ?

— Non, répondit Conrad. Vos souvenirs datent d'il y a fort longtemps. Le fils aîné de mon oncle est mort lorsqu'il avait cinq ans, d'une mauvaise chute dans des escaliers, alors qu'il rendait visite à notre grand-père à Londres. Nous ne l'avons pas connu ou du moins, nous n'en gardons aucun souvenir et pour tout vous dire, avant que vous n'en parliez, je l'avais tout à fait oublié.

L'homme parut troublé, de nouveau, en apprenant cette nouvelle. Troublé et peiné.

— Il n'y a rien de pire que perdre un enfant, murmura-t-il. Votre tante était une mère si attentive et une femme si douce… J'ai moi-même perdu la sœur de Dorothy, quand elle n'était qu'un bébé. Je n'ose imaginer le chagrin d'un père, et encore plus d'une mère, en perdant un garçon de cinq ans avec qui ils se sont forgé des souvenirs… Lorsque je suis allé chez votre oncle, il y avait également un bébé. Est-ce le nouveau propriétaire du château ?

— Quelle excellente mémoire ! s'exclama Conrad. Oui, c'est en effet mon cousin, sir Henry Baldwin.

L'homme parut songeur, de nouveau.

— Quelle ironie, tout de même, pour un homme qui craignait tant les périls de la campagne, de voir son fils aîné mourir à Londres… Je vous prie de m'excuser, je m'égare. La fatigue de la route me fait oublier mon sens des convenances.

— J'apprécie les gens francs, l'informa Conrad. Mon oncle n'était pas quelqu'un de particulièrement cher à mon cœur. Il ne m'est donc pas pénible d'entendre parler de ses lubies. Il haïssait en effet la campagne, en y ayant vécu toute sa vie et personne ne l'a jamais vu chasser ou même se promener sur ses terres, à part pour aller terroriser les fermiers qui y travaillaient.

— Effectivement, vous aimez la franchise ! intervint la jeune fille. Vous pourriez être américain !

Le son de sa voix était clair et agréable. On pressentait chez elle une appétence pour le rire et la compagnie. À présent qu'elle ne portait plus son petit masque fâché, elle paraissait plus âgée et encore plus jolie que quelques minutes auparavant. Elle le remercia pour son invitation et, à présent déliée, lui parla avec animation des mœurs américaines. On sentait chez elle une insolence savamment dosée et un esprit pointu qui lui rappelait quelqu'un… Ethel, peut-être. Les deux jeunes femmes s'entendraient à merveille. Peut-être trop. Nul doute qu'il finirait par faire les frais de leurs traits d'esprit, s'il leur prenait soudain l'envie de le choisir comme cible.

Cependant, la jeune fille lui rappelait également quelqu'un d'autre, sans qu'il retrouvât chez qui il avait déjà vu ce nez retroussé, cette bouche longue et quelque chose dans l'allure qui lui était familier.

— Chez vous, notre franchise est considérée comme de la grossièreté, reprit miss Samuels. Pour ma part, je trouve que les Anglais ont bien du temps à perdre, à attendre ainsi le moment convenable pour suggérer ce qu'ils pensent. Je n'ai aucun goût pour les livres, au désespoir de mon père mais il paraît que Baldwin House possède la meilleure écurie de la région.

— Montez-vous, miss Samuels ?

— Ma fille est une excellente cavalière, répondit Mr Samuels.

— Je serai doublement ravi de vous montrer le domaine, à votre père et à vous.

— Monsieur, répondit Dorothy en effectuant une petite révérence, tout à fait charmante et comique.

Mr Samuels et lui parlèrent encore un moment, en particulier des journaux et des livres qu'il imprimait. Conrad raconta un peu la guerre des Boers, ce qui intéressa fort son nouvel ami qui ne manquait ni de culture ni d'avis éclairés sur le sujet. Selon lui, la situation en Afrique du Sud risquait de dégénérer à tout instant à cause de la découverte récente des gisements d'or dans le Witwatersrand. Conrad partageait cet avis. Il lui rapporta les mots de Paul Krüger, le président du Transvaal, qui avait déclaré à cette découverte : « Au lieu de vous réjouir, vous feriez mieux de pleurer, car cet or imbibera notre pays de sang. » Il se garda bien de préciser qu'il tenait cette citation d'un officier boer, ordonnance de Piet Joubert durant le conflit et avec qui il avait dîné quelques mois avant sa mise en retraite.

Puis il insista pour que l'imprimeur et sa fille vinssent dîner le soir même. Tout d'abord, ils refusèrent mais comme Conrad ne voulait pas en démordre, ils finirent par accepter avec force marques d'amitié. Comme l'ébéniste revenait en s'excusant du temps qu'il avait mis à retrouver son apprenti qui avait traîné en apportant une commande à l'église et que Conrad devait donc prendre congé pour s'entretenir avec lui, ils se promirent de se voir régulièrement lorsqu'il occuperait sa maison. Dorothy prit un soin tout particulier à leur rappeler l'invitation faite chez sir Baldwin. Puis ils s'assirent et attendirent leur tour.

Conrad hésita entre le frêne et le peuplier puis, poussé par les conseils de l'ébéniste, choisit finalement un chêne tout à fait traditionnel, le même qu'il avait utilisé pour le banc. Ils se mirent d'accord pour reproduire le motif qui existait déjà sur la cheminée de la chambre principale puis Conrad régla tous les détails nécessaires et versa un acompte. Avant de quitter l'atelier, il fit un dernier salut à Mr Samuels et sa fille, en leur rappelant l'invitation faite.

Sur le chemin du retour, il pensa à ce que l'imprimeur lui avait dit. Ainsi son oncle, cet homme taciturne et désagréable, s'était pris, un moment, d'écriture. Même s'il s'agissait d'un manuel, l'entreprise lui ressemblait assez peu. Il en parlerait à Henry en rentrant, bien que son cousin aimât peu se remémorer un père qui l'avait opprimé toute sa vie et qui lui avait enlevé la tendresse d'une mère pourtant encline à en prodiguer. Pas un père violent, non – Henry n'avait jamais été battu et pourtant, il aurait mérité de se prendre des claques quelquefois, selon la méthode de sir Filwick qui avait la main leste lorsqu'il le fallait – mais un père sermonneur, prompt à souligner les défauts de son fils unique et à lui rappeler ses fautes. Il avait été jusqu'à demander au directeur de la pension où ils étudiaient tous deux d'enlever les couvertures du lit du jeune homme en hiver, pour qu'il ne s'habituât pas au confort et n'en devînt pas fragile. Conrad se souvenait des nuits glacées qu'il avait passées lui-même dans le dortoir, après avoir donné une des siennes à son cousin qui, sans cela, aurait sans doute succombé à une mauvaise maladie.

Sir Filwick désapprouvait les méthodes de son beau-frère et invitait son jeune neveu dès qu'il le pouvait. Au fil du temps, sir Baldwin ne supportant plus un fils dont il répétait à l'envi qu'il finirait mal, simplement parce qu'il riait facilement et qu'il aimait cette campagne que le vieux lord haïssait, le laissait y séjourner la plupart des vacances. Même lorsque Henry avait dépassé les limites, sir Filwick ne le dénonçait pas, remplaçant les brimades paternelles par de fermes mais justes réprimandes qui remettaient son jeune cousin dans le droit chemin. Un temps, du moins. Sa mère morte d'une angine de poitrine, Henry n'avait plus voulu retourner chez lui, même pour Noël, une fois l'enterrement passé. Après Cambridge, il était resté à Londres pour poursuivre de vagues études de philosophie et quelques jeunes femmes aux mœurs plus que légères dont il s'éprenait pour ne plus se souvenir de leur prénom quelques semaines plus tard. À la mort de son père, il avait appris, fort étonné, que le vieil homme ne l'avait pas déshérité. Sir Baldwin avait de fortes convictions et le droit du sang en était une. Il avait donc préféré léguer ce château qu'il abhorrait à un fils déchu plutôt qu'à un de ses cousins Badlwin-Chester qu'il détestait encore plus que l'odeur du foin ou les sentiers de boue.

Henry venait de se fiancer à la jeune Amelia Halsworth, sans un sou, et l'épousa en propriétaire. William lui avait écrit tout cela dans une lettre fort éloquente et un rien railleuse. Henry propriétaire ressemblait à une des mauvaises blagues dont il était coutumier. Force était de constater qu'il avait étonné tout son entourage, en s'engageant dans cette voie avec pugnacité et réussite, de la même façon qu'il menait son mariage sans retomber dans les éclats fantasques auxquels il l'avait habitué, en matière de femmes.

Quelques souvenirs d'un Henry hurlant son amour pour une Fanny aux mines gourmandes ou une Missy à la croupe insolente vinrent arracher un sourire à Conrad, tandis qu'il approchait du château. À cette époque, il avait été d'un ridicule qui en faisait l'objet de toutes les plaisanteries de William, déjà heureux père d'un garçon en bonne santé, et de Conrad lui-même qui, en toute objectivité, mettait moins d'emphase dans ses attachements.

En toute objectivité… C'était pourtant à la même époque qu'Adaline lui avait piétiné le cœur sans que le sien en saignât d'une goutte… Pour cela, il aurait fallu qu'elle en eût un… Il en avait eu un pour deux et, à ce titre, il se pensait capable d'aimer de nouveau. Du moins, il pouvait encore être charmé. Cette jeune miss Samuels, son ton engageant, son goût pour les chevaux et son franc-parler avaient réussi à faire naître ce début de rêverie qu'il assimilait à de la séduction.

Peut-être, si leurs goûts s'avéraient à ce point semblables…

Il engagea son cheval dans l'allée du château, en même temps que ses pensées vers des perspectives plus heureuses et plus simples, comme s'asseoir dans un fauteuil confortable afin d'étendre sa jambe malade quelques minutes, et s'arrêta pour contempler le spectacle qui s'offrait à lui et dont il avait déjà apprécié la quiétude lors de son arrivée. Margaret et John jouaient sur la pelouse, sous le regard attentif de leur gouvernante. Margaret courait en traînant un ruban derrière elle, que John, suivi de son chien, tentait d'attraper. Plus loin, près des écuries, il aperçut Henry qui discutait avec le garde-chasse et, sur la droite, Albert et Ethel qui revenaient du bois, marchant côte à côte en silence, des fleurs dans les bras. Il dirigea son cheval vers eux, afin d'informer Albert des dispositions qu'il avait prises.

Ethel le regarda arriver d'un œil plutôt aimable, ce qui l'inquiétait un peu depuis quelques jours. Il la préférait rieuse et bavarde, plutôt qu'ensuquée dans cette politesse doucereuse qui lui allait fort mal. Fort heureusement, avec son manteau taché de pollen, ses charmantes brassées de fleurs violettes serrées contre la poitrine, ses cheveux défaits et ses joues rosies par la promenade dans le sous-bois et sa démarche volontaire, elle ressemblait plus à une fée déguisée en femme qu'à la délicate hôtesse qu'elle se plaisait à singer.

— Vous êtes enfin sortis de cette bibliothèque, dit-il. Je vous en félicite.

— Allez-vous nous accuser de trop lire ? rétorqua la vindicative petite personne, aussitôt redevenue elle-même.

— De ne pas profiter assez de l'air frais de la campagne, précisa Conrad que la joie d'être enfin sorti de ses marasmes logistiques rendait conciliant. Il vous sied à ravir. Vous ressemblez à un préraphaélite.

Ethel leva un sourcil, comme si elle attendait le sarcasme qui devait suivre. Conrad n'ajouta rien à son attention pour se tourner vers son secrétaire :

— Cela vaut d'ailleurs aussi pour toi.

— Entendez-vous, Mr Jefferson ? ricana aussitôt Ethel. Je suis certaine que c'est la première fois que l'on vous compare à un préraphaélite…

Albert garda prudemment le silence, roulant des yeux comme il savait si bien le faire lorsqu'on le prenait à partie.

— Je parlais de cette promenade, soupira Conrad.

Il n'avait pas envie de se chamailler plus longtemps avec elle.

Comme elle battait en retraite derrière un mépris opportun, il voulut tout de même terminer leur conversation sur une marque d'intérêt.

— Que comptez-vous faire de ces fleurs ? demanda-t-il.

— Je pensais les disposer dans un vase, répondit-elle d'une voix agacée.

— Dans le salon ?

— Eh bien, oui dans le salon ! Où voulez-vous que je les mette ?

— Ce sont des aconits. Savez-vous que leur parfum est particulièrement désagréable lorsqu'elles se fanent et que leur pollen est hautement toxique, surtout en cas d'ingestion ?

Ethel eut un sourire qu'il aurait qualifié d'adorablement sensuel, si ses narines frémissantes n'avaient pas annoncé la pique inévitable.

— Avez-vous des mises en garde à nous prodiguer sur d'autres aspects de nos activités, capitaine ? dit-elle.

Peste ! Il valait peut-être mieux qu'elle ne sortît plus de la pièce sombre et poussiéreuse où elle passait ses matinées si c'était pour trimballer une telle humeur au travers des bois ! Qu'avait-il dit ?

— Non ? Me permettez-vous de prendre congé et d'aller me débarrasser de ma mortelle récolte ?

Sans attendre une réponse qui ne vint de toute façon pas – il ne savait même plus comment sortir de cette mauvaise passe d'armes – elle les quitta après un vague salut. Conrad secoua la tête. Pour quelle raison venait-elle de leur servir ce départ théâtral ? L'avait-il vexée, simplement parce qu'il connaissait mieux la flore de la région ? Elle venait de Londres ! Si érudite fût-elle, il n'y avait aucune honte à apprendre à connaître son environnement, surtout quand il présentait un danger.

Toujours encombré de ses fleurs, Albert lui jeta un regard contrit. Conrad se résigna à ne pas l'interroger sur le sujet épineux des humeurs féminines. Pour ces questions-là, il n'était de toute façon d'aucune aide.

Chapitre 18

Ethel

Ethel traversa le jardin d'un pas qu'elle voulait calme, alors que tout bouillonnait en elle. De quoi ce prétentieux se mêlait-il ? Était-il botaniste ? Que croyait-il ? Qu'il suffisait d'arriver à cheval, pourvu de son incroyable allure en redingote grise et de ses talents de cavalier pour qu'elle l'écoutât, bouche bée, comme une agnelle sortie du couvent ?

Ce n'était pas ces fleurs qui étaient mortelles, mais lui ! Elle avait bien remarqué ses regards réprobateurs à table, de multiples et insistants regards, quand elle parlait avec Albert ! Mon Dieu, ce regard ! Bien qu'il fût d'un bleu de myosotis et encadré de petites rides du sourire ! Perçant, voilà ! Un regard perçant de moralisateur ! Il savait, elle en était certaine ! Ce genre d'hommes était capable de flairer le moindre pas de travers pour avoir une occasion de soliloquer d'un ton docte. Tout en attisant sa rage, elle prit la porte qui menait aux cuisines. L'odeur de la compote de rhubarbe et de groseilles à maquereau qui cuisait dans le confiturier lui donna faim, un instant, avant qu'un autre parfum, plus âcre, lui remontât aux narines.

Il était vrai que ces fleurs ne sentaient pas si bon que ça, à présent qu'elle était à l'intérieur et que leur parfum ne se perdait plus dans le vent de la fin d'après-midi. Elle déposa les fleurs sur une des tables et entreprit d'épousseter son manteau maculé de pollen sur le pas de la porte. «Savez-vous que leur pollen est hautement toxique?»

Il l'avait sûrement inventé pour montrer que, contrairement à ce qu'il avait dit, il blâmait leur promenade. Et le reste! Des fleurs aussi belles, toxiques? Elle en avait déjà vu dans de nombreux salons, en plus. Sûre et certaine. Mrs Green, la cuisinière, entra par la porte de service et la gratifia d'un sourire assez poli pour marquer sa désapprobation de la voir à cette heure dans son domaine. À la vue des fleurs, le sourire se transforma en grimace furieuse :

— Qui c'est le bougre d'imbécile qui m'a mis des aconits sur ma table? brama-t-elle, avant d'écarquiller les yeux, à la vue des pétales et du pollen qui couvraient le manteau d'Ethel.

La jeune femme se trouva plongée dans une gêne ultime, augmentée par l'air contrit que prenait à présent la cuisinière.

Bon. Elle n'avait pas d'autre solution que s'excuser, reprendre les fleurs, les amener dans l'arrière-cour pour les jeter sur un tas d'herbes à brûler amassées là par le jardinier, procéder à un second et minutieux époussetage puis accepter de bon cœur le savon que Mrs Green lui tendait.

— Personne vous l'avait dit ? demanda la cuisinière, nullement rancunière.

— Si, admit Ethel. Le capitaine Conrad m'avait prévenue.

— Ah, le capitaine Conrad ! Un homme qui connaît des choses… Il m'a apporté de la vanille. J'en ai mis dans la compote, à sa demande.

Ethel leva les yeux au ciel. De la vanille ! Cette encyclopédie sur jambes manifestait des gourmandises de fillette, en plus de l'outrecuidance d'avoir raison.

— Je vais appeler Almyria pour qu'elle vous prépare un bain et lave votre manteau, dit la cuisinière.

C'était en effet une excellente suggestion. Ethel abandonna le vêtement à Mrs Green, tout en ressassant sa propre stupidité, puis prit le chemin des escaliers.

— Vous inquiétez pas, lui lança la cuisinière avant qu'elle les montât. Moi non plus, je ne mets pas de corset quand je vais me promener.

Puis elle lui fit un clin d'œil goguenard. Ethel se sentit rougir jusqu'aux oreilles. Décidément, rien ne lui était épargné.

Elle fulmina un long moment dans sa chambre, essentiellement contre elle-même, le temps qu'Almyria fît monter des seaux d'eau chaude dans une minuscule pièce du bout du premier étage qui avait dû être une antichambre et où elle avait coutume de prendre ses bains. Elle s'était étonnée de cette nouvelle habitude d'Amelia, à son arrivée à Baldwin House. Sa sœur avait avancé le fait qu'elle n'aimait pas prendre son bain dans sa chambre car, malgré les précautions des domestiques, le parquet s'en trouvait toujours mouillé. Ethel avait estimé l'explication peu satisfaisante. Comment pouvait-on mouiller le parquet en prenant un bain ? Surtout Amelia dont la délicatesse dépassait largement la sienne. Elle avait soupçonné quelque manœuvre liée à Henry derrière tout cela et rapidement préféré jeter un voile pudique sur cette affaire.

En outre, l'antichambre ne possédait pas de fenêtres et il n'était pas agréable de se plonger dans l'eau chaude sans profiter d'un peu de lumière naturelle. Elle en sortait toujours somnolente.

Malgré cela, elle poussa un soupir de bien-être en pénétrant dans la baignoire de fonte, noire et massive, qui prenait la plus grande place dans la pièce. Almyria avait ajouté de l'essence de lavande à l'eau et allumé des chandelles sur la petite coiffeuse. Ses muscles noués par la marche se détendaient un à un et elle put laisser ses pensées suivre leur cours, ce qui ne lui était pas arrivé depuis fort longtemps.

Une à une, elles divaguèrent vers les événements de l'après-midi. Albert lui apparaissait fort plaisant mais quelque chose l'empêchait de considérer la relation qu'ils entretenaient depuis le premier jour dans la bibliothèque comme réellement satisfaisante. Il y avait tant d'ombre chez cet homme qu'elle ne se sentait pas totalement en confiance avec lui, malgré les preuves qu'il lui avait apportées. Le fait qu'il eût posé sa bouche sur plusieurs parties de son anatomie que Hugh avait à peine effleurées mais jamais sur ses lèvres participait beaucoup à cette impression. Pire encore, devait-elle admettre, elle n'avait aucune envie d'explorer les zones d'ombre qu'il gardait jalousement.

En outre, elle pressentait que son amitié avec Albert ne survivrait pas à une autre révélation, qui la concernait, elle : elle voulait ardemment être embrassée. On pouvait parcourir les plénitudes du plaisir et même en connaître l'accomplissement sans cette charmante étape mais il lui semblait incomplet, *a posteriori*.

Là encore, son intuition avait été bonne. Dans ses romans, les héroïnes recevaient des baisers époustouflants, après les avoir concédés de haute lutte, en proie à une pudeur sans laquelle les tentatives n'auraient été que de vulgaires assauts.

À ce titre, elle estimait que ses recherches devaient être complétées. La prochaine fois, elle tenterait un baiser, même si elle avait le pressentiment qu'Albert devait peu les goûter ou pire, ne pas savoir les donner, sans quoi il l'aurait déjà fait, au lieu de s'y soustraire comme dans le pavillon. Mais, au fond, avait-elle envie d'embrasser Albert ? Peut-être pas. S'il n'y prenait aucun plaisir, ça n'avait aucun intérêt. Theodore, lui, y prenait du plaisir et y mettait même une certaine application. C'était par la suite qu'il s'était montré empoté. Pour satisfaire sa curiosité déjà prolixe, il aurait donc fallu les baisers de Theodore et tout ce qu'Albert lui avait enseigné.

Les yeux clos, le corps alangui par la chaleur du bain, elle s'imagina dans le pavillon, indolente sur le petit lit sans montant, en pantalons, fermant les yeux au contact de lèvres douces puis passionnées, tandis qu'une main autoritaire faisait plier ses reins.

Mais pour son plus grand désarroi, ce ne fut pas le regard voluptueux de Theodore qui lui apparut, ni la bouche délicieuse d'Albert mais bel et bien le visage volontaire du capitaine Conrad Filwick, penché sur elle et la fixant de ses yeux dont la couleur myosotis se troublait de désir. Elle se dressa dans la baignoire. Quelle horreur ! Comment son cerveau pouvait-il ainsi la trahir ? Le capitaine Filwick ! Elle avait trop lu de ces romans pour jeunes filles où les militaires étaient présentés comme ce que la gent masculine offrait de plus viril et attractif ! C'était ridicule, il ne portait même pas son uniforme !

Pourtant, lorsqu'elle referma les paupières, ce fut de nouveau le capitaine Filwick qui lui apparut, au-dessus d'elle, torse nu et fou de désir. Il lui écartait les cuisses d'un geste autoritaire, tandis que ses lèvres parcouraient sa peau, depuis le creux de son cou jusqu'à sa gorge tendue vers lui.

Inconcevable ! Son esprit s'était par trop égaré sur des chemins dangereux où tout était autorisé, même les pires fantaisies ! Il était hors de question que ce soudard, ce grossier personnage, narquois et satisfait de lui-même, vînt ainsi s'immiscer dans sa quête légitime du frémissement.

Toute cette lavande lui montait à la tête ! Toute cette luxure, également !

Elle voulut sortir. Où donc était Almyria ? Soupirant, elle se pencha pour attraper la serviette que la femme de chambre avait abandonnée sur un fauteuil. Elle comprenait mieux pourquoi Amelia mouillait son parquet en sortant de son bain, si ses femmes de chambre se montraient aussi fuyantes que des souris alors même qu'on avait besoin d'elles. Cette fichue serviette ! Elle était bien trop loin pour qu'elle l'atteignît. Elle se leva donc, ruisselant d'eau et tendit la main.

Elle entendit alors la porte de l'antichambre s'ouvrir sur une exclamation surprise. Lorsqu'elle tourna la tête, toujours penchée en avant dans une position des plus grotesques, elle vit non sans horreur le capitaine Filwick sur le pas de la porte. Il était figé sur place et son regard à la fois surpris et amusé ne perdait pas une miette de son anatomie.

Chapitre 19

Conrad

Il était très difficile pour un homme de regarder une femme dans les yeux sans dévoiler une partie de ses pensées, lorsqu'il avait eu une vue particulièrement dégagée sur d'autres parties de son corps. Conrad le savait et s'en amusait encore plus, comme il s'agissait d'Ethel Stafford.

Durant le dîner, il lui fallut convoquer tout ce qu'il avait de plus noble pour ne pas abuser de son sourire réjoui, particulièrement lorsqu'il sentait les yeux furieux d'Ethel sur lui. Par malchance pour elle, ils étaient assis l'un en face de l'autre et, par plus de malchance encore, Conrad se trouvait placé à côté de Dorothy Samuels. Sa robe, de facture très *américaine*, violette et verte, lui donnait le piquant du chardon au milieu des lys. Elle parlait avec une vivacité d'autant plus remarquable que ce rôle était ordinairement dévolu à Ethel qui gardait un air pincé, les cheveux tirés en arrière, cintrée dans une robe du soir d'un pourpre moiré tout à fait convenable, le cou orné d'un collier en or où pendait une simple médaille. La situation paraissait de ce fait pour le moins intéressante, sinon attrayante.

En outre, il ne se résignait vraiment pas à se sentir coupable. Il avait voulu prendre un bain après son retour de Stryge Burnan et Henry qui revenait de ses métairies avait eu la même idée. Il lui avait proposé d'utiliser la baignoire de sa femme. Conrad n'avait rien à se reprocher.

L'hilarité le reprenait par moments, quand il se souvenait du visage enragé d'Ethel et de sa réponse lorsqu'elle lui avait demandé ce qu'il pouvait bien faire là.

En d'autres circonstances, il se serait excusé avant de sortir mais le manque de pudeur d'Ethel, sa fureur et ce qu'il voyait l'avaient contraint à répondre sur le même ton narquois qu'elle employait souvent avec lui :

— Que croyez-vous que l'on fasse dans une baignoire ?

Et comme elle poussait un cri excédé, il avait ajouté :

— À part des acrobaties, apparemment.

Des acrobaties… Tout ce que ce terme évoquait défila dans son esprit, alors que les conversations allaient bon train autour de lui, jusqu'à ce que la voix de Henry le tirât de ses pensées :

— Eh bien, Conrad, ton avis sur la situation ?

— Laquelle ? demanda-t-il.

— Celles des Amériques !

— Quelles Amériques ?

Il y eut un silence. Henry l'interrogeait du regard, surpris. Ethel pinçait les narines. Seule Amelia qui n'aimait apparemment pas le silence s'agita sur sa chaise, avant de faire tomber son couteau brusquement.

— Les Amériques orientales, railla Dorothy Samuels. Le capitaine Filwick est perdu dans ses pensées, semble-t-il. Nos histoires de colons ne l'intéressent pas.

Elle riait.

— Vous sentez-vous encore colons, Mr Samuels ? demanda Amelia. N'êtes-vous pas américain de naissance ?

— Je le suis. J'ai été incorporé dans l'armée du Nord durant la guerre, bien que je n'aie pas pris part aux combats, si tel est le sens de votre question, lady Baldwin, répondit-il. Je ne m'occupe plus de telles questions mais ma fille défend le droit des Africains.

— Comme trop peu d'Américains depuis qu'il leur a été rendu leur liberté, reprit Dorothy Samuels. Nous agissons toujours comme des colons.

— Je ne suis jamais allé aux États-Unis, dit Conrad. Mais pour avoir vu comment de véritables colons se comportent, je pense que les Américains étaient bien loin de maltraiter les esclaves, pour le peu que j'en sais. Je suis néanmoins persuadé que vous êtes une oratrice des plus persuasives.

— Et à ce titre, la célibataire la moins courtisée de tout Washington, rétorqua Dorothy Samuels avec entrain.

Personne ne rit. Au contraire, il y eut de nouveau un silence embarrassé, de courte durée car Ethel parut soudain sortir de sa bouderie pour venir au secours de la jeune femme en déviant le sujet de la conversation sur les livres qu'imprimait Mr Samuels. Le dîner alla ainsi bon train, sans plus d'éclats. De temps en temps, les yeux de Conrad se portaient sur le profil de miss Samuels qui devisait avec Amelia, en prenant visiblement bien garde à ce qu'elle disait. Après le dîner, on se sépara rapidement, car la route jusqu'à Dingley était longue et la nuit allait tomber sous peu. Alors qu'ils retournaient au salon, après les adieux et les promesses de se revoir, il fut décidé que les Samuels étaient tout à fait amusants. Amelia déclara même qu'ils étaient parfaitement exotiques et qu'elle appréciait d'avoir dans son entourage des gens différents de ceux qu'ils fréquentaient habituellement. Ethel affirma qu'elle n'avait jamais rencontré quelqu'un de si érudit que ce Mr Samuels dans le salon de sa sœur, ce qui fit grincer des dents à Henry. Ils se disputèrent à ce sujet, avec autant d'entrain que la digestion le leur permettait.

— Je sais à qui ils plairont beaucoup, dit soudain Amelia, en tendant une tasse de tisane à Conrad. À Adaline !

Conrad gronda, malgré lui. Encore elle ! Allaient-ils la citer tous les jours ?

Il n'avait aucunement envie de la voir surgir dans une discussion qui avait le double intérêt de le distraire et d'agacer prodigieusement Ethel Stafford, chaque fois qu'il laissait échapper un rictus. Comme personne n'avait perçu son agacement, il se calma un peu. Au moins, il avait la confirmation que Henry n'avait pas dévoilé son secret, sans quoi la convenable Amelia se serait abstenue de mentionner encore une fois le prénom d'Ada.

Il était tellement perdu dans ses pensées qu'il oublia

de se lever lorsque Amelia et Ethel quittèrent la pièce, suivies d'Albert.

— Cette jeune miss Samuels est tout à fait pétulante, dit aussitôt Henry, d'un air égrillard.

Tout en acquiesçant, Conrad s'enfonça dans son fauteuil et accepta un cigare, détente suprême qu'il ne s'autorisait que lorsqu'il était seul avec Albert sous sa tente, lors de ses années de service. Il se laissa également convaincre de boire un verre de cognac avec Henry et de le laisser évoquer ses affaires de gentleman-farmer, sans prêter vraiment attention à ce qu'il disait, car, chaque fois qu'il tentait de s'y intéresser, son esprit divaguait vers la porte de l'antichambre et vers Ethel, debout dans la baignoire, toute ruisselante d'eau.

Elle se tenait en avant, une serviette à la main, la tête tournée vers lui, sans penser un instant à cacher le postérieur et le dos dont la lueur des chandelles dessinait les courbes et les creux. Ses cheveux humides dégringolaient sur ses épaules ; la chaleur avait rosi son teint. Il avait aussitôt pensé à ce livre de gravures italiennes que Henry cachait autrefois dans sa chambre et qu'il ne lui déplaisait pas de regarder non plus.

Il avait tiré un véritable plaisir à lui avoir cloué le bec. Ça n'était pas arrivé si souvent. Jamais, en fait. Cependant, derrière le contentement au fond familier d'avoir gagné une bataille, il entretenait celui, plus compliqué et rassérénant, de cette apparition inattendue. Ce fessier rebondi, ce dos cambré, ces épaules menues et cette expression voluptueuse que la colère n'avait pas réussi à effacer tout à fait… Le diable que ce veuvage ! Il lui semblait presque inconvenant, selon un sens de la décence qui lui était propre, qu'un tel corps ne connût plus les joies d'une vie conjugale. Mieux encore, celles d'une vie d'ivresse charnelle, sans attaches ni contraintes. Dans son lit, il aurait sans nul doute goûté à toutes les délices que promettaient ces rondeurs déliées ; elle avait un postérieur à être entreprise par-derrière, avec la plus grande délicatesse mais également la plus grande habileté. Qu'elle s'intéressât à Albert était d'autant moins concevable ! Qu'allait bien pouvoir faire ce pauvre garçon de tant de volupté ? Adaline aussi avait un postérieur à faire damner un saint. Moins rond et moins large, du moins dans ses souvenirs, mais rebondi d'une telle façon qu'il lui en faisait des fossettes sur le bas des reins. Même au plus profond de son mépris pour elle, durant ses soirées à remâcher la façon dont elle l'avait fait se traîner à ses genoux pour mieux le renvoyer à sa propre médiocrité, il éprouvait des élans lancinants de désir en y repensant.

Le désir était tout de même un sentiment surprenant…

Comment pouvait-on détester autant une femme et autant regretter ses fesses ?

Chapitre 20

Ethel

La dernière fois qu'Ethel s'était sentie aussi gênée, elle devait avoir douze ans. Son père l'avait amenée en visite chez le marquis de Worcester, tandis qu'Amelia gardait la chambre suite à un mauvais rhume. Elle n'avait aucune envie d'aller faire des révérences à un marquis et encore moins à son fils Philip qu'elle ne connaissait ni d'Ève ni d'Adam. Elle était en effet à douze ans exactement la même qu'à vingt-sept : elle détestait le temps perdu en simagrées. Mais le vicomte Halsworth l'avait obligée. Oui, Père l'avait obligée à mettre une robe blanche qui lui couvrait les chevilles, un nœud ridicule dans les cheveux et à monter dans une calèche avec sa gouvernante et lui, puisque Amelia était malade et ne pouvait la remplacer pour une fois. «Vous serez polie avec le petit marquis, n'est-ce pas, Thelie ?» «Je compte sur vous, miss Stephen, pour le lui rappeler. » «Et ne faites pas ce visage maussade, le marquis est un ami et son fils est un garçonnet charmant. » Elle avait promis de se venger en refusant de lui lire une ligne d'italien après le dîner, rituel dont le vicomte ne se passait généralement pas, parce qu'il trouvait que sa fille aînée avait une voix mélodieuse et un parfait accent.

Elle était installée dans un salon depuis une demi-heure en face de Philip, futur marquis de Worcester. En habit bleu de Prusse, le teint rose, des cheveux blonds parfaitement bien coiffés et ses mains serrées sur ses genoux, il avait l'air d'un petit porcelet victime d'une épidémie de diarrhée. Amelia l'aurait adoré. Ethel entendait sa voix d'ici : « Oh, il serait charmant avec un nœud autour du cou ! Si seulement on pouvait le déguiser en petit page ! » Amelia pouvait se montrer inquiétante, quelquefois.

Ils évitaient tant que faire se pouvait de se parler, malgré les questions adroitement tournées de leurs deux gouvernantes. Défiant toutes les règles de la bien-séance, Ethel avait pris un livre illustré qui traînait sur une pile dans le salon et le parcourait d'un œil morne. De la littérature pour enfants… Pas étonnant que Philip eût cette expression stupide figée sur le visage. Elle en avait lu un, puis deux, puis Philip s'y mit aussi. L'après-midi était passé ainsi, face à face, à lire sans se parler. Le futur marquis lui avait semblé finalement assez civilisé, sinon supportable.

Le drame survint lorsqu'elle tendit la main vers *Les Voyages de Gulliver*. Il avait tendu la sienne au même moment, ils s'étaient penchés tous les deux et… il lui avait touché la poitrine ! Par accident, certes, mais tout de même ! Et il ne s'était pas contenté de l'effleurer, il y avait mis toute la force de son élan ! Elle avait rougi violemment, lui aussi, puis ils étaient restés là à se regarder avec des yeux ronds. Philip s'était redressé le premier, pour resserrer sa cravate… Elle s'en souvenait parfaitement car ce geste avait fait l'objet de nombreux questionnements par la suite, jusqu'à ce que, devenue adulte, elle y reconnut le geste habituel de la plupart des hommes lorsqu'ils voulaient se donner une contenance.

Le pire ne fut pas vraiment ce geste, bien qu'elle ne pût y penser par la suite sans pousser des «mon Dieu» à mi-voix, incompréhensibles pour son entourage. Le pire fut que le futur marquis de Worchester s'était mis à la suivre en souriant chaque fois qu'elle le croisait. Et étrangement, elle l'avait croisé bien souvent à partir de ce jour. Au parc. Au concert. Devant le magasin qui vendait ses partitions de piano. Puis il avait disparu, sans doute parce qu'il avait trouvé une nouvelle victime à qui sourire d'un air niais.

Seulement, des années après, juste avant ses fiançailles avec Hugh, elle l'avait revu dans le salon de miss Mabel Eastenmeyer, une amie d'Amelia. Il n'avait plus l'air d'un porcelet et était affublé d'une fiancée tout en soie et rubans. Quand il l'avait aperçue, il lui avait jeté une œillade entendue, exactement comme s'ils avaient eu une aventure !

Dieu merci, le capitaine Conrad n'était pas un jeune marquis imbécile et lui avait épargné les regards complices. Cela dit, il aurait pu également préserver sa pudeur des sourires narquois. Elle mit deux jours à en parler à Albert, le seul à qui elle pût se confier sans crainte du ridicule. Ils étaient dans la bibliothèque, comme tous les matins, lorsqu'elle lui raconta la scène de la baignoire, en y mettant une intonation amusée qui ne fit pas longtemps illusion. Le jeune homme rit avec une telle sincérité qu'elle s'en sentit vexée.

— Je suis certaine qu'il savait parfaitement que je prenais mon bain dans l'antichambre !

— Je ne le crois pas, répondit Albert. Le capitaine Conrad n'a aucune habitude de libertinage et il considérerait comme un déshonneur de surprendre une femme dans son bain.

— Pas d'habitude de libertinage ? Il avait l'air fort content de sa méprise !

— Vous prêtez au capitaine des hypocrisies dont il est incapable. Il a d'autres défauts, je vous l'assure, comme cette spontanéité qui le fait passer pour un malappris. Mais il n'est pas vicieux et encore moins irrespectueux à dessein. De plus, n'importe quel homme aurait été ravi par le spectacle que votre nudité offrait sans doute.

— Ne soyez pas obséquieux, Mr Jefferson, ni grivois, je vous prie. J'étais dans une position des plus ridicules et je vous assure que tout homme de goût aurait trouvé la situation plus embarrassante que…

— Voluptueuse ? Le capitaine a un goût certain pour les rondeurs.

— Et vous-même ?

— J'ai peur de ne pas bien comprendre votre question, répondit Albert en parcourant le rayon des yeux, l'air soudain distrait par une tâche plus importante.

— Oh, si, vous la comprenez très bien… murmura Ethel.

Il l'ignora. Cette faculté de ne jamais se dévoiler vraiment était tout de même ahurissante, alors qu'on pouvait dire qu'ils avaient été plus qu'intimes ! Résignée, elle décida de continuer sur son premier sujet, le capitaine Conrad de qui Albert venait de brosser un portrait à l'opposé de ce qu'elle en avait vu.

— Vous êtes au service du capitaine depuis dix ans, n'est-ce pas ?

— Tout à fait.

— Pourquoi ne s'est-il pas marié ?

— Le mariage est une entreprise délicate pour un militaire.

— Je connais nombre de militaires qui sont mariés et pères de famille.

Albert arrêta de consulter les tranches usées des livres qui s'étalaient devant lui, la regarda et eut l'espèce de rictus malicieux qui ouvrait parfois une fenêtre sur le visage de l'enfant qu'il avait dû être et qu'il s'était échiné à ensevelir sous des manières obligeantes et un calme que rien ne semblait jamais venir ébranler.

— Figurez-vous que le capitaine a eu une grande déconvenue avant son engagement dans l'armée… Il a été follement épris d'une demoiselle qui lui en a préféré un autre.

— Je suis étonnée par le fait qu'il ait été épris, pas tant par celui qu'on lui en ait préféré un autre, à vrai dire. La demoiselle en question lui avait-elle donné des espoirs ?

— Absolument, répondit Albert. D'après ce que je sais, et je puis vous assurer que je ne le tiens pas directement de lui…

— ... donc vous pouvez le répéter, sourit Ethel.

— ... donc je peux le répéter, confirma Albert, en répondant à son sourire. D'après ce que je sais, la demoiselle était follement éprise de lui également. Après des mois de cour tout à fait conventionnelle, le capitaine Conrad a retrouvé la jeune fille à un bal. Pour se donner du courage, il a peut-être bu plus que de raison.

— Et ?

— Et la jeune fille qu'il courtisait l'a trouvé, disons, en fort agréable compagnie et en très mauvaise posture.

— Quelle horreur ! À un bal ! Y a-t-il eu un scandale ?

— Suffisamment pour que la demoiselle s'estime trahie et déshonorée et jette son dévolu sur un autre prétendant, qu'elle a épousé quelques mois après cet événement.

— Vraiment ? Si vite ?

— Oui. Pourquoi ?

— Je crois que je n'aurais pas pu accorder ma confiance à un autre homme après un tel chagrin. Si elle l'aimait... même si, croyez-moi, c'est la partie de votre histoire que je trouve la plus fantasque !

— C'est le capitaine qui n'a jamais pu redonner sa confiance par la suite. Mais je le crois guéri aujourd'hui. Il serait tout à fait prêt à s'engager de nouveau.

Le capitaine Conrad, aimant et aimé ! Elle l'imaginait assez mal faisant sa cour, soupirant d'amour, roulant des yeux d'émotions... même si, évidemment, tous les hommes ne se montraient pas aussi grotesques en matière de séduction. Hugh lui-même ne l'avait jamais été. Il avait eu une façon grave, bien à lui, d'exprimer ses sentiments à son égard. «Cette montre que vous portez…» Non. Elle ne voulait pas s'en souvenir. Elle avait trop pleuré. Elle avait tant pleuré qu'il lui arrivait même de devoir sortir de la pièce lorsque quelqu'un prononçait le mot «montre». Mais elle n'aurait échangé cet amour-là, ces instants de grâce sublime, aimer et être aimée, pour rien au monde.

Elle ressentit un peu d'admiration pour le capitaine. Il avait connu puis perdu cette plénitude et avait pourtant survécu. Si Hugh en avait épousé une autre après lui avoir avoué son amour, elle en serait morte.

— Comment avez-vous appris cette histoire? demanda-t-elle à Albert.

— Les ordonnances sont vite oubliées dans un coin. Tout comme les veuves lorsqu'elles ne font pas trop de bruit.

Elle siffla entre ses dents, nullement vexée mais nullement prête non plus à le laisser lui envoyer des piques sans réagir.

— Me trouvez-vous trop bruyante, Mr Jefferson? demanda-t-elle, en exagérant la candeur de son ton.

— Pas toujours, répliqua-t-il.

Un silence duveteux, fait de frôlements de doigts sur des couvertures de livre et de sourires, se glissa entre eux. Ils restèrent un moment ainsi, dans une camaraderie sereine et étrange, comme ils en avaient l'habitude. Du moins jusqu'à ce qu'Almyria entrât pour annoncer l'arrivée de lord Harrington qui voulait voir Madame. L'entrée de Theodore se fit dans un éclat de rire joyeux

– de sa part –, d'une soupe à la grimace à peine dissimulée – de la part d'Ethel – et d'un plissement de paupières – de la part d'Albert.

— Quel plaisir de vous voir ! s'exclama Theodore en lui baisant la main. Londres, exécrable ! Et vous parfaite ! Quel teint !

Et lui, quelle assurance ! Il s'assit, avant de se relever en apercevant Albert qui s'était réfugié derrière le pupitre de lecture.

— Bonjour, Jefferson ! J'ai vu un défilé superbe de la cavalerie, à Londres. Vous auriez adoré.

— Sans doute, répondit Albert. Avez-vous fait bon voyage ?

— Oui, comme toujours. Alors, chère ? demanda-t-il en se tournant de nouveau vers Ethel. Quelles sont les nouvelles ?

Mon Dieu, c'était un idiot mais son esprit toujours piquant et d'humeur égale était irrésistible. Et il était hors de question de laisser paraître la moindre gêne qui eût pu mettre la puce à l'oreille d'Albert, concernant son degré d'intimité avec le jeune homme.

— Amelia donne un bal, figurez-vous, dit-elle. Elle m'a obligée à rédiger les invitations. J'ai fini par signer «Madame la baronnette Amelia Baldwin d'Halsworth». Elle m'a donc congédiée.

— Vous êtes affreuse ! s'écria Theodore dans un éclat de rire. Notez que nous appelions ainsi lady Frances Spencer à cause de son habitude de vouloir paraître plus noble que ceux qui l'étaient véritablement. À ce propos, devinez qui a enfin découvert qu'il était cocu ?

— Votre cousin Buford ?

— Lui-même.

Le cousin Buford Harrington était le sujet des plaisanteries les plus cruelles de Theodore. Ethel ne l'avait jamais vu mais, en dépit des élans d'empathie qu'elle éprouvait parfois à son égard, tant Theodore était méchant, elle doutait de pouvoir le rencontrer sans éclater de rire. Il représentait tout ce que lord Harrington détestait : mal fagoté, occupé par des motivations triviales, telles que le contenu de son assiette et son verre, il possédait en plus le terrible défaut d'être plus riche que lui, alors que Theodore avait hérité du titre de comte de leur grand-père.

— Et qui lady Buford – ils appelaient ainsi la femme du fameux cousin – a-t-elle choisi comme amant, finalement ? Le gros armateur ou le petit banquier ?

Theodore se tordit la bouche un instant, contrefaisant la surprise puis le choc émotionnel, avant de chuchoter, en se penchant vers elle :

— Les deux, ma chère. Les deux…

— C'est affreux, répondit Ethel, en riant. Pauvre Buford… Lui qui n'aime que la tranquillité et l'os à moelle… Quoi d'autre ?

— Rien, hélas. Je comptais sur vous pour égayer l'ennui dans lequel j'ai été plongé loin de vous.

L'imbécile… voilà qu'il venait tout gâcher avec des mines conspiratrices aussi voyantes que son gilet grenat. Elle l'avait presque retrouvé tel qu'il était pour elle avant ce malheureux… comment le définir ?… culbutage dont elle avait fait les frais.

— Je vais demander du thé, dit-elle en se levant.

— Sonnez, non ?

— Almyria n'entendra pas. Elle n'entend jamais ! Vous n'êtes plus à Londres, vous savez, lord Harrington ! Ici, nous nous débrouillons par nous-mêmes. Encore un peu, je vous assure, et je devrai laver mon linge.

Theodore s'esclaffa.

— Vous auriez fière allure, à genoux dans la rivière, trempée, en train de frotter votre chemise…

Mais l'imbécile ! Elle entrevit Albert qui relevait la tête. Il lui sembla même qu'il fronçât le sourcil, ce qui la fit fuir plus vite qu'elle ne l'avait décidé. Tout en se dirigeant vers les cuisines où elle avait une chance de trouver Almyria, elle chercha comment se tirer de ce mauvais pas. Elle ne pouvait pas retourner à la bibliothèque sans savoir comment faire taire cet incorrigible bavard qui avait déjà manqué deux fois de dévoiler leur secret devant Albert. Non pas qu'elle craignît de froisser des sentiments que le jeune homme n'éprouvait visiblement pas, mais elle avait tout de même une réputation à tenir, au moins face à lui et malgré ce qu'ils avaient vécu. En arrivant dans le couloir qui menait aux cuisines, elle tomba sur Margaret. La fillette portait un panier dans lequel quelques marguerites froissées gisaient. Avec ses cheveux moussus, du même châtain qu'Amelia et Ethel, et sa robe de percale rose, elle avait l'air de sortir d'un livre d'images.

Et surtout, elle avait l'air d'une solution.

— Vous sentez-vous bien, Margaret ? lui demanda-t-elle brusquement.

— Oui, répondit l'enfant, toujours un peu boudeuse depuis que sa tante la négligeait pour se promener avec Albert.

— Êtes-vous sûre ? N'avez-vous pas mal à la tête ?

— Non, je vous assure que je vais bien.

— Je vous trouve bien pâle pourtant. Je puis rester avec vous à la nursery et vous lire une histoire, si vous le souhaitez.

— Je me sens bien, vous dis-je ! s'exclama l'enfant, agacée.

— Que se passe-t-il, Margaret ? fit la voix du capitaine Conrad, débouchant des cuisines à son tour.

— Ma tante veut que je me porte mal alors que je me porte bien, persifla Margaret.

— J'amène Margaret à la pêche pour la consoler de ne pas assister au bal de ce soir. Voulez-vous nous accompagner ? proposa alors le capitaine, sans pour autant se montrer particulièrement heureux de cette perspective.

— Avant un bal ? Certainement pas ! dit-elle. Une autre fois, peut-être.

— Vous me donnerez votre jour et votre heure, alors.

Margaret émit un sifflement agacé.

— Ne serait-il pas dangereux de l'emmener ? questionna la perfide petite fille. Elle ne sait sans doute pas nager.

Conrad se pencha vers l'enfant, pour lui répondre, avec un masque si grave, si rassurant qu'Ethel ne put s'empêcher de comprendre pourquoi la fillette n'avait pas besoin d'un autre adulte à ses côtés :

— Ne vous inquiétez pas, Margaret. Votre tante ne risquera rien.

Avant d'ajouter, avec un de ces regards espiègles dont il avait le secret :

— Je sais, de source sûre, qu'elle se débrouille parfaitement bien dans l'eau.

Très bien. C'était décidé. Elle viendrait. Pour le rouer de coups avec sa canne à pêche.

Elle regretta de ne pas avoir fait preuve de plus de spontanéité une fois de retour à la bibliothèque, pour trouver Theodore, hilare, vautré dans son fauteuil, un livre à la main. Apparemment, lui non plus n'avait pas mis beaucoup de temps à retrouver son latin dans les ouvrages de Catulle et il semblait se délecter de ce qu'il y lisait.

— Oh, Mrs Stafford ! s'exclama-t-il. Venez près de moi et faites l'autre voix ! Assurément, cette littérature ne peut bien se lire qu'à deux !

Cette fois-ci, elle n'eut pas à prétexter un mal de tête pour s'éclipser, maudissant sa négligence, celle d'Albert et celle, plus habituelle, du jeune lord Harrington.

Chapitre 21

Conrad

Par la fenêtre ouverte, il entendait l'orchestre qui jouait un air doux, le son des conversations qui montaient depuis le salon, les rires des femmes et le bruit incessant des roues des calèches et barouches[1] venant de toute la région.

L'air embaumait des jasmins d'Amelia, jusque dans sa chambre. William et Catherine étaient arrivés depuis l'après-midi, et, à quatre avec Henry et Conrad, ils avaient vite retrouvé leur entente d'autrefois et même leurs taquineries. À tel point que William s'était déclaré encore assez vert pour leur coller un coup de pied bien placé, comme lorsqu'ils étaient adolescents. Puis il avait raconté des anecdotes plus ou moins glorieuses sur Conrad lorsqu'il était jeune, comme la fois où il avait décidé de faire le mur pour assister à la fête du village et n'avait jamais trouvé le chemin de nuit. Le matin l'avait révélé, transi, blotti

---

1. Voitures hippomobiles.

à l'abri d'un rocher à quelques mètres seulement des dépendances de Filwick House. Puis Catherine avait à son tour raconté la fois où Henry et lui avaient décidé de distiller leur propre eau-de-vie et que la bonbonne d'infâme alcool de poire qu'ils avaient cru produire avait explosé dans la grange, provoquant l'indignation du régisseur qui avait pensé qu'un voisin tentait d'empoisonner ses bêtes. Conrad ne fut pas en reste et dévoila la lecture d'un fort mauvais sonnet par William à l'ombre d'un taillis, qui avait atterri par mégarde dans l'oreille de Henry qui somnolait là. Ils auraient pu rester ainsi des heures, à évoquer des histoires passées sans intérêt pour toute personne extérieure à leur cercle, si Amelia ne leur avait pas poliment mais fermement signalé qu'il était temps de se préparer pour le bal.

Avant de le quitter, Catherine lui avait égrené les noms de toutes leurs anciennes connaissances, sauf Adaline, attendant visiblement de voir le plaisir se peindre sur son visage. En vain. Cette liste lui avait fait l'effet d'une pluie glacée un petit matin de novembre.

Percival Ashwood. Millie Bodwitch, devenue Mrs Ashwood. Fidelia, la sœur de Percival, et son mari. Rosamond, la sœur de Gideon Walsham-Oneil et son deuxième mari, un général à la retraite… Des amis qui avaient fini par être des noms sur des faire-part de mariage, de décès, des entrefilets dans les lettres de William ou les pages centrales du journal… Avait-il réellement envie de voir comme le temps n'avait épargné personne et surtout pas lui ?

Il se regardait dans la glace, vêtu de son habit noir

impeccable, sa canne d'estropié à la main. Il n'aurait pas à surjouer la faiblesse, ce soir en particulier.

Ce n'était qu'un bal… Qui mieux que lui savait que toute une vie pouvait se jouer à un bal ? Peut-être ceux qui s'y étaient rencontrés, comme Henry et Amelia. Et encore… Il était dans l'ordre des choses de s'apercevoir à un bal, peut-être de se parler, d'avouer en silence, le temps d'une danse, ce qu'on avait préparé des heures durant…

Pour la jeunesse, du moins. À son âge, les fêtes n'étaient que l'occasion de voir valser des fantômes. Le sien et celui d'Ada dansaient dans cet enfer personnel qu'avait été le bal des fiançailles de William et Catherine. Elle portait une sage robe blanche au corsage piqué de fleurs bleues qui faisaient ressortir le blond éclatant de ses cheveux.

— Rendez-moi mon carnet de bal, chuchotait-elle. Conrad Filwick ! Je vous dénoncerai à ma mère !

— Dénoncez-moi, lui répondait-il. Je dirai à Mrs Bunan la même chose que je vous ai déjà dite. Je vous rendrai ce carnet lorsque mon nom sera inscrit sur toutes les pages.

— Je vous ai entendu dire la même chose à Millie le mois dernier…

Elle mentait avec un charme singulier, pour le seul plaisir de le pousser à bout. Elle n'avait jamais rien fait d'autre, le pousser à bout. S'il pouvait revivre une minute de ce bal, une seule minute, il la ferait valser avec toute la maladresse dont il était capable à l'époque, avant de déposer un baiser sur le bout de ses doigts et d'aller inviter une autre jeune fille, une de celles qui, moins éclatantes, moins âpres à séduire et être séduites, épousaient des Percival Aswood ou des William… même des Henry, malgré leur insouciance tapageuse et leur mauvaise réputation.

Il soupira, devant son reflet, l'œil critique sur cette cravate blanche qu'on l'obligeait à porter. Non, il savait qu'il n'en ferait rien. Il se jetterait dans ses filets, comme la première fois, tendrait les siens, comme la première fois, et jouerait, comme la première fois, jusqu'à être dépassé par le jeu.

On frappa à la porte. Derrière, Perkins s'impatientait, sans doute fâché de devoir venir de nouveau le chercher. Le bal avait commencé depuis plus d'une heure, sir Baldwin et sir Filwick demandaient après Monsieur. Conrad mit fin à ses souffrances en ouvrant la porte et en lui emboîtant le pas, faisant claquer sa canne à outrance sur le parquet, comme pour annoncer solennellement son arrivée.

Lorsqu'il descendit les escaliers, il admit qu'Amelia, secondée par Albert, avaient eu raison de mettre à mal les nerfs de toute la maisonnée durant deux semaines. Le corridor avait été décoré de guirlandes de fleurs dans lesquelles brillaient çà et là des feuilles d'un vert verni et des rubans de satin blanc. La double porte ouverte prolongeait l'entrée par un chemin de lanternes qui jetaient des lumières bleu et rouge sur l'allée. Des invités continuaient d'arriver, les hommes en frac et les femmes habillées de façon tout à fait extravagante pour un simple bal estival, coiffures compliquées surmontées de plumes et de joyaux, décolletées de gaze et de voile de soie aux couleurs éclatantes… Quelques jeunes filles décemment habillées offraient un assez beau bouquet de couleurs pastel. Il ne connaissait évidemment personne et appréhendait le corridor en spectateur, voire en peintre qu'il n'était pas, embrassant d'un seul coup d'œil cette scène citadine perdue dans sa ruralité, tout ce déploiement de richesse pour fêter une famille finalement discrète. Il pensa, à juste titre, que la bonne société se vengeait de ce que Baldwin House avait été fermée aux fêtes durant bien des décennies, feu son oncle haïssant la compagnie autant que la verdure.

Par un bon jeu du sort, la première personne qu'il aperçut fut Dorothy Samuels qui donnait son manteau à un domestique dans l'entrée, dévoilant des épaules nues, légèrement hâlées et dénuées de taches de rousseur. La robe blanche qui mettait ainsi sa peau en valeur n'était certainement pas le fait d'un couturier londonien et sa parure de diamants, retenue par un ruban de soie noire, attirait autant l'œil que l'adorable visage de celle qui la portait. Adorable, du moins, jusqu'aux yeux qu'elle dardait insolemment sur l'assistance, traversés par un éclat que Conrad connaissait bien, celui des grandes déterminations. Il se présenta à elle sans attendre, afin de ne pas la laisser plus longtemps seule au milieu de cette assemblée inconnue, et fut heureux de la voir se radoucir à sa vue.

— Votre père est-il là ? demanda-t-il après les salutations d'usage.

— Non, répondit miss Samuels. Mon père s'est senti souffrant. Je n'ai pas voulu me priver d'une distraction trop rare et suis donc venue seule.

Puis elle ajouta, d'une voix légèrement étouffée :

— Je vous remercie d'être venu à ma rencontre, capitaine. Ainsi, j'entrerai à votre bras, si vous le permettez.

Il lui sourit. Sous ses dehors frondeurs, elle était encore une toute jeune femme. Faire le trajet et se présenter seule à la porte avait déjà dû lui demander des efforts insoupçonnables.

— J'en serai honoré, lui dit Conrad. Il ne m'a jamais été permis d'entrer dans ce salon accompagné d'une cavalière aussi délicieuse.

— N'est-ce pas le premier bal à Baldwin House depuis des décennies ?

— En effet. Vous avez donc la preuve que je ne vous mens pas.

Elle éclata de rire. Ils arrivèrent au grand salon, tout aussi richement décoré que le corridor. Les meubles avaient été enlevés pour permettre la danse, hormis des fauteuils destinés à l'assistance la plus âgée.

— Je suppose que vous ne dansez pas, dit Dorothy Samuels.

— Non, hélas. Je suis certain qu'un jeune homme de cette assemblée sera ravi de vous inviter.

— Je préfère rester avec vous, avança la jeune femme, avec une petite moue.

Ils regardèrent ensemble la fin d'une polka, exécutée par les invités entre deux âges, car la jeunesse se refusait à pratiquer une danse aussi désuète et préférait pouffer sur les côtés, puis une nouvelle danse – une valse, cette fois-ci – qui entraîna les jeunes gens, faisant virevolter tournures et plumes au bout des habits noirs qui les entraînaient. Conrad remarqua les regards qu'on posait sur miss Samuels, ainsi que les chuchotements plus ou moins discrets qui s'ensuivaient. Elle en avait parfaitement conscience, étant donné la façon dont elle renvoyait leurs regards aux indiscrets.

— Voulez-vous que nous trouvions un endroit plus calme ? demanda-t-il.

— Non, répondit fermement miss Samuels, la mâchoire serrée. Je me sens parfaitement à ma place ici.

Ils eurent encore le temps de voir Henry accompagner élégamment une jeune lady parée de vert émeraude par la taille pour une autre valse, tandis qu'Amelia se lançait à son tour avec un des propriétaires de chevaux qu'il avait déjà croisés dans les écuries.

Puis Dorothy se lassa du spectacle et voulut visiter les salons. Ils essayaient de les rejoindre, fendant la foule des spectateurs, lorsqu'ils furent arrêtés par un homme à la tournure d'honnête père de famille, dans les traits épaissis duquel il reconnut le visage amène de Percival Ashwood. À côté de lui, la petite femme replète qui lui souriait avec entrain devait être Millie Bowditch dont il avait tant de fois estimé les formes avec gourmandise et même plus, s'il lui fallait être un peu honnête avec lui-même.

— Conrad ! s'exclama Percival. Mon vieux !

Conrad se figea, sans savoir quoi faire. L'amitié joviale de Percival avait de quoi l'étonner. La dernière fois qu'il s'était retrouvé en présence d'Ashwood et de Millie, la situation était légèrement différente. Il n'eût pas été illégitime que Percival lui tînt quelque rancune de ce qu'il s'était passé entre celle qui allait devenir sa femme et lui, même si à l'époque, rien de tel n'avait jamais été évoqué.

À leur vue, Dorothy Samuels ouvrit de grands yeux horrifiés et, après un petit geste de la main, se faufila parmi les invités jusqu'à disparaître, l'abandonnant à son sort.

— Catherine nous avait bien dit que tu étais revenu ! continua Percival. Pourquoi ne nous as-tu pas rendu visite ? Notre propriété d'été n'est qu'à une demi-heure de Filwick, tu devrais le savoir !

— Allons, Percy, intervint Millie, avec exactement la même voix enthousiaste et accorte qu'elle avait à dix-sept ans. Conrad vient à peine de rentrer. Mais nous te tenons à présent et nous ne te lâcherons pas de la soirée. Tu as mille choses à nous raconter, n'est-ce pas ?

— Oh, murmura Conrad. Sans doute moins que vous. William m'a tenu au courant de l'agrandissement de votre maisonnée. Deux filles, je crois ?

— Trois, rit Percival. Mary, Ann et Kate.

— Des prénoms de saintes, répondit Conrad. Sauf peut-être le dernier.

Millie et Percival rirent de bon cœur.

— Notre Kate est un modèle de sagesse, à deux ans à peine, figure-toi, répondit Millie. Catherine en est évidemment la marraine et estime que c'est sa bonne influence qui en est la cause. La vérité est qu'elle ressemble tout à fait à Percival.

— C'est Mary, notre aînée, la plus terrible, le crois-tu ?

— Et nous y voyons là, en revanche, une influence de sa marraine, Adaline, ajouta Millie. Elle la gâte plus que de raison.

Sans savoir qu'elle venait de gâcher la joie des retrouvailles, elle commença à répertorier les adorables méfaits de sa fille aînée avec un air malicieux que Conrad aurait trouvé attendrissant, si le prénom d'Adaline ne l'avait pas replongé dans d'amères pensées.

Ainsi, tout son ancien cercle d'amis avait continué à se fréquenter, alors qu'il fuyait en Afrique du Sud, qu'il se battait, qu'il luttait contre la fièvre, qu'il passait des jours à repousser des ennemis et des nuits à se maudire. Ils s'étaient établis, avaient eu des enfants, s'étaient choisis comme parrains et marraines, avaient donné des dîners et des réceptions. Ce qui avait été une tempête pour lui avait à peine perturbé leur vie bien ordonnée de quelques vaguelettes.

— Voici Rosamond et le très distingué Harold, s'écria Percival, exagérément enjoué. Et Fidelia. Où est donc le général ? Déjà au fumoir, je présume.

Il fit signe aux trois personnes qui avançaient dans leur direction. Conrad reconnut vaguement Rosamond empourprée de la coiffure aux pieds, aux côtés d'un grand gaillard blond, à la barbe taillée en pointe et Fidelia, à la démarche toujours aussi guindée et à la mine toujours aussi enfantine, ses grands yeux noirs à l'affût de quelque détail à relever et à railler.

Derrière eux, Adaline apparut, tout d'ivoire et de blond, encadrée de lumière. Le temps sembla s'arrêter, alors qu'elle-même marquait une légère pause en voyant Conrad. Rosamond le félicitait de son retour et lui présentait son mari et Adaline le contemplait, derrière eux, la bouche entrouverte... Il répondit une imbécillité dont il ne perçut même pas la teneur, les yeux fixés sur cette bouche qui ne s'était pas asséchée avec le temps et dont il connaissait la douceur.

Aussitôt, Conrad n'était plus à Baldwin House, il se tenait dans le salon connu de la maison de son enfance. Catherine levait son adorable visage criblé de taches de rousseur vers William, solennel et un peu pâle dans son costume noir. Quelqu'un faisait un discours – Grand-Père, peut-être – mais Conrad n'écoutait rien. De l'autre côté de la pièce, Adaline Bunan, dans sa robe blanche, le contemplait elle aussi, les yeux aussi brillants que ceux de la jeune fiancée qu'ils fêtaient tous après des années d'attente. Les invités applaudissaient. Son cœur, lui, battait la chamade. Comme ce soir.

Elle n'était plus un souvenir douloureux... C'était Adaline Bunan, la même que dix ans auparavant, qui se tenait devant lui.

Sans réfléchir, il fit volte-face et s'engouffra dans la foule.

Chapitre 22

Ethel

Non, elle ne danserait pas la valse avec lord Clarendon ! Même si Amelia lui interdisait à jamais la porte de sa maison. Même si elle devait passer tous ses étés avec la tante Vertiline et sept miles de laine marron à rouler en pelotes. Même si, pour cela, elle devait passer la soirée dans sa chambre et ne pas goûter à cette appétissante montagne de choux que Margaret lui avait montrée en cachette avant l'arrivée des invités, par l'entrebâillement de la porte de la cuisine. Il pouvait bien la chercher dans la foule, elle ne le laisserait pas approcher, sauf pour l'obliger à rayer son nom dans son carnet de bal, quitte à provoquer un nouveau scandale.

Elle détestait la valse, plus que toute autre danse. Elle détestait cette promiscuité qui permettait à des hommes dont elle ne connaissait presque rien de lui toucher la taille. Elle détestait ce difficile exercice qui tenait à la fois du rapprochement non désiré et de la mise à distance perpétuelle.

Elle avait d'ailleurs interdit à Theodore de lui réserver la moindre danse. À présent, elle le guettait, pour qu'il tînt les autres hommes éloignés d'elle. Où était ce petit imbécile, quand on avait besoin de lui ?

Elle se serait largement contentée d'Albert – elle aurait même adoré parler à Albert à cet instant précis, tant elle se sentait seule et maussade – mais quand elle l'avait enfin trouvé parmi les invités, il faisait valser Dorothy Samuels. Entre leurs deux têtes, elle avait aperçu le capitaine Filwick discutant avec des gens de son âge, sans doute ses anciens amis dont William et Catherine leur avaient rebattu les oreilles durant tout le début d'après-midi. Puis le visage de lord Clarendon qui la cherchait. Elle avait réussi à reculer pour se perdre dans l'attroupement des spectateurs.

Désormais, elle était coincée entre une imposante lady et celui qui s'avéra être son mari, étant donné les regards outrés qu'elle lui jetait. Avec horreur, elle s'aperçut que l'homme guignait le carnet de bal guindé d'ivoire, cadeau d'Amelia, qu'elle tenait à la main. Elle tenta de le dissimuler entre les plis de sa robe, en vain. Comment se faisait-il, exactement, qu'une robe de sa sœur qui avait eu deux enfants rapprochés, fût à ce point ajustée sur elle, malgré les retouches d'Almyria ? Avait-elle pris des cuisses ? Malgré toute cette marche dans les bois ? Ça dépassait l'entendement !

Et Dieu, que son corset la serrait ! Elle avait pourtant dit à Almyria qu'elle n'accordait pas d'importance à ce que sa taille fût la plus fine de la soirée, d'autant que, comme elle le lui avait fait remarquer, même avec deux corsets, il n'y aurait aucune chance pour que sa femme de chambre réussît à la conformer à la mode actuelle.

Elle détestait presque autant ce corset que la valse, à présent. Puisque par sa faute elle ne pourrait sans doute ni dîner ni boire, elle resterait là, à écouter les conversations indistinctes et les accords étouffés des violons, en tentant d'échapper aux messieurs trop galants qui pensaient qu'elle faisait tapisserie.

Les yeux baissés sur ses chaussures, elle recula encore un peu et buta sur quelqu'un.

— Vous voilà ! lança la voix de Theodore Harrington derrière elle.

Elle n'avait jamais été aussi contente de le voir.

— Ma mère me harcèle pour que je fasse danser tout ce qui n'est pas encore marié dans cette salle, chuchota-t-il. Avez-vous vu la tournure de Beatrice Spellwater ? Des moineaux y feraient leur nid. Vous êtes ravissante, quant à vous, vous l'ai-je dit ?

— Trois fois déjà. Dont une devant votre mère qui m'aurait bien noyée dans le bol de punch, si elle en avait eu le loisir. N'êtes-vous jamais raisonnable, lord Harrington ?

— Jamais, affirma-t-il.

Son œil s'alluma d'une lueur diabolique.

— Je pourrais d'ailleurs vous enlever.

— N'y pensez même pas. Amelia vous tuerait.

Il éclata d'un rire incrédule.

— Votre sœur cadette a-t-elle à ce point le souci de votre vertu ? Je ne la pensais pas si *old fashion*, malgré son goût évident pour la polka.

— Elle penserait moins à ma vertu qu'au fait que

vous aurez gâché son bal en attirant l'attention sur nous.

— Si vous dansiez, aussi, je m'en contenterais pour l'instant… marmonna-t-il.

— Si je dansais, vous ne penseriez plus à m'enlever, je vous l'assure. Marchons, voulez-vous ? Et trouvons un endroit où discuter en bonne compagnie.

Le petit salon lui parut être le lieu idéal. Il devait accueillir les plus anciens et quelques jeunes filles tenues par leurs mères. Si elle était heureuse de profiter de la présence de Theodore, elle ne voulait pas non plus se retrouver seule avec lui. Elle prit soin de ne pas accepter le bras qu'il lui tendait mais écouta son habituel bavardage, persifleur et irrésistiblement drôle, entrecoupé des compliments à double sens qu'il lançait à la volée, lorsqu'il croisait une connaissance. Ils arrivèrent enfin au salon, moins discrètement qu'elle ne l'aurait voulu, pour découvrir qu'il était déjà occupé par un cercle de jeunes gens de la région, le pauvre Albert, sans doute coincé là par sa légendaire politesse et Dorothy Samuels.

— Lord Harrington ! appela une des femmes, vêtue de rouge des pieds à la tête. Vous qui connaissez si bien l'âme féminine, venez nous départager.

Mon Dieu, pensa Ethel. « Vous qui connaissez si bien l'âme féminine… » Si toutes ces femmes qui se pressaient autour de la tête bouclée et de l'héritage de Theodore savaient !

— Allons ailleurs, murmura Ethel en prenant le bras de Theodore, cette fois-ci, pour le tirer en arrière.

Les femmes de l'assistance riaient plus que de raison,

tandis qu'Albert essayait visiblement de se replier au plus profond de lui-même pour ne pas les entendre.

Trop tard. Theodore profita de son bras sur le sien pour l'entraîner, avant de le lâcher au beau milieu des fauteuils et se jeter avec passion dans une conversation sur le bien-fondé des plumes de coq, agrémentée de dix réparties savoureuses et triviales sur leurs différences avec la pintade.

Alors qu'elle allait s'asseoir, elle vit, non sans horreur, lady Clarendon foncer droit sur eux – et elle était étonnamment rapide pour une femme de son âge – suivie de lord Clarendon ouvertement ravi de l'avoir retrouvée.

Elle fit donc la seule chose qu'elle avait à faire : elle fit volte-face et s'enfuit, une main sur le cœur, mimant un malaise tellement contrefait que même Albert ne réussit pas à contenir un hoquet amusé.

Chapitre 23

Conrad

Conrad desserra légèrement sa cravate. Ici au moins, à l'abri du bureau de Henry, personne ne viendrait le débusquer pour lui jeter son passé au visage. Avec un peu de chance, il pourrait héler un serviteur dans le couloir pour qu'il lui apportât un brandy, qu'il boirait face à la fenêtre, puis il pourrait utiliser l'escalier de service pour rejoindre sa chambre.

Il se dirigea vers la porte afin de mener à bien la première partie de son plan et celle-ci s'ouvrit avec fracas sur Ethel Stafford, les cheveux voletant et l'air affairé, qui la referma aussitôt, en prenant soin de ne pas la faire claquer.

— Que faites-vous… commença-t-il.

Elle reprit son élan et, sans paraître le voir, le heurta violemment. Elle le regarda, hébétée puis tourna la tête vers la porte et de nouveau vers lui. Ses yeux exprimaient la panique la plus tenace.

— Là ! gronda-t-elle en le poussant dans le placard et en refermant les portes derrière eux.

— Mais il n'y a pas…

Trop tard. Il entendit le loquet extérieur tomber d'un coup sec.

— … de moyen de l'ouvrir de l'intérieur, continua-t-il.

— Taisez-vous donc ! dit-elle.

Accompagnant la parole du geste, elle lui ferma la bouche de la main. La lumière qui passait entre les deux portes lui permettait de voir qu'elle roulait des yeux furibonds, sous le coup de l'affolement. Dans le bureau, on ouvrait la porte et on entrait, à deux.

— Chut, ordonna Ethel.

Il reconnut le pépiement tranquille et incessant de lady Clarendon et une autre voix dans laquelle il perçut l'accent américain identifiable de Dorothy Samuels. Elles passèrent devant le placard, de sorte qu'il entendait le détail de leur conversation.

— Je vous remercie de me faire visiter la maison, lady Clarendon, disait Dorothy.

— Oh, ça ne me dérange pas du tout, ma chère, répondait lady Clarendon. J'aime toujours marcher un peu après un long voyage en voiture. Le cheval que mon cocher a choisi était bien trop brusque. Non pas que je n'apprécie pas la pauvre bête, je parle du cheval, bien entendu, je le connais aussi bien que ce bon Cliffort qui est à notre service depuis bien quinze ans désormais… Non, seize… Enfin, même sans cela, nous piétinons tellement dans ces bals…

Et ainsi de suite… Bon Dieu, le débit de parole de cette femme était intarissable. Pas étonnant qu'Ethel l'eût fuie avec une énergie qui confinait au désespoir.

Désormais elle se tenait là, l'oreille contre la porte, sans paraître encore se soucier de la façon dont ils pourraient sortir, à présent que le loquet était fermé.

Ils ne pouvaient évidemment pas appeler... Que penseraient lady Clarendon et Dorothy, si elles les trouvaient tous les deux dans un placard exigu, lui en gilet et elle rouge d'avoir couru et échevelée ? Il voulut bouger un peu, au moins pour dégager son bras mais Ethel le retint fermement, lui enjoignant de nouveau de ne pas faire de bruit, d'un froncement de sourcil.

— Ah mais voilà le tableau dont je vous ai parlé, continuait lady Clarendon. Dire qu'elle était si jolie... Lord Clarendon le disait souvent, il y a parfois des miracles dans des familles, des êtres si beaux et si aimables qu'on se demande s'ils ne sont pas envoyés sur terre pour être des anges... Je me souviens d'un jour, alors que nous étions à l'église, elle est entrée la dernière et elle portait de magnifiques chrysanthèmes dans les cheveux, ce n'était pas du tout la mode, savez-vous et même pour une Filwick...

La voix décrut, subitement. De quel tableau lady Clarendon parlait-elle ? La vieille dame devait commencer à perdre doucement la tête, à force de s'écouter parler...

— Je meurs de soif ! s'exclama soudain Dorothy. Retournons au salon, voulez-vous ?

Les pas s'éloignèrent, à peine perceptibles derrière la voix de lady Clarendon qui parlait à présent des fleurs qu'elle avait fait planter dans sa serre, puis la porte se referma.

Ethel soupira de soulagement.

— J'ai cru qu'elles ne sortiraient jamais, murmura-t-elle.

— Ce qui nous arrivera sans doute aussi, répondit Conrad.

Ethel le dévisagea puis tenta d'ouvrir la porte, d'un geste ferme. Évidemment en vain. Il attendit tranquillement qu'elle eût fini de s'acharner sur le bois pour lui signaler que le bruit qu'elle faisait finirait par attirer toute la maisonnée. Et qu'elle lui donnait de grands coups de coude dans les côtes. La position était pour le moins inconfortable et embarrassante. Elle était obligée de s'appuyer sur lui pour éviter la patère qui lui rentrait dans la nuque ; il avait le bras droit coincé entre le fond du placard et elle. Elle essaya une dernière fois de pousser la porte puis se résigna à accepter sa défaite.

— Qu'allons-nous faire ? demanda-t-elle, en se tournant vers lui, ce que ses côtes apprécièrent.

Elle, il ne savait pas. Lui, il allait essayer de reculer pour éviter de la sentir ainsi tendue contre lui, tellement proche qu'il sentait son souffle dans son cou.

— Et que faites-vous ici ? ajouta-t-elle.

— J'étais venu chercher un peu d'intimité.

— Eh bien, vous l'avez ! Ce placard est minuscule ! râla Ethel, en se contorsionnant pour éviter de nouveau la patère.

— Il n'est pas fait pour contenir des gens, répondit Conrad.

Elle n'arrivait à rien, hormis à gigoter, tout contre lui. Malgré les étoffes, le corset, sa propre chemise, son propre pantalon, elle était en train de provoquer chez lui des manifestations qui ne lui échapperaient pas si elle continuait à se tortiller ainsi.

— Pour l'amour de Dieu… souffla-t-il. Voulez-vous vous tenir tranquille ? Je vais essayer de lever le loquet.

— Et avec quoi, je vous prie ?

Elle parlait comme si elle le tenait pour responsable de leur situation. C'était pourtant à elle et rien qu'à elle qu'ils devaient cette posture ridicule.

— Je vais essayer d'attraper le porte-plume que je vois par terre.

— Ah ! s'exclama Ethel. Mais faites donc ! Il fait une chaleur épouvantable dans ce réduit !

Il lui sourit nerveusement dans la pénombre. Lui aussi commençait à souffrir de la chaleur, presque autant que de la promiscuité.

— Mais que faites-vous ? grinça Ethel en se tortillant à nouveau.

— J'essaie de plier les jambes ! Mais les vôtres ne m'en laissent aucune possibilité !

— Je suis désolée d'avoir des jambes !

Il était encore assez de bonne humeur pour se rappeler à quoi ressemblaient ces jambes à présent emprisonnées sous sa jupe de soie bleue. Il plia les siennes comme il le pouvait dans cet espace exigu, jusqu'à ce que la douleur lancinante de son ancienne blessure le reprît, alors qu'il était à mi-chemin. L'élancement le fit vaciller, dans cette position inconfortable, l'obligeant à se raccrocher à ce qu'il pouvait.

— Enlevez vos mains de mes cuisses, capitaine Filwick ! glapit aussitôt Ethel.

Elle avait les cuisses charnues, comme il s'était pris à le supposer en les entrevoyant lors de son bain. Il se redressa avec la même difficulté qu'il s'était baissé. Comme il relevait la tête, il se trouva face à elle, sa bouche près de la sienne, un court instant, un infime moment, avant de se déplier tout à fait.

— J'ai bien peur de devoir aller chercher ce porte plume moi-même, murmura Ethel.

Son ton s'était adouci. Ses gestes, également. Elle ne se tortillait plus.

— Je vous l'interdis ! s'exclama Conrad.

Si elle descendait comme il l'avait fait, frôlant la barrière finalement assez ridicule de son pantalon, il ne répondrait plus de rien. Évidemment, Ethel ne tenait pas compte de son ordre. Déjà, elle pliait les genoux à son tour et descendait le long de son corps. Il percevait sa respiration qui accélérait et le contact entêtant de sa poitrine contre son torse, puis son ventre, puis son…

— Pour l'amour de Dieu, murmura-t-il. Remontez.

— Je le tiens presque, répondit-elle, haletante. Je le sens au bout de mes doigts.

Il fallait qu'elle se tût. Au supplice, il l'attrapa par les épaules et l'obligea à remonter. Elle évita de justesse la patère et darda sur lui des yeux encore plus furieux qu'à l'accoutumée.

— Êtes-vous fou ? gronda-t-elle.

Puis ses yeux s'agrandirent. Elle se rendait compte, soudain, de ce que la promiscuité provoquait chez lui. Elle allait penser… croire… il aurait l'air de vouloir…

— Mon Dieu, capitaine, murmura-t-elle.

Cette situation devenait très embarrassante. Fallait-il qu'elle commentât, en plus du reste ?

— Sachez que vous n'en êtes en aucun cas responsable, maugréa-t-il.

— Charmant…

— Ne commencez pas ! Vous comprenez très bien ce que j'ai voulu dire.

— Que ce sont les placards qui vous inspirent ?

— Pas exactement, non !

Elle allait finir par le rendre vraiment fou. Et rien de ce qu'elle pouvait dire ne parvenait à changer l'état dans laquelle elle le mettait.

— À vous écouter, vous auriez eu la même réaction si vous aviez été coincé avec lady Clarendon, reprit-elle.

— Si j'avais été coincé avec lady Clarendon, j'aurais probablement déjà attrapé le porte-plume pour me crever les tympans.

Elle sourit, d'un air… un air à promettre la lune. Si elle continuait à le dévisager ainsi, ce serait trop tard pour tout ; sa dignité, son semblant de maintien et probablement sa crédibilité de gentleman.

— Je n'ai pas encore profité de la situation, que je sache… murmura-t-elle.

Elle…

Comment ? Était-elle en train de suggérer que… Il fallait qu'il réagît. Qu'il trouvât quelque chose. Qu'il la prît dans ses bras, avec tout l'aplomb dont il était capable en pareil cas et qu'il la fît taire. Il hésita quelques secondes de trop. Et avant qu'il pût faire étalage de toute sa virile assurance, elle posa sa bouche sur la sienne, les yeux toujours plantés dans les siens. Aussitôt, il répondit à ce baiser, d'abord doucement puis plus fermement, alors qu'elle s'appuyait contre lui, entourant son cou de ses deux bras. C'en était fait de sa dignité et de son semblant de maintien. Quant à sa crédibilité de gentleman, elle venait de disparaître alors qu'il la prenait dans ses bras avec un grondement affamé. Son propre désir d'elle le surprit tant que son esprit reprit les rênes, un bref instant. Il fallait les sortir de cet endroit avant qu'il se conduisît en sauvage. Il fallait également qu'elle arrêtât de lui caresser les lèvres avec sa langue. Immédiatement.

Or, elle ne sembla pas comprendre ses suppliques intérieures. Bien au contraire, elle introduisit sa langue dans sa bouche, de façon certes délicate mais terriblement insolente. Son esprit se perdit en d'autres lieux, pour un temps qu'il lui fut par la suite impossible à déterminer. Des lieux où il retroussait sa jupe, la collait contre le fond du placard et la prenait debout, sans autre forme de politesse. Il sentait sa poitrine contre son torse, son ventre contre son bas-ventre. Le placard ne lui sembla plus aussi exigu, juste assez grand pour qu'il relevât jupe et jupon et…

Elle s'arrêta soudain pour reculer et tourner la tête, l'interrompant dans sa lutte intérieure, nourrie par tout ce que le lieu et les circonstances l'empêchaient de faire.

— Écoutez !

Il prêta l'oreille et distingua rapidement les voix de Margaret et John qui se rapprochaient, l'une sermonnant son frère à propos de son absence d'élégance et l'autre pépiant d'indignation. Ethel détacha ses mains de son cou.

— C'est notre seule chance, murmura-t-elle, à regret, lui sembla-t-il.

Évidemment que les enfants représentaient leur seule chance ! Ils ne parleraient pas comme les domestiques et s'ils le faisaient, les contredire serait facile. Du moins, il serait facile de contrer la candeur bavarde de John... Il faudrait sans doute acheter Margaret avec une nouvelle séance de pêche.

Ethel se mit à frapper à la porte du placard, tout doucement.

— Margaret... John...

Les enfants se turent puis il perçut clairement leurs chuchotements. Sans doute imaginaient-ils quelque esprit de la maison... À leur âge, du moins, il n'en aurait pas été autrement. Et il aurait été terrorisé. Il l'avait été lorsque William lui avait fait croire que l'esprit de leur arrière-grand-père, le colonel, hantait le petit cabinet qui jouxtait leur chambre, jusqu'à ce qu'il s'aperçût qu'il s'agissait d'un chat que son frère y avait enfermé. Les enfants risquaient de partir en courant et de prévenir leur gouvernante.

— Margaret, c'est le capitaine Filwick. Auriez-vous l'obligeance d'ouvrir la porte du placard ?

Il entendit encore quelques chuchotements puis la voix un peu enrouée mais courageuse de Margaret :

— Qui me dit que vous êtes le capitaine Filwick ? Vous pourriez être tout aussi bien un leprechaun ou un pixie malin qui se serait caché ici et tenterait de nous enlever.

— Vous entendez bien ma voix ! s'exclama Conrad.

— Dans le conte des sept chevreaux, le loup imite la voix de la maman chèvre. Un leprechaun pourrait tout aussi bien le faire.

— Margaret ! Ouvrez ce placard, pour l'amour de Dieu, intervint Ethel.

Il entendit le loquet grincer avec lenteur puis se lever tout à fait. Ethel poussa la porte, en soupirant. Margaret et John les regardaient, à la différence que la fillette avait un sourcil froncé, tandis que John affichait l'expression de celui pour qui la situation ne présentait absolument aucun intérêt.

— Eh bien ? demanda Margaret, exactement de la même façon qu'Ethel l'aurait fait en de telles circonstances.

— Eh bien, nous jouions, voyez-vous, Margaret, répondit Ethel.

L'enfant fronça les deux sourcils, cette fois-ci.

— Sans nous ?

Ethel sortit du placard, ce qui lui permit de gagner du temps et de rentrer les mèches qui s'étaient échappées de son chignon. Avait-elle conscience de ce que ce geste anodin aurait sans doute provoqué chez lui, s'ils n'avaient pas été en présence des deux enfants ?

Puis elle lissa sa jupe, d'un geste précis.

— Oui, Margaret, les adultes jouent également, dit-elle calmement.

Quelle retenue ! Elle affichait un visage parfaitement maîtrisé, alors qu'il se contentait de regarder bêtement John, incapable de trouver quelque chose qui appuyât ses explications. Sa gêne s'accentua, lorsque Margaret demanda :

— Mon père et ma mère jouent-ils avec vous ?

— Non, Margaret. Sortez du bureau maintenant. Vous devriez être dans votre lit, au lieu de vous promener dans la maison en chemise de nuit.

Lui-même avait envie d'obéir, quand elle prenait cette voix-là, surtout pour se mettre au lit. Il sortit à son tour du placard et sourit à Margaret puis les regarda trottiner vers la porte du bureau, sans bouger, dans l'espoir de retenir Ethel encore quelques minutes. Elle ne semblait pas partager son envie, emboîtant ses pas dans les leurs. Toutefois, avant de sortir, elle se retourna, plissa les yeux et lui lança un regard indéchiffrable, aussi ironique que prometteur. Sans plus réfléchir que précédemment, il lui attrapa le bras et l'attira contre lui. Il n'avait à cette heure qu'une certitude : il ne trouverait pas le repos tant qu'il ne l'aurait pas couchée dans son lit ou dans n'importe quel autre endroit qui ne l'obligeât pas à se comporter comme un hussard.

Voilà exactement ce qu'il allait faire : il conduirait galamment Ethel Stafford jusqu'à l'allée de lanternes décorées par les soins d'Albert, la guiderait vers l'allée de jasmins qui passait sous leurs fenêtres, contournerait la bâtisse, jusqu'à être assez éloignés de toute forme de mondanité, à l'abri des haies qui formaient autrefois la roseraie de feue lady Baldwin et qui avait été désertée depuis longtemps. Là, il l'embrasserait – certainement pas comme ce crétin de Harrington. Puis il attendrait patiemment le départ des invités, le temps qu'il fallait accorder à la décence avant de ne plus en avoir aucune.

Échafauder ce plan lui permettait de rester aussi calme que les circonstances l'exigeaient, alors qu'ils se dirigeaient vers la porte d'entrée. Il sentait les doigts d'Ethel se crisper sur son avant-bras et entendait le froufrou de sa robe bleu nuit. Cette robe… Ce décolleté… Il avait été difficile de ne pas poser ses yeux sur ce décolleté qui se voulait discret mais révélait bien plus que tous les corsages pigeonnants des femmes autour d'eux ; le creux de ses seins, la délicate ligne qui se perdait dans le corset et tout ce que son imagination suivait du bout des doigts.

Cependant, ce n'était pas le décolleté d'Ethel qui achevait d'enflammer ses sens, au point de le rendre muet. C'était la façon calme et impérieuse dont elle traversait à présent l'assemblée à son bras, après qu'il l'eut délicatement mais fermement entraînée vers le couloir de service.

— Vous ne comptez tout de même pas m'enlever, capitaine, murmura-t-elle, avec une voix dont il se garda bien de souligner le léger tremblement.

Si. Du moins jusqu'à la roseraie. Le mieux à faire était de passer naturellement par le corridor et la porte principale. Du moins aussi naturellement que la situation le permettait.

— Personne ne pourra m'en empêcher. Sauf vous, répondit-il avec un sourire.

— Il faudra donc compter sur notre aptitude au corps à corps, dit-elle.

Ils n'arriveraient jamais jusqu'à la roseraie, il en était

certain. Sitôt tourné l'angle de la maison, il la plaquerait contre le mur, pour l'embrasser jusqu'à perdre ce qui lui restait de raison.

Tout en fendant la foule, il visualisait la porte d'entrée comme l'accès à un territoire où ils ne seraient plus asservis par la bienséance. Encore quelques pas et…

— Ah capitaine, je vous trouve !

Mr Samuels se tenait devant lui, en frac, l'air perdu et inquiet.

— Je cherche ma fille. L'auriez-vous vue ?

Puis, comme il s'aperçut seulement de la présence d'Ethel, il se confondit en excuses et en salutations. Il paraissait au comble de la gêne.

— Dorothy n'aurait jamais dû venir, je le lui avais interdit. À présent, je ne la trouve pas et le cocher est toujours ici.

— Elle était avec Mr Jefferson dans le petit salon…

Elle s'arrêta brusquement.

— Elle doit encore y être.

— Je viens justement de parler à lord Harrington qui m'a dit qu'elle discutait avec Mr Jefferson puis qu'ils se sont dirigés vers la salle de bal. Mais je ne l'y vois pas.

Il paraissait réunir toutes ses forces pour ne pas montrer son angoisse.

— Avec Mr Jefferson ? répéta soudain Ethel comme si elle revenait à elle. Voulez-vous que nous les cherchions ?

— Eh bien, si elle est avec Mr Jefferson, elle est donc en sécurité, je puis vous en assurer, intervint Conrad. Je réponds de lui comme de moi-même.

Ethel lui jeta un regard des plus éloquents. Ce

n'était effectivement pas la meilleure formule qu'il eût pu trouver.

— Je vous en prie, capitaine, insista Ethel. Mr Samuels, continuez à regarder dans les salons, nous fouillerons le parc. Je suis certaine que Dorothy est simplement allée se rafraîchir et qu'elle va très bien mais je sais que vous ne serez rassuré que lorsque vous l'aurez retrouvée.

Quel intérêt subit pour Dorothy Samuels la poussait ainsi à s'investir dans cette mission ? se demanda Conrad en se laissant entraîner vers le perron, dans un élan qui n'avait plus rien de prometteur.

— Où allons-nous exactement ? demanda-t-il, tandis qu'elle quittait l'allée éclairée. Exactement à l'opposé de la roseraie, vers le bois. Vous ne croyez tout de même pas qu'ils sont allés se promener dans le bois en pleine nuit ?

Ethel hocha la tête pourtant.

— Et vous ne comptez pas le traverser dans cette tenue ?

Il fut obligé de la retenir de force, puisqu'elle ne semblait pas vouloir entendre raison. Ethel se retrouva face à lui, les yeux brillants, la respiration difficile.

— Vous êtes déjà hors d'haleine d'avoir traversé la moitié de la pelouse ! plaida-t-il. Pour quelle stupide raison pensez-vous qu'ils se seraient dirigés par là ?

Il n'aurait peut-être pas dû employer le mot stupide. Ethel levait un sourcil bien net et qui présageait une salve de sarcasmes mérités. Mais elle n'en fit rien.

— Écoutez, capitaine, dit-elle. Vous connaissez ce domaine mieux que moi, n'est-ce pas ?

— En effet.

— Où iriez-vous, si vous aviez besoin de vous isoler en galante compagnie ?

— Dans la roseraie ? avança-t-il.

Elle étouffa un rire fort insultant.

— Dans la roseraie, qu'on voit depuis les fenêtres du premier étage ? J'espère qu'on ne vous a pas promu capitaine pour votre sens de la stratégie…

Dans sa bouche, ce n'était pas strictement agréable et il rit avec complaisance. Ce qui l'aurait exaspéré encore la veille lui paraissait être à présent l'expression d'un humour irrésistible.

— Et où iriez-vous donc, vous qui êtes apparemment spécialisée dans la guerre de nerfs ? railla-t-il à son tour.

— Au pavillon.

Il la dévisagea.

Le pavillon ? Le vieux pavillon de la Reine Morte ?

— Il est condamné depuis des années, dit-il. Il l'était déjà lorsque j'étais enfant.

— Y êtes-vous retourné depuis ?

— Eh bien, non, mais…

— Alors, croyez-moi. Il n'est absolument pas condamné et si miss Samuels est avec Mr Jefferson, elle en connaît désormais l'existence. Venez.

Il lui obéit, un peu étonné. Le pavillon de la Reine Morte, cette forteresse imprenable, autour de laquelle William, Henry et lui avaient tourné enfants, sans jamais y trouver un accès… La porte avait été dûment scellée. L'unique fenêtre était trop petite pour les laisser passer. Et la pièce qu'ils entrevoyaient derrière la crasse de la vitre n'était qu'un amas de draps douteux, posés sur des meubles dont on devinait à peine les contours. Henry l'avait-il fait rouvrir? Si c'était le cas, pourquoi ne lui en avait-il rien dit, lorsqu'ils évoquaient leurs nombreux souvenirs d'enfance? C'était lui qui avait baptisé le lieu «le pavillon de la Reine Morte». Il était certain qu'une sombre tragédie y avait eu lieu en des temps anciens. Tout un été, ils avaient cherché à raconter une histoire à laquelle ils avaient cru, jusqu'à se désintéresser du lieu, au profit des bois et de la rivière. Soudain, une autre interrogation lui vint nettement.

— Avez-vous découvert le pavillon avec Albert? demanda-t-il.

— Eh bien, oui, répondit Ethel. Mon Dieu, capitaine, aidez-moi!

Elle se débattait avec le bas de sa robe qui l'empêchait d'enjamber la souche d'arbre qui délimitait le début du sentier et l'extrémité de la pelouse. Délicatement, il souleva le tissu d'une main et lui prit le bras de l'autre.

— Vous devriez me laisser marcher devant, dit-il.

Elle darda des yeux furieux sur lui, alors que leurs visages se retrouvaient à quelques centimètres l'un de l'autre. Il était apparemment moins acceptable de la sauver que d'être sauvé par elle. Puis elle se dégagea pour attraper les plis lourds de la jupe et les rabattre sur le côté, dans un geste qui manquait singulièrement d'élégance.

— Je peux aussi y aller seul, avança-t-il. Je connais le chemin.

— Et si vous trouvez Mr Jefferson et miss Samuels dans une situation qui vous déplaît ? Que ferez-vous ?

Il n'en avait pas la moindre idée. Il serait sans doute en colère, comme chaque fois qu'on le décevait. Dans le cas d'Albert, ce serait même une trahison.

— Voilà, conclut Ethel. Il faudra bien que quelqu'un garde un peu son calme. Pour vous avoir vu agir en proie à vos émotions, je ne suis pas certaine que vous en soyez capable.

Puis elle avança prudemment sur le sentier. Ils mirent du temps à arriver au pavillon. Même s'il se targuait de connaître le chemin, le faire de nuit présentait des obstacles auxquels il n'avait pas pensé, surtout avec une jambe en mauvais état. Ethel progressait courageusement. Malgré l'inconfort de la situation, il aimait la sentir près de lui, dans l'obscurité, accrochée à son bras, son souffle rendu plus court par la marche et bien qu'il n'eût jamais imaginé entendre des jurons aussi colorés dans la bouche d'une femme. Il se retint de rire à plusieurs reprises, pressentant que le sens de l'humour d'Ethel dont il avait fait grand cas quelques minutes auparavant ne tiendrait pas longtemps dans cette situation. Lorsque le dôme enroulé de lierre du pavillon fit une myriade de taches blanches dans la nuit devant eux, il ne pensait plus à l'honneur de miss Samuels. L'air était tiède, il avait chaud et la peau d'Ethel, à chaque mouvement, se réchauffait aussi sous ses doigts, comme il la retenait pour qu'elle ne tombât pas à chaque pas. Elle s'arrêta devant la porte, posa son doigt sur sa bouche et écouta. Pas un bruit, hormis les habituelles fuites des rongeurs dans le sous-bois et le craquement des branches alentour.

Elle poussa doucement la porte.

— Il n'y a personne, dit-elle.

Il la suivit à l'intérieur et s'étonna de ne pas trouver plus de poussière ni de moisissure dans un lieu qui avait été si longtemps laissé à la dévastation.

— Est-ce vous qui avez nettoyé le pavillon ? demanda-t-il.

— Me prenez-vous pour une ménagère ? rétorqua-t-elle. Nous l'avons trouvé plein de poussière mais pas délabré. Quelqu'un était passé avant nous.

— Je vois, dit-il.

Il se mit à tourner autour de la pièce, regardant tout, s'imprégnant de ce lieu fantasmé. Il était à la fois déçu et surpris. Troublé, également. Le pavillon de la Reine Morte avait empli ses rêves bien plus qu'un été et les fantômes qui le peuplaient avaient souvent eu le visage de Catherine, puis d'Adaline et même de Millie, à une époque plus lointaine.

« Tu es un romantique, au fond », avait un jour ricané Henry.

Oui, peut-être. Tout en furetant, il écouta Ethel qui lui racontait ce qu'elle y avait découvert. Un recueil de poésie, aux initiales mystérieuses, un peigne, un mouchoir brodé, soigneusement conservés sur la coiffeuse. Les bergères aux tapisseries passées. Et un lit de pensionnaire. Un lit. Dans ce lieu qui embaumait la mousse et les amours secrètes.

Chapitre 24

Ethel

Comment un homme pouvait-il prendre ainsi toute la place après un simple baiser ? se demanda Ethel, le souffle encore plus court que durant leur longue marche dans le bois obscurci.

Comment pouvait-il balayer les autres, même celui qui avait occupé les lieux avant lui et auquel tout souvenir du pavillon avait été lié jusqu'à présent ?

Elle n'avait plus toute sa tête, elle non plus. La marche, le contact des mains du capitaine sur sa taille et ses épaules, son murmure lorsqu'il lui indiquait les obstacles, et à présent, sa haute silhouette qui se détachait dans le clair de lune, au milieu de la pièce… Elle n'avait plus aucune velléité d'insolence. Il lui semblait que s'il s'était avancé vers elle, sans dire un mot, elle n'aurait même pas essayé de prendre le dessus. Elle se serait laissée aller, alanguie comme l'héroïne la moins volontaire, la plus cruche de ses romans. Elle était au comble du frémissement et il lui semblait qu'il suffirait que Conrad l'effleurât du bout des doigts pour qu'elle en explorât une fois de plus toutes les facettes. Mais ce frémissement-là n'avait rien de commun avec celui qu'elle avait connu ; il était fébrile, avide, presque douloureux.

Toutefois le capitaine ne s'avança pas, pas plus qu'il n'esquissa un mouvement vers elle. Il s'assit sur une des bergères, celle qu'Albert avait occupée quelque temps auparavant et la regarda droit dans les yeux.

— Je ne crois pas que nous trouverons miss Samuels et Mr Jefferson maintenant, murmura Ethel, la voix nouée.

— Je ne le crois pas non plus.

— Bien, dit-elle.

Et elle resta là, debout devant lui, aussi emprun-tée que lors de son premier bal. Allait-il dire quelque chose, pour l'amour de Dieu ?

— Je pense que nous estimons très bien la situa-tion, lança-t-il finalement. Votre robe est déchirée sur le côté et je n'ai pas besoin de regarder ma veste ni mon pantalon pour savoir qu'ils doivent être maculés d'herbe et de boue. Si nous rentrons maintenant à Baldwin House, il n'y aura aucun moyen pour que nous échappions à la vigilance des invités de votre sœur et de mon cousin. Votre réputation...

— Et la vôtre, balbutia-t-elle, toujours debout.

— Et la mienne, admit-il. Il est cependant indé-niable que je n'ai pas envie de rentrer maintenant, réputation ou non.

— Bien, répéta-t-elle.

Elle devait trouver quelque chose de spirituel à lui répondre, quelque chose de drôle, qui détendit l'atmosphère. Au lieu de ça, elle se perdit dans la contemplation de ce geste familier qu'elle avait souvent observé chez lui, ce frottement doux de son pouce et de son index, lorsqu'il réfléchissait.

Pourquoi réfléchissait-il ? À quoi ? Il venait de dire qu'il n'avait pas envie de la quitter, pas à présent...

— Croyez-vous à la vertu, Mrs Stafford ?

À la vertu ? En pleine nuit, dans un pavillon rococo qui avait sans doute servi à plus de couples illégitimes que le boudoir de la comtesse de Salisbury ? Sa question eut pour principal effet de faire baisser le frémissement d'un cran. Elle le contempla un bon moment, bouche entrouverte, avant de trouver la réponse qui convînt.

— Si vous entendez par vertu la nécessité de ne pas faire de mal à son prochain, oui, je crois à la vertu.

Il la regardait toujours, dans une posture presque nonchalante, comme s'il lui faisait passer un interrogatoire dont il maîtrisait les enjeux.

— En revanche, reprit-elle. Si vous parlez de ce principe mortifère qui consiste à considérer qu'une femme doit se tenir éloignée de toutes les tentations auxquelles un homme peut se soumettre, non, je ne crois pas à la vertu. En outre, je ne crois pas que les circonstances se prêtent à ce genre de considération philosophique.

Elle se demandait désormais quelle mouche l'avait soudain piqué et surtout à quoi il jouait. S'il voulait garder leurs relations à moitié chastes, si un baiser lui suffisait, il n'avait pas à y mettre tant de cérémonie. Et non seulement il ne répondait pas, mais il souriait, les paupières mi-closes, frottant toujours son pouce et son index l'un contre l'autre.

Ce stupide mouvement de doigts ! Allait-il arrêter ? Il souriait encore ! Elle devait présenter un spectacle réjouissant, échevelée, sa robe déchirée, furieuse et ébahie. Un sursaut de fierté parcourut Ethel et elle marcha vers la coiffeuse pour se soustraire à sa vue.

— Il est apparemment fort dommage que nous n'ayons pas pensé à prendre un jeu de cartes, lâcha-t-elle, en prenant bien soin de ne pas tourner la tête ni adopter une attitude qui eût révélé sa déception.

Le bruit d'un froissement de tissu, derrière elle, la fit se figer. Il se levait, se dirigeait vers elle. Elle ne se retourna pas, ne dit rien. Elle resta là, les yeux fixés sur le mur, jusqu'à ce que le capitaine fût assez proche pour qu'elle sentît son souffle dans son cou et ses mains se poser sur sa taille. Le frémissement réapparut, avec une violence qui la tendit d'un seul coup.

— Je ne compte pas… chuchota-t-il.

Elle l'interrompit aussitôt. Il fallait qu'il se tût. Les hommes gâchaient tout en palabrant. Celui-là plus qu'un autre.

— Ne dites rien, je vous en prie.

D'un mouvement de main, il l'invita à lui faire face.

— Non, c'est important, dit-il. Je ne compte pas vous compromettre.

Pitié, pensa-t-elle. C'était donc ce qu'il voulait ? Qu'elle lui donnât l'absolution pour un acte qu'ils n'avaient pas encore commis ?

— Mais enfin ! s'exclama-t-elle. Si vous ne voulez pas me compromettre, que faites-vous donc ici ?

De près, de nuit, ses yeux n'avaient plus la couleur du myosotis mais de l'aigue-marine la plus sombre.

— Je crois que je me fais souffrir inutilement, maugréa-t-il.

Et dire qu'il avait raillé son héroïne, arguant qu'elle résistait à des assauts auxquels elle avait pourtant prévu de succomber ! C'était lui qui minaudait, à présent ! Pour qui la prenait-il ? Pensait-il qu'elle avait besoin qu'il lui prêtât allégeance pour l'éternité ? Ou qu'elle n'avait pas envisagé d'aller chercher elle-même ce que ses baisers promettaient à peine une heure auparavant ? Avait-il oublié le placard ?

— Et si moi, je voulais vous compromettre ? dit-elle.

La question lui arracha un sourire amusé.

— Ce serait très différent, en effet, ironisa-t-il.

— Parfait. Lorsque cette histoire parviendra aux oreilles de la bonne société qui nous entoure, envisagez que je sois celle qui aura décidé de vous déshonorer.

Cette fois-ci, elle fit mouche. Il eut un air estomaqué, assez longtemps pour qu'elle en tirât de la satisfaction.

— Je serais déshonoré si je vous laissais faire, répondit-il.

Et il la prit dans ses bras.

Chapitre 25

Conrad

Sa taille ne ploya pas tout de suite. C'était de bonne guerre, remarqua-t-il. Il avait éprouvé leurs nerfs à tous les deux, croyant qu'il serait plus facile de provoquer une conversation sans équivoque pour s'assurer qu'il n'abusait pas d'une situation qu'ils avaient pourtant tous les deux voulue. Il n'avait pas tout à fait menti, cependant, en retardant le moment qu'il attendait depuis leur départ de Baldwin House. Elle avait trop d'emprise sur lui. Son intuition la plus sûre lui soufflait qu'il ne fallait pas qu'il lui laissât profiter de l'ascendant qu'elle exerçait sur lui. Elle aimait bien trop cette perspective.

En tout cas, il avait la main, à présent. Elle était dans ses bras, les paupières closes. Il se pencha lentement sur elle et arrêta ses lèvres assez près pour qu'elles effleurassent les siennes, sans vraiment les embrasser. Pour son plus grand bonheur, il sentit sa respiration s'accélérer et son bassin se tendre vers lui.

Il l'embrassa, alors. À la façon dont elle s'accrocha

à lui, il sut que ce baiser n'avait rien en commun avec celui du placard. Lui-même se sentait bouleversé, non pas seulement de désir, mais d'une émotion plus profonde, plus obscure, qui remuait ses entrailles. La même émotion qu'il avait ressentie des années auparavant en embrassant une autre femme.

Tandis qu'elle resserrait encore plus ses bras autour de son cou, elle se dressa sur la pointe des pieds, ses lèvres quittant les siennes pour caresser sa joue, délicatement, ce qui lui donna aussitôt envie de crier de frustration.

Avec un naturel qui le laissa sans voix, elle dégagea une de ses mains de leur étreinte et la posa sur son ventre, puis glissa ses doigts entre les boutons de sa chemise, et frôla sa peau, tout en laissant sa bouche courir le long de sa mâchoire, presque sans avoir l'air de prêter la moindre attention à ce qu'elle faisait. Un bouton sauta. Puis deux.

Bon Dieu, elle allait le déshabiller avant même qu'il eût pu faire un geste. Elle se remettait à diriger les événements, tout en lui donnant l'impression que ce baiser n'était qu'un amusement qu'elle s'offrait, un interlude sans conséquences.

Conséquences qui n'allaient pas tarder à se manifester, galanterie ou non, si elle continuait à lui mordiller le lobe de l'oreille. Il lui attrapa le poignet, sans brutalité mais assez fermement et le dirigea vers son cou, pour mieux se pencher sur elle. S'il devait finir torse nu, alors, il faudrait qu'ils fussent quittes.

Il essaya de comprendre comment était attaché le corsage de sa robe mais la fébrilité l'empêchait d'en atteindre les boutons et ses mains rencontrèrent les crochets de son corset au travers du tissu. Le corset, à présent... Agacé, il s'acharna sur un bouton, au hasard, sans parvenir à le faire glisser.

Il en était là, lorsqu'elle l'embrassa à son tour, d'un baiser affamé et précis. Il le lui rendit avec la même férocité.

Ce baiser faillit le faire basculer dans des extrémités qu'il se refusait normalement à envisager. Si sa jambe ne l'avait pas tant fait souffrir, il l'aurait déjà emportée vers le lit, dans ses bras.

Chapitre 26

Ethel

C'était tout à fait subjuguant. Plus on attendait de provoquer le frémissement et plus il était violent. Ethel ouvrit les yeux. Ceux du capitaine s'écarquillaient sur elle, avec une expression si comique qu'elle dut se concentrer pour ne pas rire nerveusement.

Soudain, il grimaça.

— Votre jambe ? demanda-t-elle.

Il répugnait visiblement à l'avouer mais la douleur se lisait sur son visage.

— Asseyez-vous, ordonna-t-elle.

— Je ne suis pas impotent !

Apparemment, non, du moins pas complètement. Ce qu'elle entrevoyait de son bas-ventre laissait entendre que la douleur n'était pas encore assez forte pour le décourager de son objectif.

— Non, vous n'êtes pas impotent. En revanche, vous êtes téméraire au-delà des limites de votre intelligence. Asseyez-vous sur le lit, vous dis-je.

Il obéit, non sans lui avoir jeté une œillade outrée.

Le pantalon noir qu'il portait était étroit, comme la mode l'exigeait. Elle était certaine qu'elle avait lu quelque part qu'un massage bien appliqué pouvait soulager la douleur d'une ancienne blessure.

— Que faites-vous donc ? brama-t-il.

— Je vous enlève votre pantalon.

Puis elle comprit ce que la situation avait d'équivoque.

— Pour vous masser, précisa-t-elle.

— La cuisse ? s'insurgea-t-il. Vous prenez-vous pour mon infirmière ?

Certainement pas. Elle doutait qu'il y eût au monde de patient plus insupportable.

— Non, je n'ai aucune envie d'être votre infirmière. Mais vous avez mal et je ne pense pas que vous puissiez faire le chemin inverse dans cet état. Que préférez-vous ? Que j'aille chercher de l'aide ?

— Je n'ai pas mal à ce point ! s'exclama-t-il. Laissez-moi quelques minutes et ce sera passé.

Elle n'avait certainement pas quelques minutes. Pas alors que le frémissement était sur le point de prendre complètement le contrôle de sa personne, ce qu'elle attendait avec impatience.

Puis une lueur passa dans les yeux du capitaine et il se laissa faire, alors qu'elle tirait sur son pantalon pour le glisser au niveau de ses chevilles.

— Si je dois me retrouver en sous-vêtements, il serait honnête que vous aussi, dit-il.

Honnête ? Le mot bravait la décence. Il était bien temps de parler d'honnêteté.

— Juste, voulez-vous dire ?

Il sourit.

— Et même courtois, précisa-t-il.

— Bien, lança-t-elle.

Et elle se retourna, non sans malice, pour le mettre face aux boutons qui lui donnaient, avait-elle noté, bien des difficultés. C'était sans compter la position, qui l'aidait grandement à être plus efficace. Les boutons sautèrent un à un et la robe glissa sur le sol où, vu son état, elle avait désormais sa place. Elle sentit les mains du capitaine chercher le lacet du corset.

— Certainement pas, murmura-t-elle en se retournant. Nous avions dit en sous-vêtements.

— Mes sous-vêtements en dévoilent plus que les vôtres ! s'insurgea le capitaine.

Elle passa la langue sur ses lèvres, en ayant parfaitement conscience de ce que cela provoquerait chez lui. Il l'attira aussitôt vers lui, d'un geste autoritaire.

— C'est vrai, dit-elle, la bouche tout près de la sienne. Par souci d'équité, vous pouvez donc garder vos fixe-chaussettes.

Elle joua avec un bouton de sa chemise, en souriant.

— Mais ni votre veste ni votre chemise, évidemment.

La veste et la chemise rejoignirent la robe chiffonnée sur le parquet du pavillon. Elle ouvrit de grands yeux en découvrant son torse.

— Qu'avez-vous donc ? demanda-t-il.

— C'est que je ne vous pensais pas aussi... commença-t-elle.

Chapitre 27

Conrad

Aussi poilu ? Se fichait-elle de lui ? Son mari était-il donc imberbe ? Harrington l'était, assurément, ce jeune freluquet. Par Dieu… il ne devait surtout pas penser au fait qu'elle avait peut-être couché avec ce dandy écervelé. C'était le meilleur moyen pour ne plus jamais avoir envie d'elle. Mais que faisait-elle, à présent ? Était-elle réellement en train de passer sa main dans ses poils, comme on étudie le pelage d'un animal exotique ? Le prenait-elle pour un grand singe ?

— Voulez-vous cesser ? ordonna-t-il.

Elle ne paraissait pas l'entendre, subjuguée par sa pilosité.

— Cela doit terriblement vous démanger sous une chemise ! s'écria-t-elle, les yeux toujours écarquillés.

Elle recommençait à l'agacer, après l'avoir rendu à moitié fou de désir.

— N'avez-vous pas d'autre sujet de préoccupation que le confort de mes chemises ? gronda-t-il, sans même essayer d'atténuer sa contrariété.

— Vous devriez au moins louer mon sens de la courtoisie, répondit-elle, sur le même ton. Je remarque que vous en manquez singulièrement à mon égard.

Elle avait encore une chemise, elle, effectivement.

— C'est juste, répondit-il. Il ne me paraît pas équitable que vous la portiez encore.

— Vous trichez ! lança-t-elle, dans un rire. Vous savez parfaitement que je ne peux l'enlever sans ôter également mon corset !

— Vous le saviez aussi. Tournez-vous.

Elle se prêta au jeu et se pencha, feignant l'obéissance, avec ce sourire délicieux qu'elle avait depuis qu'il avait posé les mains sur elle pour la délivrer de sa robe. Le corset tomba à son tour. Elle se redressa lentement et fit passer sa chemise par-dessus sa tête. Puis elle resta là, devant lui, de dos, frondeuse et frémissante d'hilarité.

— N'appelle-t-on pas ce sous-vêtement un pantalon ? avança-t-il.

— Vous n'oseriez pas tricher à ce point !

— Je n'ai plus le mien, plaida-t-il.

— Je serais nue devant vous !

— Si cela vous dérange, je peux m'arranger pour l'être aussi.

— Un gentleman serait gêné d'une telle situation !

Il rit, cette fois-ci.

— J'ai passé dix ans en Afrique du Sud. La nudité n'est plus source de gêne depuis bien longtemps.

La lune éclairait ses formes généreuses. Au-dessus de la ceinture de son pantalon, il voyait des fossettes qui creusaient ses reins et qu'il n'avait pas remarquées la première fois. Comme le souvenir lui revenait plus nettement, frissonnant, narquois, il ajouta :

— De plus, je vous ai déjà vue dans le même appareil et la même position, lors de votre bain.

— Il est donc décidément injuste que vous preniez cette avance sur moi, dit-elle, en le regardant par-dessus son épaule.

— Très bien.

Il fit glisser son caleçon le long de ses jambes.

— Me permettez-vous de ne pas garder le fixe-chaussettes ? ajouta-t-il.

Elle ne répondit pas, les yeux fixés vers la partie de son anatomie qu'il convenait de cacher habituellement, même entre hommes.

— Que dites-vous ? balbutia-t-elle.

Chapitre 28

Ethel

— Le fixe-chaussettes, répéta-t-il. Me permettez-vous de l'enlever ? Je me sens ridicule.

Ridicule, il ne l'était pas. Il était… étonnant.

— Nom de Dieu, marmonna Conrad. Allez-vous me contempler ainsi chaque fois que j'enlève un vêtement ? Me trouvez-vous également trop poilu à cet endroit ?

La chose n'était pas plus belle que ce qu'elle en avait vu précédemment mais, il fallait le constater, avait une forme assez perturbante. Dès le premier coup d'œil, elle lui évoqua la tour qu'on voyait à Pise et sur laquelle bien des élucubrations avaient été proférées. En plus large par rapport à sa hauteur. Dieu merci. Ou non. Beaucoup trop large, elle en était certaine. En proie à la motivation la plus tenace, en tout cas.

— Qu'allons-nous faire de ça ? pensa-t-elle.

Avant de se rendre compte qu'elle avait énoncé sa question à haute voix.

— Je vous demande pardon ?

— Je veux dire… Maintenant que nous sommes tous les deux nus… ne faudrait-il pas…

Elle ne pouvait plus empêcher sa bouche de déverser ce flot de stupidités bégayantes, surtout à présent qu'il s'était immobilisé sur le lit, les bras ballants, l'examinant comme si elle eût été folle.

Mon Dieu, pensa-t-elle. J'ai pourtant déjà… déjà…

Visité l'Italie, termina son esprit perturbé.

C'en fut trop. Elle éclata d'un rire nerveux qui, s'il fut libérateur, plongea Conrad dans la consternation la plus manifeste.

— Je vous prie de m'excuser, ahana-t-elle entre deux éclats irrépressibles, la tête secouée par le rire. Cette situation…

Elle releva les yeux vers lui. Il n'était plus du tout stupéfait. Au contraire, ses yeux brillants étaient brillants à nouveau. Intéressant, se dit-elle, lorsque le dernier hululement se fut calmé. Le rire provoquait le frémissement, lui aussi, du moins chez Conrad. Chez elle, également. Elle le sentait tout proche, tapi dans son ventre, bien plus compact qu'auparavant, prêt à bondir. Ce n'était pas vraiment le rire qui avait perpétué le frémissement, nota-t-elle. C'était plutôt la joie. Il y avait de la joie, dans ce qu'ils s'étaient dit, de l'humour, de l'entrain. Conrad jouait sans malice ni artifice, attentif à suivre son esprit là où il voulait les mener. Comme elle avait fini de rire, elle resta, haletante et heureuse, devant lui, le temps de reprendre sa respiration. Alors, il avança les mains vers sa taille et la fit venir à lui. Elle bascula doucement pour pouvoir s'appuyer sur ses bras tendus et se débrouiller pour que sa bouche atterrît exactement sur celle du capitaine, le temps qu'il fallait pour lui faire passer l'envie de rire comme une bécasse.

— Avez-vous toujours mal à la jambe ? questionna-t-elle doucement.

— Un peu, admit-il.

— Alors, je vous interdis de bouger.

Au regard enflammé qu'il lui adressa à ces mots, elle se dit qu'elle venait de découvrir la composante essentielle de son frémissement.

Chapitre 29

Conrad

Depuis qu'il était entré dans le pavillon avec Ethel, Conrad s'était dit à plusieurs reprises qu'il ne serait pas capable de supporter cette tension bien longtemps. À présent sous elle, leurs poitrines et leurs ventres joints, les cuisses d'Ethel de chaque côté des siennes, et bien qu'elle eût gardé son pantalon, avec un manque de fair-play qui le fit sourire, il essayait de préserver le peu de dignité que le fou rire de la jeune femme lui avait laissé.

Lorsqu'elle se mit à tracer un chemin sinueux mais sans équivoque le long de son torse, du bout de sa langue, il dut rassembler tout ce qu'il avait de pensées les plus moroses pour ne pas gémir comme un innocent.

Il pensa à l'aménagement de sa maison ; à la différence entre lin et coton d'Égypte pour ses draps ; au nombre de fourchettes à salade qu'il devrait se procurer, à la facture de son charpentier, de son menuisier, de son terrassier et de l'homme qui lui avait vendu des boutures de camélias pour son jardin. Il pensa à absolument toutes les cannes à pêche dont il avait fait l'acquisition en vue de sa prochaine vie de célibataire, ainsi qu'aux différents hameçons, au fil et à la besace qu'il avait exhumés du grenier de Filwick House.

Il dressa la liste de tout ce qu'il aurait à faire une fois le bal passé et du nombre incalculable de lettres et de billets qu'il aurait à écrire.

Quand la bouche d'Ethel parvint à l'endroit auquel il essayait justement de ne pas penser, il avait parcouru deux ans de formalités administratives. Son désir était toujours aussi vivace et, sans même en tirer de la honte, il se mit effectivement à gémir comme un innocent. La langue d'Ethel s'enroula tout au bout de cet endroit précis puis se retira, très lentement, pour mieux y revenir, avec les lèvres, cette fois-ci.

Où avait-elle appris une telle pratique ? Même la plus expérimentée des courtisanes n'usait pas mieux de sa bouche. Son cœur se mit à battre furieusement dans sa poitrine. Il lui vint l'idée la plus dérangeante qui lui eût été permis d'avoir en telle situation.

Il se demanda si l'horloger n'était pas mort d'une crise cardiaque. Dans tous les cas, si lui-même ne mourait pas sous ces caresses, il n'arriverait certainement pas à se contenir assez longtemps pour accomplir tout ce qu'il avait imaginé faire avec elle. Comme il osait un mouvement de main pour l'arrêter, elle la lui plaqua fermement sur le lit. En d'autres circonstances, il se serait soumis à ce traitement avec un plaisir indéniable mais en l'état actuel des choses, s'il la laissait faire, c'était elle qui lui ferait l'amour de bout en bout, sans même lui laisser l'occasion de lui montrer qu'il n'était pas si innocent, contrairement à ce que son espèce de couinement implorant avait laissé entendre. Son orgueil se révoltait à l'idée qu'à la faveur de ce traitement, quelques minutes plus tard, il laisserait également entendre une gratitude qu'Ethel accueillerait à juste raison comme une preuve de sa supériorité.

Il se résolut à faire ce que n'importe quel homme doué d'un peu de raison et d'honneur aurait fait à sa place : il la supplia de cesser.

Chapitre 30

Ethel

Entendre le capitaine Filwick la supplier, pour l'amour de Dieu, de cesser de faire « ça » avec sa bouche valait au moins quatre étapes du frémissement. Du moins, si on lui avait donné le choix, elle les aurait échangées sans aucune hésitation. Elle en jubilait encore, allongée sur lui et savourant le sentiment de l'avoir eu à sa merci. Ils n'osaient bouger ni l'un ni l'autre, désormais, chacun attentif à son propre plaisir.

Que se passerait-il si elle descendait de quelques centimètres ? À en croire son sens pratique, les choses s'emboîteraient naturellement. Elle repensa à ce qu'Albert lui avait dit sur le plaisir et ses éventuelles conséquences désastreuses. Elle aurait bien essayé d'en parler avec Conrad mais son intuition lui soufflait qu'il ne devait pas être très prolixe sur le sujet. À la façon dont il levait les hanches vers elle, rapprochant dangereusement la partie la plus saillante de son intimité de la sienne, elle était certaine qu'il ne se posait même pas la question des suites de ses assauts.

Elle considéra le fait qu'ils s'étaient peut-être un peu enhardis et qu'ils devraient reprendre les étapes depuis le commencement, c'est-à-dire au baiser. Le capitaine devait avoir eu exactement la même pensée car, au détriment du confort de sa jambe blessée, il pivota sur le côté, de façon à la faire basculer sur le lit et à se retrouver sur elle. Puis il entreprit de poursuivre son désir d'égalité en lui enlevant son pantalon, aussi délicatement que la position le lui permettait. Quand il remonta au niveau de son visage, elle fut indéniablement déçue. Le capitaine Filwick ne connaissait visiblement pas les auteurs grecs ou romains. Elle ne réussit pas à masquer son irritation, malgré le frémissement encore vivace qui lui agitait le ventre. Comme il lui demandait ce qu'il avait fait pour lui déplaire, elle évoqua la chose, avec de tels détours que lorsqu'elle eut fini, ils se tenaient allongés sur le côté, face à face, sans qu'aucune partie de leur corps se touchât plus.

— Pourquoi souhaitez-vous tant que nous utilisions notre bouche ? demanda Conrad, d'un air tout à fait suspicieux.

Elle fut prise de court.

— Parce que… dit-elle. Parce que c'est le plus sûr moyen de ne pas nous retrouver mariés par obligation, voyez-vous.

Il sourit, de ce sourire ironique qu'il se permettait lorsqu'il était certain de détenir la vérité, et l'informa qu'il connaissait un moyen particulièrement efficace pour leur éviter ce genre de désagrément. Selon lui, il suffisait de se retirer à temps. Prenant sans doute son air ébahi pour une marque d'ignorance, il ajouta qu'il avait toujours appliqué cette méthode et qu'à ce jour, aucune femme n'était venue lui réclamer de reconnaissance en paternité.

Piquée de ce qu'il avait évoqué d'anciennes maîtresses en sa présence, Ethel lui répondit vertement que c'était peut-être parce que les mères des enfants qu'il avait sans doute conçus grâce à cette brillante méthode ne voulaient pas avoir à le supporter en plus du fardeau dont elles avaient hérité par ses soins. Vexé à son tour, il lui rétorqua qu'il n'estimait pas avoir été un fardeau pour les femmes qui avaient traversé son existence, bien au contraire. Elle le pria sèchement d'arrêter de convoquer la paillardise de sa vie passée. Il lui répondit qu'il ne convoquait rien d'autre qu'un peu de décence et, si cela était possible, de courtoisie, compte tenu du fait qu'elle l'avait tenu dans une attente insupportable pour finalement le railler d'une façon fort peu féminine. Face à ce coup qu'elle jugea indigne, elle retourna aussitôt ses armes contre lui, avec une mesquinerie mue par la rancune et la frustration :

— Étant donné la manière dont vous m'avez suppliée tout à l'heure, il serait de toute façon improbable que vous soyez capable de vous retirer à temps !

— Avec d'autres femmes, j'y arrive très bien ! gronda-t-il.

Ce fut le coup de grâce pour sa patience.

Chapitre 31

Conrad

— Que faites-vous ? demanda-t-il.

Il se doutait bien de ce qu'elle faisait. Ethel venait de bondir du lit et ce n'était certainement pas pour le gratifier d'une danse des sept voiles. Elle ne prit pas la peine de lui répondre, soit parce qu'elle était réellement agacée, soit parce qu'elle ne voulait pas insulter son intelligence. La seconde option lui parut peu crédible, même dans le cas où elle n'aurait été que modérément fâchée contre lui.

— Mon Dieu, lança-t-il. Vous avez été mariée et j'ai trente-quatre ans ! Pourrions-nous nous éviter l'illusion que nous n'avons jamais vécu ?

Elle le gratifia de son œillade la plus ironique.

— Est-ce une raison pour me parler comme si j'étais une vieille camarade de chambrée ? demanda-t-elle. Ne serait-ce pas plus correct et surtout plus efficace de ne pas évoquer les nombreuses fois où vous avez partagé l'intimité d'autres femmes, pour elles comme pour moi ?

C'était donc ça… Ethel Stafford ne supportait pas de rivaliser avec lui sur un domaine où il avait certainement plus d'expérience qu'elle. Et pour cause… Mariée deux ans à l'horloger, cloîtrée chez son père depuis…

Quoique… Elle ne se conduisait certainement pas comme une femme qui eût subi des années de chasteté ; l'enthousiasme de la jeune femme à se soumettre à ce genre de jeux n'était pas seulement dû à son irrésistible charme. Il ne se berçait plus d'illusions à ce sujet depuis fort longtemps. Elle avait des prédispositions irréfutables et il refusait qu'une dispute les empêchât de les exprimer tout à fait. L'agacement n'avait pas réussi à effacer la furieuse envie qu'il avait encore d'elle.

— Bien, dit-il. Je peux vous parler du nombre de fois où j'ai couché avec d'autres femmes ou, du moins, du nombre de femmes avec qui j'ai couché. Cela fait, vous estimerez si je suis fréquentable ou non.

Elle hésita un moment, le sondant en silence, debout devant le lit, sa chemise à la main. Il pensa au nombre de fois où il avait dit que les pantalons fendus étaient des inventions grotesques et vulgaires, préférant la douceur de la nudité à ces accessoires peu commodes. Cette vision, ce pantalon blanc glissé sur ses hanches, cette poitrine nue et encore secouée d'indignation, ces cheveux défaits roulant sur ses épaules, le démentaient facilement. Il lui tendit la main pour l'inviter à revenir près de lui.

— Je vous en prie, murmura-t-il. J'admets avoir été indélicat.

Elle se rasséréna un peu en l'entendant s'excuser

et accepta sa main. Assise sur le lit, au-dessus de lui, elle le contempla, le visage impassible. Il avait gardé sa main dans la sienne.

— Eh bien ? dit-elle. Je vous écoute.

— Laissez-moi le temps de calculer.

— Voulez-vous que je vous gifle ? répliqua-t-elle avec un sourire.

Il sourit également. Il avait été idiot de penser qu'elle se défendrait d'aborder un tel sujet. Bien au contraire...

— Celles que vous avez aimées me suffiront, ajouta-t-elle, impériale.

Bien. La discussion durerait sans doute moins longtemps que prévu. Et, s'il se montrait aussi honnête qu'il l'avait annoncé, il devrait évoquer Adaline. Bougre de crétin... Il n'avait pas pensé à ça. Mais il n'avait pas pensé à grand-chose, à part à l'attirer de nouveau contre lui, ce qu'il fit.

— Ne cherchez pas à gagner du temps, capitaine.

— Avec vous, c'est de toute façon chose impossible ! Sachez que je n'ai aimé que deux femmes dans ma vie. La première était encore une jeune fille lorsque je l'ai rencontrée et vous devez savoir qu'aux yeux de tous, nous étions presque fiancés. Elle m'a brisé le cœur. Ne riez pas.

— Je ne ris pas, capitaine. Lui avez-vous brisé le sien, en retour ?

— Certainement pas, répondit-il, offusqué. Je l'ai aimée avec toute l'innocence et la générosité de la jeunesse !

— Vous voilà bien emphatique, sourit Ethel. Sur

285

l'innocence, je vous crois bien. Mais la jeunesse, elle, est le théâtre de tous les égoïsmes. On veut être aimé et on croit bien souvent que ce désir est une démonstration d'amour. Donc, cette jeune fille ?

Il espéra qu'elle ne lui demandât pas son nom et loua sa fortuite délicatesse, lorsqu'elle ne le fit pas et qu'il put reprendre.

— Je n'ai rien à ajouter sur ce sujet. Elle m'a brisé le cœur, je l'ai oubliée.

— Et la deuxième ?

— La deuxième vivait et vit toujours en Afrique du Sud. Ce n'était plus une jeune fille et je n'étais plus un jeune homme non plus.

La silhouette de Johanna lui apparut, de loin, appartenant à une autre vie. Elle tenait son cheval par la bride, son vieux cheval bardé de sacs et de caisses, qui traînait derrière lui un âne tout aussi âgé et chargé que lui.

— Pour quelle raison ne l'avez-vous pas épousée, si vous l'aimiez ? demanda Ethel.

— Elle était trop indépendante, trop libre et peut-être trop fière également. Et, quoiqu'elle ne m'en eût jamais rien dit, elle n'aurait jamais épousé un Anglais.

— Elle n'était donc pas anglaise ?

L'intérêt qu'il suscitait le poussa à la confiance. Ethel n'avait plus l'air de lui en vouloir. Au contraire, elle relâchait la tension qu'il avait sentie dans son bras, alors qu'il y promenait les doigts, du poignet au coude.

— Hollandaise. C'était la veuve d'un Boer. Je n'ai jamais connu une femme dotée d'un tel orgueil ni qui portât aussi bien le pantalon.

Il l'attira contre lui.

— À part vous, même si elle, elle portait des pantalons d'homme.

Ethel gloussa.

— Vous avez aimé une femme habillée en homme ?

— Le contraire aurait été moins choquant ? questionna-t-il. Ou moins risible ? L'Afrique du Sud redistribue les cartes, savez-vous ? Vous pouvez tenter de maintenir les lois de votre propre civilisation mais ce n'est pas envisageable bien longtemps. C'est même le meilleur moyen de devenir fou. Ou haineux. De plus, porter un pantalon lui attirait les regards et les remarques mais tenait également certains hommes en respect. Ça et sa carabine.

— Une aventurière, murmura Ethel.

Pas pour tout, pensa Conrad. Elle avait été d'une extrême prudence avec lui, le repoussant quand il prenait trop de place, allant le chercher quand elle avait besoin de lui, jusqu'au jour où elle lui avait définitivement donné congé. À ce jour, il ne savait toujours pas s'il l'avait véritablement aimée – il n'avait qu'Adaline en comparaison et Johanna aurait préféré ne plus jamais le voir que de jouer avec lui d'une façon ou d'une autre. À ce titre, il venait de tricher un peu. En outre, il avait estimé Johanna, ce qui valait mieux pour lui que l'amour, à cette époque. Il s'arrêta un instant, ému par ce souvenir qu'il avait enfoui dans sa mémoire et qu'il pensait ne jamais exhumer.

— Vous n'avez donc jamais aimé passionnément, conclut Ethel.

Il ressentait la pointe de tristesse de sa voix.

— Si, je vous l'ai dit. Êtes-vous satisfaite ?

— C'est vous qui teniez à me dresser votre carte du tendre, dit-elle. Mais j'aime beaucoup votre histoire avec une aventurière hollandaise.

Il hocha la tête. Parfait. Il était préférable qu'ils s'en tinssent là et qu'Ethel n'apprît pas la façon dont ils avaient rompu, pour sa propre fierté comme pour la fin de leur nuit.

— Je n'ai aimé que mon mari, dit-elle soudain.

— Jamais un autre ? Même lorsque vous étiez jeune fille ?

— Je n'étais pas une jeune fille qui tombait amoureuse. Je n'avais ni amourette ni même de galanterie. J'étais…

— … une vraie sauvage ? l'interrompit-il en riant.

— Une pragmatique, rectifia-t-elle. Je me disais qu'un jour, je rencontrerais quelqu'un qui serait une évidence. Pas pour mon cœur. Pour mon cerveau. Quelqu'un qui me permettrait de réfléchir et non pas d'éprouver sa bonne éducation ou la mienne. Hugh a été cet homme-là. Je n'avais jamais trouvé un homme capable de faire aussi bien marcher mon esprit.

— Et maintenant ?

Elle lui déroba sa main un court instant, pour s'appuyer dessus, la tête penchée, songeuse soudain.

— Mon intelligence a été assez éprouvée, lâcha-t-elle. Je n'ai pas non plus vingt ans. Je n'attends plus un homme pour me soustraire à l'ennui de ma vie. Hugh m'aimait mais…

Elle chercha ses mots et continua, lentement :

— … mais il me demandait d'être à lui. Je ne

pourrais plus être cette femme-là. Je ne pourrais plus, comme Amelia, me consacrer au bien-être d'une autre personne, l'attendre tous les jours, m'assurer que son thé soit servi à temps et m'inquiéter parce qu'il est fatigué ou malade ou…

Sa voix perdit encore en intensité.

— Ou absent. Je ne supporterais plus d'appartenir à un homme, ni qu'il m'appartienne. J'ai apprivoisé la solitude et je sais qu'elle peut se retourner contre celui qui lui est infidèle.

Elle sourit, faiblement.

— Nous avons trop parlé, murmura-t-elle. C'est votre faute, avec votre histoire romanesque de Hollandaise en pantalon.

Elle s'allongea contre lui, toujours pensive. Il n'osa pas lui demander à quoi elle réfléchissait, de peur de raviver la tristesse qu'il avait sentie dans sa voix et de voir surgir l'horloger entre eux deux. Il posa la main sur sa hanche, alors qu'elle lui tournait le dos. Elle se blottit tout contre lui. Il y avait fort longtemps qu'une femme ne s'était pas ainsi serrée contre lui, en toute confiance.

— Voyez-vous un inconvénient à ce que je m'endorme avec vous ? souffla Ethel, d'une voix languissante. Ne seriez-vous pas fâché ?

Contre toute attente, il ne fut pas fâché. Tout ce qu'il avait prévu de faire avec elle s'était évanoui, en même temps que sa colère orgueilleuse ou son envie de jouter. Il ne sentait plus que ce corps qui se réchauffait contre le sien et ce souffle qui se faisait plus régulier. Et il ne voyait plus que le petit carré de peau blanche qui perçait la barrière de ses boucles, juste sous l'oreille, et sur lequel il eut soudain envie de poser ses lèvres, comme pour lui dire qu'elle ne craignait plus rien et qu'il veillait sur son sommeil.

Chapitre 32

Ethel

L'aube pointait à peine lorsque Ethel atteignit enfin la pelouse de Baldwin House, en priant hardiment que les domestiques épuisés eussent ajourné l'heure de leur réveil, comme il était courant de le leur accorder les lendemains de fête. Elle ne voulait pas penser au spectacle qu'elle offrait, dans sa robe au bas couvert de boue, décoiffée, sans corset, pieds nus dans l'herbe mouillée, ses chaussures à la main. Avec de multiples précautions, elle arriva à se glisser par l'entrée de service, jusqu'à sa chambre.

Elle avait laissé Conrad endormi sur le lit du pavillon, à regret. Il ne s'était pas aperçu de son départ, plongé dans un profond sommeil, enroulé dans la veste qu'il avait posée sur eux deux. Elle avait préféré leur éviter un réveil précipité ou gêné qui n'aurait servi de toute façon à rien. Il était hors de question qu'ils rentrassent ensemble à Baldwin House, de peur de donner des preuves trop évidentes de leur escapade.

Éreintée, elle poussa la porte de sa chambre, avec

pour unique but de se jeter dans son lit et d'y rester jusqu'à ce qu'on l'en délogeât. La pièce était plongée dans une semi-obscurité agréable. Almyria avait fermé les rideaux avant d'aller se coucher. Elle avait bien fait de refuser que la femme de chambre veillât jusqu'à son retour.

Avec un soupir de soulagement, elle enleva sa robe fichue pour enfiler la chemise de nuit laissée sur un fauteuil, un peu étonnée de ne pas la trouver sur l'affreuse courtepointe à motif de toile de Jouy, et se dirigea vers le lit.

Pour apercevoir un bras qui pendait dans le vide, hors des draps. Un bras d'homme, nu, fin et quasiment glabre, qu'elle reconnut aussitôt.

— Albert ? s'exclama-t-elle.

La tête ensommeillée du jeune homme se redressa pour lui lancer un sourire hagard.

Sa première pensée fut pour Dorothy. Elle espérait que la forme qui s'enroulait dans l'autre morceau du drap ne fût pas la jeune fille. Dans son lit, de surcroît ! Elle ne se le pardonnerait jamais, d'autant plus qu'elle avait parfaitement conscience de la rapidité avec laquelle elle avait abandonné les recherches et surtout pour quoi…

— Vous êtes dans mon lit ! continua-t-elle, comme si c'était la seule chose gênante à laquelle elle assistait à cet instant.

— Je le sais bien, marmonna Albert. Je crains d'avoir été surpris par le sommeil.

Il se redressa en s'étirant. Quel toupet ! Quel manque de vergogne ! La forme soupira à ses côtés et tira le drap à son tour, ce qui dévoila la nudité absolue d'Albert. Le jeune homme ne parut pas plus embarrassé.

— Je me retourne ! prévint Ethel sans rien en faire. Pour l'amour de Dieu, Albert ! J'espère que vous n'avez pas compromis cette jeune fille !

— Je vous assure qu'il ne l'a pas fait, fit une voix endormie sous le drap.

Drap qui se déroba à son tour pour laisser apparaître Theodore Harrington, nu comme un ver, lui aussi, ses jolis cheveux blond-roux en bataille et le visage ensuqué de sommeil – ce qui ne l'empêchait pas d'afficher son habituelle expression insolente.

— Mais ! Que faites-vous tous les deux dans mon lit ?

Ils eurent un rire de collégien qui souligna évidemment la naïveté de sa question. Évidemment, qu'ils avaient utilisé son lit pour… pour…

— De vous, Albert, je ne suis pas étonnée, persifla-t-elle. Votre amour pour Catulle vous aura égaré ! Mais lord Harrington !

— Et donc ? rit Theodore. Tout ça est votre faute. Je vous cherchais. Et il y avait un homme dans votre chambre !

— Ma faute ! s'écria-t-elle.

Albert lui fit un geste discret pour qu'elle baissât d'un ton.

— Ma faute ! répéta-t-elle plus bas. Plaisantez-vous, Theodore Harrington ? Vous êtes un débauché !

Theodore fit une grimace qu'elle aurait trouvée comique en d'autres circonstances.

— C'est un fait, je crois, répondit-il. Cela dit, ce genre de pratiques sont tout à fait courantes dans les collèges anglais. Une fois, avec le petit duc, nous…

— Cessez !

Theodore se tut, vaguement contrit. Mais ni l'un ni l'autre n'avait bougé de son lit, calés sur ses oreillers, côte à côte.

— Les événements se sont enchaînés, si je puis dire, intervint Albert. J'étais dans votre chambre et…

— Que faisiez-vous dans ma chambre ?

— Je vous cherchais.

— Ah ! Tout le monde me cherchait donc !

Le regard qu'Albert lui jeta était indéchiffrable et, de toute façon, elle était bien trop outrée pour décrypter quoi que ce soit.

— Vous savez comment ces choses se passent, murmura Albert.

Il était bien plus ennuyé que Theodore, ce qui n'avait rien d'étonnant. Une partie d'elle avait envie de l'excuser, l'autre faisait les cent pas dans la pièce en fouettant l'air de sa cravache, comme un vieux colonel des Indes.

— Dans mon lit, Mr Jefferson !

— C'est donc ce qui vous choque ? dit Theodore. Je ne vous savais pas si petite ménagère !

Elle retint à grand-peine qu'elle ne le savait pas sodomite, répugnant à utiliser ce mot dicté par la colère, d'autant plus que Theodore avait raison : ce qui la choquait évidemment le plus, c'était qu'ils eussent utilisé ses draps pour leur nuit de débauche et qu'il lui était impossible de se coucher désormais.

— Je suis épuisée, dit-elle. J'ai passé la nuit à… chercher Dorothy Samuels et je… me suis perdue. Je pensais qu'elle était avec vous, Mr Jefferson, je suis allée jusqu'au pavillon !

— Elle était avec moi, répondit Albert. Puis elle a disparu. Elle est plus difficile à suivre que vous, voyez-vous.

Puis il eut l'air un peu fâché.

— Je ne l'aurais jamais amenée au pavillon. Cette supposition blesse mon honneur.

— Vraiment ? demanda Ethel, les yeux agrandis par l'indignation. Votre honneur ?

Elle balaya sa tentative de réponse de la main.

— Je suis épuisée, répéta-t-elle.

— Nous le sommes tous, soupira Theodore. Vous n'avez qu'à dormir.

Elle leva la tête vers lui, mue d'une soudaine envie de tirer ses boucles blondes et de lui griffer le visage, tant il paraissait indolent et narquois, allongé dans son lit, les bras derrière la tête, comme une statue grecque.

— Que voulez-vous donc que je fasse ? gronda-t-elle. Que je me couche entre vous deux ?

Il y eut un silence, deux sourires et une nouvelle exclamation outrée.

— C'était de l'ironie ! dit-elle. Retournez dans votre chambre, Albert. Quant à vous, lord Harrington, par-tez ! Je ne vois pas comment vous pourriez expliquer votre présence dans cette maison sans mettre à mal votre dignité.

— Je pourrais dire que j'ai trop bu.

— En effet ! Ce serait plus décent !

— Il n'y a aucune chance que vous veniez réprimander comme il se doit les vauriens que nous avons été ? commença Theodore avec son adorable sourire, du moins le plus travaillé.

— Aucune, répondit-elle froidement.

Il se leva donc, à regret et nullement gêné d'être nu devant Albert et elle. Après tout, pourquoi l'aurait-il été ? Cette situation dépassait de toute façon l'entendement. Albert l'imita, ramassant ses effets qui traînaient sur le sol – il était moins ordonné que Theodore qui avait de nouveau plié son frac sur l'accoudoir d'un fauteuil près du lit. À la façon dont ils se rhabillaient en silence, elle avait le désagréable sentiment d'avoir disputé deux garnements après une bêtise sans importance.

— Voulez-vous que je change les draps ? demanda Albert, une fois décent.

— Oh, je vous en prie ! gronda-t-elle. Disparaissez, Mr Jefferson !

Ce qu'il fit après un rapide mais impeccable signe de tête. Elle aurait presque eu envie d'en rire, si Theodore Harrington et sa lenteur à refaire son nœud de cravate ne lui étaient pas restés sur les bras.

— Je vous assure qu'il n'y a pas de quoi en faire toute une histoire, dit-il, en contemplant son reflet dans le miroir de la coiffeuse. Je vous cherchais et Mr Jefferson était dans votre chambre. Les choses se font naturellement, dans ce genre de circonstances.

— Comme je n'étais pas là…

— Oh, non, mon adorée, n'imaginez pas une seconde qu'il s'agissait là d'un pis-aller ! s'exclama-t-il, avec une sincérité déroutante. De toute façon, j'aurais bien été en peine de choisir. J'ai mis plus d'une heure à me décider pour cette cravate lavande, hier après-midi. Alors, entre Mr Jefferson et vous, imaginez…

Elle ne voulait rien imaginer. Elle voulait qu'il sortît avant de provoquer un scandale sans précédent.

— Finalement, la lavande était un choix correct. Ma mère a fermement refusé que je mette la jaune pâle, il ne me restait de toute façon pas beaucoup d'options. Elle voulait que je porte un nœud papillon mais c'est atrocement dépassé pour ce genre de bal. Nous n'allons pas imiter les Londoniens, n'est-ce pas ? Sinon, quel serait l'intérêt de vivre à la campagne ?

Elle écoutait son babillage enjoué, alors qu'il finissait de nouer la cravate. Puis il se tourna vers elle, l'air sérieux.

— Pensez-vous que j'aurais dû quand même mettre la jaune pâle ?

Elle le contempla, saisie par son manque absolu d'embarras et sa futilité dramatique. Elle était sur le point de lui répondre d'aller au diable et d'y emporter sa cravate lavande, lorsqu'un mouvement derrière elle l'obligea à se retourner.

— C'est un choix qui ne manque pas d'audace en effet, dit le capitaine Filwick.

Il fit quelques pas dans la pièce, comme s'il y avait ses habitudes, avec une attitude de petit propriétaire. Mon Dieu, c'était bien le capitaine ! Il portait toujours son frac taché de boue sur sa chemise sans cravate. Derrière son dos, elle apercevait le corset qu'il tenait à la main. Son visage était impassible mais ses yeux lançaient des éclairs au travers de la pièce, vers le lit, vers Harrington, vers elle en chemise de nuit.

— Que faites-vous là ? demanda lord Harrington.

Il allait se faire rosser ! Mais Conrad se contenta de retrousser sa lèvre supérieure d'un rictus suffisant – ce qu'il faisait très bien, d'ailleurs.

— Si l'un de nous doit sortir, il me semble que ce doit être vous, se contenta-t-il de dire.

Puis il lui montra la porte, non sans le gratifier d'un signe de tête et d'un «lord Harrington» des plus formels. Theodore obéit, de bonne grâce. On pouvait lui accorder bien des défauts mais pas celui d'un orgueil incommodant. Ethel se sentit transportée de soulagement. Pour peu de temps car, avant de sortir, lord Harrington se tourna vers elle et soupira :

— Pour une fois que je ne passe pas par ce balcon ! À bientôt, très chère !

Conrad lui jeta un regard éloquent. Cette fois-ci, elle eut vraiment envie de rentrer sous terre.

Chapitre 33

Conrad

Pourquoi les gens faisaient-ils tant d'enfants ? se demandait Conrad.

Il venait à peine de descendre de sa chambre et regardait les garçons de son propre sang s'ébattre gaiement sur la pelouse, comme une portée de chiots. À ses côtés, Henry les surveillait d'un œil inquiet depuis la fenêtre du salon.

Assis côte à côte sur le chemin, John Baldwin et Daniel Filwick observaient également leurs cousins et frères, leur pouce dans la bouche, profitant du bazar général pour se laisser aller à cette horrible habitude, que leurs gouvernantes et leurs mères leur interdisaient lorsqu'elles n'étaient pas dépassées par la situation. Les héritiers Filwick avaient visiblement choisi de jouer au ballon, sans décider à quel jeu ni avec quel ballon. Pour l'instant, les règles qu'ils avaient établies paraissaient singulièrement simples, le but paraissant de se lancer un certain nombre de projectiles avec le plus de force possible et d'en recevoir autant sans pleurer. Les plus petits avaient fait preuve de sagesse en se tenant éloignés de ce pugilat, autant que les seules filles de cette bande, Elizabeth et Margaret, qui étaient restées dans le salon avec Henry et lui.

— Voulez-vous jouer avec nous, mon oncle ? demanda Elizabeth en fronçant le nez, comme si cette proposition mettait à mal sa fierté.

Conrad déclina, le plus poliment possible. Margaret lui jeta un de ces regards qui lui faisaient terriblement penser à Ethel Stafford, puis se tourna vers sa cousine.

— Je t'avais bien dit qu'il n'était pas digne de confiance, dit-elle, sans prendre la peine de feindre la confidence.

— Comme tous les garçons, précisa Elizabeth, de toute l'autorité de ses sept ans. Viens, Margaret, allons cajoler les poussins.

Puis elle la prit par la main. Elles disparurent du même petit pas volontaire, vers l'arrière de Baldwin House, où se trouvait le poulailler.

— Je redouterais d'être un poussin, murmura Conrad, en les suivant des yeux.

Les enfants de Catherine et William les avaient rejoints dans la matinée avec gouvernante et bonnes. Depuis cette heure, Baldwin House vivait au rythme de hurlements, de punitions, de cavalcades dans les escaliers, de menaces proférées par des voix féminines. Ethel avait apparemment tenté un moment de contenir Margaret et John. Elle avait rapidement abandonné… Grand bien lui fasse ! Il avait passé la matinée à être en colère contre elle et n'avait aucune envie de la voir pour le moment. Bien entendu il savait au fond de lui que la situation était ridicule. Elle n'avait aucun compte à lui rendre et il imaginait bien qu'une femme de sa trempe n'était pas restée chaste six longues années. En outre, il savait également que lord Harrington la courtisait et que, pour une raison qui le dépassait, il plaisait assez aux femmes. Pourtant, la colère ne diminuait pas. Justement pour cette raison. Et une autre, plus personnelle : il aurait dû administrer une bonne correction à ce crétin de Harrington, pour s'être autorisé à entrer ainsi dans la chambre d'une femme sans y être invité, selon ce qu'Ethel, la voix entrecoupée, lui avait dit et répété alors qu'il prenait congé d'elle, avec une froideur qui n'avait rien de feinte.

Et encore une autre : comment avait-il été assez stupide pour passer la nuit avec elle, au lieu de se conduire en gentleman ? Elle avait clairement dit qu'elle n'envisageait plus de se marier. Si l'affaire s'ébruitait, il ferait l'objet d'un nouveau scandale, alors même que tout le monde semblait avoir oublié l'affaire qui avait rompu ses relations avec Adaline.

— Tu sembles soucieux, Conrad, intervint Henry.

— Sais-tu si nous avons retrouvé miss Samuels ? demanda-t-il, se rappelant soudain que personne n'avait évoqué la jeune femme.

— Oui. Nous l'avons gardée à coucher ici, ainsi que son père, étant donné l'heure tardive et la route qu'ils avaient à faire pour rentrer. Ils sont partis en promenade avec Catherine et William, ce qui explique que je doive rester ici à m'assurer que leur progéniture ne s'écharpe pas en leur absence.

— Et où était-elle ?

— Quelque part dans le parc, d'abord avec Mr Jefferson puis apparemment, elle s'y est perdue, répondit Henry. Amelia m'a dit à mi-mots qu'il semblerait qu'ils se plaisent mais que Mr Jefferson ne s'est pas montré très galant.

— Comment cela ? Jefferson a-t-il commis des actes dont il faudrait qu'il réponde devant moi ?

— Eh bien… murmura Henry, une lueur égrillarde dans l'œil. Il semblerait bien qu'il ait eu plutôt à éviter miss Samuels que l'inverse… Amelia n'a pas voulu m'en dire plus, car la jeune fille s'est confiée à elle. Certains secrets féminins sont inaliénables. D'après ce que j'ai compris, il s'agirait d'un malentendu entre eux.

— Tout a été question de malentendu, murmura Conrad, pour lui-même.

Pauvre Albert… Il avait dû se retrouver bien embarrassé face à la tempétueuse et jeune Américaine.

— Tu as l'air de très mauvaise humeur, lui fit remarquer Henry. Tu t'es pourtant couché assez tôt.

— La musique m'a empêché de trouver le sommeil, maugréa Conrad. Je ne suis effectivement pas d'humeur très loquace ce matin.

— Permets-moi de te dire que la liste des invités du déjeuner ne te fera pas plaisir non plus.

— Vous avez donc gardé Adaline Washam-Oneil à coucher ici aussi, rétorqua Conrad.

Il ne se faisait pas beaucoup d'illusion sur sa chance d'avoir tort, une fois qu'il eut vu l'expression contrite de son cousin.

— J'espère qu'elle aussi est allée se promener,

qu'elle est tombée dans l'étang et que la taille de son orgueil l'a entraînée au fond ! ajouta-t-il.

— Toujours ce sens de l'à-propos, mon cher Conrad, fit la voix amusée d'Adaline derrière lui.

Il n'avait pas besoin de se retourner pour savoir qu'elle se dirigeait à présent droit sur lui, ni que Henry imaginait déjà un prétexte pour s'échapper, ce qu'il fit rapidement. La fuite devant les femmes était une des parades habituelles des Filwick et Henry en était un par sa mère.

— Vas-tu de nouveau t'enfuir ? continua Adaline, l'obligeant à lui faire face.

C'était une chose de se défiler durant un bal, une autre de le faire en privé. Il n'avait aucune envie de la laisser penser que sa présence le dérangeait au point de préférer la honte d'un repli, une deuxième fois.

— Mrs Walsham-Oneil, dit-il en se penchant brièvement.

— Capitaine Filwick.

Elle était aussi fraîche que la veille, toute froufroutée d'un gris clair de circonstance, sans aucune marque de fatigue ou de mauvaise humeur. Son teint blanc et sa coiffure serrée autour de son visage lui donnaient un air impérial. Oui, elle ressemblait à la statue d'une déesse grecque, dans tout ce gris. À côté d'elle, il avait l'impression d'avoir cent ans.

— Il semblerait que nous soyons amenés à nous voir plus souvent, dit-elle. Tu ne pourras pas m'éviter à chaque fois.

— En effet.

— Ne vas-tu pas me demander comment je vais ?

Il aurait dû en effet. Il fallait rester dans un semblant de bienséance. C'était plus prudent. La colère n'avait jamais été une très bonne alliée de sa vie amoureuse, jusque-là, et il se sentait encore plus en colère, à présent que la trahison prenait un double visage.

— L'âge n'a pas eu de prise sur toi, dit-il. Le chagrin non plus, visiblement. J'ai appris pour Gideon. Vous n'aviez pas d'enfants, je crois.

— Je n'ai pas eu cette chance, répondit Adaline. Toi non plus apparemment. Je pensais te retrouver marié et père de famille.

— Je suis navré de te décevoir, répondit Conrad.

— Au contraire, dit Adaline. Je te retrouve tel que tu étais et nous sommes tous réunis, comme autrefois. La vie reprend son cours.

Elle lui sourit. Du même sourire que dix ans auparavant, mutin et lumineux.

— Le reste n'aura été finalement qu'une parenthèse.

Une parenthèse? Des années d'errance pour lui… Une parenthèse aussi, son mariage qui l'avait soi-disant comblée? Elle faisait peu de cas de Gideon. Le pauvre bougre avait bien fait de mourir jeune, sans jamais savoir qu'il avait été cocu.

— Certaines parenthèses sont plus difficiles à oublier que d'autres, Adaline, dit-il, non sans y mettre une certaine condescendance. Me permets-tu de prendre congé?

Sans attendre de réponse, il se dirigea vers la porte.

— Si tu le veux encore… soupira Adaline. Ce n'est pourtant pas ainsi que des amis qui viennent de se retrouver se quittent.

Des amis ? Il se retourna lentement. Il voulait bien jouer le jeu de la conversation – peu de temps, mais tout de même – mais ce qu'il venait d'entendre lui embrasa la poitrine d'un élan belliqueux qu'il n'était absolument pas capable de réprimer.

— Nous n'avons jamais été amis, lança-t-il. J'ai pour habitude de les choisir fidèles.

— Tu n'as effectivement pas changé, répondit Adaline d'un ton agacé. Toujours le même, embourbé dans ta fierté et tes certitudes. Tu t'es raconté la même histoire que celle que tu as racontée à Henry et à William, n'est-ce pas ? Et que Catherine m'a répété, tu le penses bien… Ma coquetterie, ma froideur, mes manigances… Surtout mes manigances… Moi qui suis d'un milieu inférieur au vôtre, il fallait bien que je considère le meilleur parti. Ne dis rien ! J'ai déjà bu ma honte à ce sujet. Les gens, tout en ne disant rien, se sont toujours débrouillés pour me faire comprendre que j'étais seulement tolérée dans leur cercle. Toi aussi, encore hier, quand tu as fui devant tout le monde, comme si ma présence t'était intolérable. Mais je ne te courrai pas après à chaque fois que tu fuiras. Tu m'écouteras donc et nous serons quittes.

— Quittes ?

— Quittes. La dernière fois que nous nous sommes vus, il y a dix ans, c'est moi qui ai fui sans explications. Je te les dois. Sais-tu ce qui t'a perdu à mes yeux, Conrad ?

Il le savait pertinemment. Une plus grande fortune et cet exécrable malentendu qui l'avait jeté entre les bras de Millie, dans ce petit salon…

— Millie?

— Millie! railla Adaline. Crois-tu vraiment que je me suis étonnée de te retrouver agglutiné à son corsage le soir de ce bal? Tu aurais pu embrasser toutes les Millie ou toutes les Felicia de la terre, je t'aurais épousé quand même. Non, ce qui t'a perdu à mes yeux vient de bien plus loin.

— De plus loin que ce bal! s'insurgea Conrad. Quand je te clamais mon amour!

— Ton amour? Mon pauvre Conrad... Ton égoïsme! Ton orgueil!

— Mon égoïsme! Mon orgueil! gronda-t-il. Je me suis jeté à tes pieds!

— Et tu as cru que ça suffirait. Tu as cru qu'il suffisait de le décider pour que je te rende ton amour. Tu ne t'es jamais demandé si ce que tu appelais de l'amour n'était pas une brutalité de plus.

— Une brutalité...

— Oui. La façon dont tu écartais mes prétendants, allant jusqu'à déchirer mon carnet de bal, devant tout le monde. Celle dont tu étais toujours derrière moi, à défier du regard le premier qui aurait eu l'aplomb de même m'adresser la parole. Je t'appartenais, au même titre que le reste. La façon dont tu me donnais des ordres... les plus redoutables de tous étant ceux que tu taisais. Il fallait t'aimer et n'aimer que toi. Même après mon mariage... Quand tu venais chez moi et que tu...

— Tais-toi, murmura Conrad. Pas ici.

— Je ne suis plus une jeune fille impressionnée par ta fortune et ton allure, Conrad Filwick, reprit Adaline.

Tu as méprisé Gideon mais c'est le seul qui n'a pas eu peur de toi. Et il me respectait.

— Tu le lui as bien rendu, lâcha Conrad.

— Par ta faute, répondit-elle, avec un petit rire amer.

Par sa faute, évidemment. Il allait lui rétorquer qu'il fallait être deux pour ce genre de faute et que lui était célibataire, prêt à utiliser la dernière des grossièretés pour clore cette discussion exaspérante.

— Crois-tu qu'il était si facile de te résister ? Je t'aimais, Conrad !

Il vacilla de cet aveu. Elle ne le lui avait jamais dit, avant ce jour. Il l'avait espéré, supposé, voulu… Mais jamais Adaline ne lui avait accordé cette consolation, même lorsqu'il lui avait murmuré, à mi-mots, à quel point il était fou d'elle, qu'il l'adorait, à plusieurs reprises…

— Je savais aussi que j'aurais été très malheureuse avec toi. Et je n'avais pas tort… Ta froideur quand tu partais… Ton insatiable défi… Tes reproches, alors même que je ne faisais rien de plus que ce que tu faisais toi-même… Ton refus de baisser les armes, même dans l'intimité.

Face à lui, Adaline le contemplait. Elle n'était plus la jeune fille fière et coquette qu'il avait connue mais une femme sûre de ses moyens. Elle aussi avait dû traiter l'ancienne Adaline avec ce qu'il fallait d'aveuglement et d'apitoiement avant de considérer la situation avec lucidité : toute cette histoire n'avait été que le jeu stupide et orgueilleux de deux êtres qui ne savaient rien de l'amour et qui y voyaient une façon de s'y illustrer.

Conrad sentit son cœur se desserrer d'un coup dans sa poitrine. Ainsi, elle l'avait aimé, même après son mariage et lui… lui, il avait profité de la situation pour lui rendre les coups qu'elle lui avait portés… Il considérait à présent froidement le jeune homme qu'il avait été, sans plus éprouver cette compassion presque paternelle qu'il lui portait depuis dix ans. Un imbécile… occupé à la conquête… tout comme Henry. Pire, un tyran. Mrs Stafford – et Adaline désormais – avait raison : la jeunesse était bien le théâtre de tous les égoïsmes… Quel gâchis…

— Ah, vous êtes là ! les interrompit la voix claire et impérieuse d'Ethel Stafford, de l'autre bout du salon. Je suis prête pour vous accompagner à Stryge Burnan !

Elle portait une amazone de toile noire qui n'avait pas dû beaucoup servir, à en croire la rigidité de l'étoffe, et un chapeau fermement arrimé sur sa tête bouclée. Il n'avait pas d'autre choix que d'acquiescer.

— Vous n'êtes pas prêt, Conrad ! ajouta-t-elle d'un ton faussement accusateur. Mrs Walsham-Oneil, je me vois obligée de vous disputer, vous avez retenu mon fiancé.

Adaline dévisageait la jeune femme, séchée par la surprise, alors que celle-ci avançait à grands pas vers eux, sa cravache à la main. Son fiancé ?

— Allez vous préparer ! reprit Ethel, à l'attention de Conrad, en lui attrapant le bras. Nous nous retrouverons plus tard, Mrs Walsham-Oneil !

Il se laissa entraîner dans le couloir, stupéfait.

— Votre fiancé ? grogna-t-il, sitôt l'escalier atteint.

— Plutôt me jeter dans l'étang, répondit Ethel, sur

le même ton. Mais vous étiez dans une situation difficile et je n'avais pas d'autre choix que de vous sauver.

— En situation difficile ? J'allais bien m'en sortir tout seul. Et maintenant ? Que comptez-vous faire ? Annoncer à votre famille que nous nous marions ?

— J'avais promis à miss Samuels et Mr Samuels de les accompagner avec Mr Jefferson pour une promenade à cheval mais ils devront y aller sans moi. Vous devez me faire visiter Stryge Burnan, j'en ai bien peur, sauf si vous voulez affronter Adaline Walsham-Oneil quand elle aura compris notre mensonge.

— Elle habite cette région. Elle apprendra tôt ou tard qu'il n'a jamais été question de fiançailles entre nous.

— Vous direz que je vous ai surpris dans une situation délicate et que j'ai rompu, voilà tout.

— Compte tenu de la façon dont s'est terminée notre nuit, je dirai plutôt l'inverse.

— Personne ne vous croira, capitaine, surtout après les révélations qui ont été faites.

Il se rendit compte de la situation, brutalement.

— Qu'avez-vous entendu ?

Ethel sourit, de ce petit sourire indéchiffrable qu'elle avait souvent eu avec lui.

— Suffisamment pour savoir que je suis heureuse de ne pas vous avoir connu il y a dix ans.

Elle avait foutrement raison.

— Je vous suis donc redevable de ne pas m'avoir laissé m'en débrouiller seul.

Les yeux couleur étang brillèrent de la lueur identifiable de la victoire.

— Disons que nous sommes quittes, capitaine Fil-wick.

Il acquiesça. En bon militaire, il savait reconnaître le panache quand il en voyait.

Chapitre 34

Ethel

Ethel avait peut-être surestimé ses compétences de cavalière comparées à celles du capitaine. Au bout d'une heure et pour son plus grand soulagement, elle vit apparaître ce qu'elle supposa rapidement être, à son aspect négligé, Stryge Burnan et ne fut pas du tout impressionnée.

La propriété avait l'air d'un pâté en croûte trop cuit posé au milieu de sa verdure. L'absence de volets aux fenêtres lui donnait une expression ahurie, comme elle se demandait elle-même ce qu'elle pouvait bien faire là. Cependant, Ethel remarqua vite un fort joli jardin de devant, bien qu'encore un peu en friche, et un puits très romantique, tout étouffé de lierre. S'il savait l'aménager correctement, Conrad trouverait du plaisir à s'y promener avec… eh bien, avec une vieille cousine poitrinaire, par exemple, ou un pasteur désœuvré car c'était bien la seule compagnie qu'il trouverait dans cette campagne.

Les peintres n'avaient pas encore attaqué la porte d'entrée. Sa peinture écaillée, son heurtoir de cuivre terni, ses gonds noircis laissèrent une petite impression extrêmement touchante à Ethel. Lorsque Conrad la poussa, la porte émit un couinement réprobateur mais ne présenta aucune résistance. Elle semblait aussi résignée que les fleurs recroquevillées qui finissaient de mourir de chaque côté du porche. Ces pensées furent cependant vite balayées par la vue du petit escalier sculpté, encore nu de tout tapis, qui montait aux étages. Il y avait dans cette maison une modestie et un charme dont était hélas dénuée Baldwin House, toute en boursouflures entretenues par le désir de paraître supérieure aux bâtisses plus anciennes.

— Voulez-vous voir le reste ? questionna Conrad, d'un ton si bourru qu'elle ne put s'empêcher de sourire.

Elle mourait d'envie de connaître cette maison. Si elle était affreuse de l'extérieur, son intérieur lui évoquait un joli petit presbytère aux parfums de cire d'abeille et de tisanes amères, de ceux dont elle raffolait, enfant, lorsque le hasard lui permettait d'en visiter un. Elle hocha la tête, avec un sourire qu'elle jugea bien trop gratifiant à l'égard de Conrad.

Le salon ou, du moins, ce qu'il allait sans doute devenir, la ravit. La cheminée donnait envie d'y installer d'énormes bergères tendues de roses et de s'y blottir pour lire, une couverture sur le genou, avec pour éclairage le feu qui ronronnait. Elle contempla chaque détail du montant de bois, chaque recoin, jusqu'à ce que Conrad toussât pour la sortir de cette rêverie hivernale.

Ce que Conrad présenta comme son bureau avait effectivement la sévérité qu'on attendait communément d'une telle pièce ; elle ne s'y attarda pas. Des lettres importantes y avaient été écrites et leurs fantômes murmuraient d'ennui le long des boiseries fraîchement nettoyées. Il ne lui fit pas visiter la pièce attenante au bureau mais la mena jusqu'au premier étage. Comme elle s'y attendait, le petit escalier était sûr sous les pieds ; elle y projeta l'image de plusieurs enfants en train de le dévaler, fermement accrochés à sa rampe pourtant délicate. Conrad posa la main sur la clenche de la première porte mais, au même moment, sembla pris de contrition.

— Ce sera ma chambre, annonça-t-il, sans faire mine d'ouvrir.

Elle eut envie de rire, revigorée par la vue de cette maison de poupées qui allait si mal au capitaine.

— Y a-t-il un lit ? demanda-t-elle.

Et sans attendre de réponse, elle ajouta :

— S'il n'y a pas de lit, nous ne risquons pas de braver la décence. Je suis certaine que la vue est magnifique depuis sa fenêtre.

Il le concéda. Contre toute attente, elle fut décevante. La chambre n'avait pas le charme discret des autres pièces. Ce qui ressemblait à de la modestie au rez-de-chaussée touchait ici à une simplicité spartiate qu'elle ne goûtait pas. Conrad lui expliqua quels aménagements il allait y faire, en insistant beaucoup sur tous les aspects techniques et sur une histoire de tapisserie qui ne l'intéressa guère. Puis il la guida jusqu'à la petite porte tout au fond en lui promettant que ce qu'elle trouverait derrière lui plairait. Elle espéra – et elle n'espéra pas – qu'il parlait bien d'architecture.

Elle fut intriguée à la vue des caisses entreposées

dans cette pièce qu'elle lui conseilla d'aménager en cabinet de toilette. Conrad les ouvrit, tandis qu'elle trépignait de curiosité, sur la pointe des pieds. Quand elle vit enfin ce qu'elles contenaient, elle ne retint pas un petit cri de convoitise.

Des livres ! Des livres qu'elle n'avait pas besoin de feuilleter pour savoir à quel point ils étaient précieux et anciens. Conrad lui demanda si elle voulait les voir de plus près ; elle ne pensa pas à répondre, prise d'une fébrilité avide. Elle s'approcha avec délice, à petits pas, déchiffra la première couverture, osa la frôler des doigts puis l'écarter très doucement, pour venir caresser sa page de garde.

— Il y a aussi des recueils de poésie et des romans, lui dit Conrad.

Sa voix avait gagné en affabilité, brusquement. Elle passa les minutes suivantes à aller d'une caisse à l'autre, à déplacer les livres, en feuilleter certains, les reposer avec précaution, pour finalement s'attarder sur les recueils et romans plus récents que Conrad lui tendait un à un et dont elle soupesait l'intérêt. Elle goûtait autant leur découverte que la façon dont Conrad lui tendait les livres comme s'il les lui offrait, prenant apparemment du plaisir à entendre ses exclamations et à lui caresser le bout des phalanges furtivement.

Parmi eux, une métamorphose d'Ovide retint son attention.

— Trouvez-vous quelque chose d'intéressant ? demanda Conrad.

— Oui. Ce livre sur Daphné et Apollon se trouve également à Baldwin House. Exactement le même.

— Vraiment ?

Tout en parlant, il s'était rapproché, de façon à se trouver derrière elle et pouvoir regarder le livre par-dessus son épaule. Le sentir si proche lui arracha un léger frisson. Elle se mit à tourner les pages, un peu plus nerveusement que quelques secondes auparavant.

— Vraiment, répondit-elle.

— Quel dommage, murmura Conrad.

Son souffle souleva les petites mèches qui roulaient sur sa nuque. Elle caressa le beau papier lisse sur lequel Apollon poursuivait Daphne dans la forêt. La scène lui évoquait une tout autre péripétie et lui arracha un frisson de volupté pour le moins inapproprié.

— C'est étrange, tout de même, cette version où Daphne aime Apollon.

— Qui donc ? demanda Conrad.

Ses deux mains s'étaient posées sur ses hanches et les attiraient en arrière, suffisamment pour qu'elle sentît les tissus de leurs habits se froisser l'un contre l'autre.

— Daphne !

Les pages défilaient sous ses mains, alors que les mots se mélangeaient, se superposaient les uns aux autres. Pendant ce temps, Conrad avait l'air d'avoir abandonné toutes velléités littéraires. Ses mains remontaient le long de sa taille, centimètre par centimètre. Puis elle tomba sur un papier glissé entre les pages, qu'elle déplia, dévorée de curiosité.

C'était un simple billet, griffonné en guise de pense-bête : « Livres donnés par lady Wilbur Baldwin. »

— Mon Dieu, ces caisses viennent de Baldwin

House ! Pourquoi avoir offert tant de livres précieux à un simple voisin ?

— Aucune idée, souffla Conrad, les mains arrimées à sa taille. Ils n'intéressaient peut-être pas mon oncle et ma tante. Vous ai-je remerciée comme il se doit de m'avoir tiré de ce mauvais pas ?

— Oui, vous l'avez fait.

Elle se débattit mollement contre l'idée qu'elle devait l'arrêter, par décence et peut-être, il fallait bien le dire, par fierté. Quelque chose ne marchait pas dans toute cette histoire. Ni ce don, ni ce livre. Qui donc l'avait édité ? Elle s'arrêta sur quelques extraits. Daphne courait devant Apollon mais ralentissait quand il la perdait de vue. Quelqu'un avait tordu la traduction d'Ovide afin de lui faire dire, à mi-mots et jouant sur des contresens, tout autre chose que l'originale. Et Albert avait raison, le traducteur avait usé de certaines libertés avec la grammaire. Elle le retourna, tandis que Conrad constatait, non sans une joie manifeste, son absence de corset et en profitait pour caresser l'arrondi de son sein droit au travers de son amazone cintrée.

— Il y a le nom de l'imprimeur ! s'exclama-t-elle. Comment ne l'a-t-on pas vu plus tôt ?

— Je suis tout à fait d'accord, répondit Conrad d'une voix étouffée.

Son visage s'était perdu quelque part sous son chignon.

— Reginald Samuels !

La bouche de Conrad quitta sa nuque, qu'elle venait à peine de trouver.

— Comment ?

— Le nom de l'imprimeur ! répéta-t-elle en se dégageant.

Ou plutôt en lui enfonçant un coude pointu dans les côtes, ce qu'il n'apprécia évidemment pas.

— Ça n'a rien d'étonnant. Il a séjourné à Baldwin House un certain temps.

Elle tourna de nouveau le livre et chercha un nom sur sa page de garde. À la place, elle trouva une dédicace à même l'intérieur de la couverture, tracée de la belle écriture qu'elle avait déjà vue dans le pavillon.

— Pour D., nymphe quand elle le veut, lut-elle. Il s'agit là de la même écriture que celle du recueil de Byron ! D… Daphne, bien évidemment ! Notre mystérieuse amoureuse s'appelait sans doute Daphne.

Repoussant Conrad qui s'approchait de nouveau dans l'évidente intention de l'attirer contre lui, elle ouvrit les autres livres mais n'y trouva aucune autre dédicace. Et pour cause ! La page de garde avait été soigneusement découpée sur certains d'entre eux. Celui-là n'avait dû en réchapper que parce qu'il eût fallu en détruire la couverture pour l'effacer.

— Je ne vois pas où se situe le mystère…

Elle sourit de sa candeur. Du moins elle espérait qu'il s'agît là de candeur et non pas du refus de voir une vérité dérangeante. L'air de rien, il l'avait suivie devant la caisse et avait de nouveau encerclé sa taille des deux mains, prêt à reprendre là où il avait été contraint de l'abandonner. La façon dont il comptait la faire taire lui parut assez envisageable mais seulement après qu'elle en eut fini avec cette affaire.

— Il suffit de demander à Mr Samuels ! Et… oh,

suis-je bête ! L'initiale de la dédicace du pavillon de la Reine… R… Reginald…

L'expression ahurie de Conrad lui donna envie de glousser.

— L'amant du pavillon était Reginald Samuels, ce qui expliquerait beaucoup de choses sur son refus de venir au bal, dit-elle. Il y a certainement une histoire d'amour romanesque derrière tout cela. Un amour rendu impossible par des conflits d'intérêts ou familiaux.

— Ou alors Mr Samuels a abusé de l'hospitalité de mon oncle et a reçu sa maîtresse dans le pavillon. Mon oncle mis au courant l'a contraint à partir, sans qu'il puisse le vider.

— Sa maîtresse ? Mais qui serait-elle ? Se pourrait-il que votre tante Baldwin…

— Ne soyez pas vulgaire, s'étouffa-t-il. Les femmes de ma famille sont d'une irréprochable honnêteté ! Ma tante, cette sainte femme, n'aurait jamais eu l'outrecuidance de se laisser aller à ce genre de scandaleuses pratiques !

Décidément, la délicatesse n'était pas sa principale qualité. Il s'arrêta pourtant à temps et elle n'avait pas envie de lui déclarer la guerre. Ils avaient déjà assez de mal à s'en vouloir de leurs maladresses mutuelles pour ne pas s'enflammer à l'évocation de la vertu d'une femme morte depuis longtemps.

— Face au désir, la raison cède facilement, surtout quand elle est nourrie par des valeurs du passé, répondit-elle.

— L'honneur, une valeur du passé ?

Dieu, comme il s'offusquait facilement…

— Je ne parle pas tant d'honneur que de fidélité.

— Vous simplifiez adroitement les choses, avança-t-il. La fidélité n'est pas seulement une valeur morale. Il y a tout de même des questions de droit… de contrats… de lois… Ces aspects-là sont la véritable base de toute union.

Dire qu'on l'avait traitée de pragmatique ! Elle était un chaudron de braises à côté du capitaine !

— Vraiment ? Voyez-vous, si par hasard j'étais tombée amoureuse de quelqu'un d'autre que Hugh en étant toujours mariée à lui, un contrat n'aurait pas suffi à me faire accepter cette trahison de mon cœur. Je crois que j'aurais fini par lui en vouloir, d'être une entrave à mes désirs. J'aurais été une femme exécrable.

— Vous ne l'étiez donc pas ?

Tentait-il de s'en sortir avec de l'humour ?

— Toutes les femmes ne possèdent pas votre volonté d'indépendance, reprit-il. Ni le peu de cas que vous faites habituellement de votre…

Elle arqua un sourcil, en signe de prévention. De votre quoi ?

— … soumission aux règles de la société, continua-t-il.

Il devenait prudent. Et était incapable de le rester longtemps :

— Cela dit, vous ne m'ôterez pas de l'idée qu'on ne saurait être heureux lorsqu'on vit en marge des lois de notre société. Ces amours secrètes paraissent bien jolies dans les livres mais en réalité, elles n'apportent que chagrin et honte. Quel que soit le moyen, on répare ce qu'on a fait à l'honneur d'une femme, et certainement pas en lui dédicaçant des livres.

Qu'il était agaçant, à ne pas vouloir se soumettre à la raison ! Elle réfléchit rapidement à un nouvel argument. Elle pouvait, bien entendu, avancer qu'une vie de regret ne valait pas qu'on se préoccupât de ce que les autres pensaient et que la solitude pouvait prendre bien des décors, dont celui de la protection constante d'un mariage agréable. Ou lui faire valoir l'idée que les traditions, quand elles touchaient au mariage, devenaient rapidement des prisons. Aussitôt, elle entrevit ce qu'il aurait à lui répondre et abandonna une rhétorique compliquée. Après tout, il était le cousin de Henry, avec qui il partageait une certaine rigidité de pensée qui cohabitait effrontément avec une certaine souplesse de mœurs. Elle décida d'en user comme Amelia avec Henry, pour l'avoir souvent vu utiliser des armes toutes féminines contre lui, peu glorieuses mais efficaces, et manipuler ainsi les valeurs qu'elle savait inaliénables chez son mari.

— J'ai la faiblesse de croire, capitaine, que si nous étions découverts, votre sens de la justice ne vous ferait pas défaut. Un homme qui a affronté les terribles Boers ne saurait reculer devant les persiflages d'une société toujours prompte à juger ceux qui osent accepter leurs penchants amoureux. Un tel homme ne voudrait en aucun cas se plier au déshonneur d'une mésalliance pour se conformer aux exigences de gens qu'il n'apprécie au fond pas.

Elle darda sur lui son regard le plus doux et continua à voix basse :

— Car, je le sais, vous êtes un homme d'honneur. Vous l'avez toujours été, même lorsque j'ai manqué de courtoisie à votre égard. En cela, je me sens tout à fait en sécurité avec vous. Je n'aime pas la fierté chez les hommes, car elle est souvent déplacée. Sachez cependant que je respecte la vôtre.

Il ouvrit la bouche pour répondre mais, à la place, la serra brusquement contre lui. Puis il l'embrassa, plus délicatement qu'il ne l'avait jamais fait. Quand leurs lèvres se séparèrent enfin, elle prit le temps de regarder ce visage carré, bien trop viril pour ne pas être vraiment rassurant et les deux myosotis de ses yeux.

Il y avait de la douceur, chez cet homme, et sans doute plus de sentiments qu'il ne voulait bien le montrer. Derrière son silence, elle perçut l'avidité de ses lèvres, mâtinée d'une tendresse qu'il n'arrivait pas à dissimuler et dont elle connaissait le pouvoir. Elle se sentit frémir et ne lutta pas.

— Je suis peut-être un rustre à vos yeux et ma conduite vous a laissé penser que je pouvais même être un débauché, murmura-t-il. Sachez cependant ceci : si la situation l'exigeait, je n'hésiterais pas à vous épouser, et en aucun cas, je ne penserais faire une mésalliance.

Comment ? Était-ce tout ce qu'il avait retenu de son discours ?

— Ne vous méprenez pas, dit-elle. Lorsque j'évoquais une mésalliance, je voulais bien dire pour moi, capitaine.

Elle savoura l'éclat furieux de son regard.

Chapitre 35

Conrad

— Ah, te voilà ! l'accueillit Henry en traversant la pelouse à sa rencontre, alors qu'il descendait de cheval, brisant ainsi toutes ses chances d'échanger un dernier baiser avec Ethel avant de retrouver l'assemblée de Baldwin House.

Cela dit, elle ne paraissait pas vraiment encline au badinage. Elle n'avait cessé de se plaindre de la douleur qui lui remontait dans le dos. Ils avaient dû aller au pas. Le chemin du retour avait été extrêmement long.

— Que se passe-t-il ? questionna Conrad. Un souci avec les enfants ?

C'était la première pensée qui lui venait et, il fallait bien le dire, la plus logique.

— Les enfants vont très bien, je te remercie. Ce sont tes amis américains !

— Mr et miss Samuels ? Eh bien, qu'ont-ils fait ?

— Miss Samuels est en train de sangloter dans mon bureau, figure-toi, et refuse d'en sortir. Même Amelia et Catherine ne peuvent l'y résoudre. Nous attendons tous pour prendre le thé et tout cela devient fort déplaisant !

Ethel s'approcha à tout petits pas, réprimant un rictus de douleur.

— Calmez-vous, Henry, voyons ! s'écria-t-elle.

La souffrance la rendait plus péremptoire que d'habitude. Conrad était bien content qu'elle eût à s'en prendre à Henry, à cet instant précis.

— Lady Clarendon est dans tous ses états également et pleure dans le salon. Elles se sont parlé après le déjeuner et…

— Et qu'y a-t-il de si étonnant ? l'interrompit Ethel. Moi aussi, chaque fois que lady Clarendon me parle, j'ai envie de sangloter !

— Ce n'est pas le moment de faire de l'humour, ma chère belle-sœur, grinça Henry.

— Je ne faisais pas de l'humour, maugréa Ethel.

Ce qui arracha un rire à Conrad.

— Ne ris pas, toi non plus ! Les enfants ont été envoyés à la cuisine pour prendre leur thé. Les domestiques menacent de démissionner s'ils doivent les supporter plus longtemps. Règle cette situation.

Il ne savait pas trop comment mais il hocha la tête et proposa son bras à Ethel qui, pour une fois, l'accepta avec reconnaissance. Arrivé dans le corridor, il demanda à Perkins de faire venir Mr Samuels au salon, s'il n'y était déjà. Il avait des comptes à leur rendre, apparemment, lui qui était entré dans cette maison avec des secrets.

Un certain désordre régnait dans la pièce. Assise sur

le sofa, lady Clarendon hoquetait dans le mouchoir qu'elle tenait d'une main et serrait celle de son mari de l'autre. William était enfoncé dans le fauteuil qu'occupait habituellement Conrad et leur lança un regard d'intense souffrance lorsqu'ils s'approchèrent, Ethel boitant un peu et Conrad la soutenant. Fort heureusement, il n'y avait nulle trace d'Adaline Walsham-Oneil.

— Où étais-tu ? bougonna William.

— Nous avons poussé jusqu'à Stryge Burnan, répondit Conrad.

— Un lendemain de bal ?

Il ne s'appesantit pas en explications, qu'il ne devait de toute façon pas à William. D'un geste, Ethel lui fit comprendre qu'elle allait rejoindre Amelia et Catherine pour les aider avec miss Samuels. Il ne pouvait réellement lui en vouloir de le planter là, face à lady Clarendon et ses sanglots de souris, compte tenu de ce qu'elle venait déjà de subir sur le chemin du retour.

— Chère lady Clarendon, dit Conrad en s'agenouillant auprès d'elle. Comment vous portez-vous ?

Un nouveau sanglot lui répondit. Il se dirigea alors vers le petit meuble qui servait à garder les liqueurs et servit une bonne dose de brandy qu'il rapporta à la vieille dame. Devant son mari effaré, elle l'accepta avec gratitude.

— Allons, racontez-moi ce qu'il s'est passé.

— Oh, capitaine Filwick, je suis navrée… Lord Clarendon me dit souvent que je parle trop et aujourd'hui, je crois qu'il a eu raison…

Conrad se força à ne pas sourire.

— Hier soir, cette jeune femme américaine, délicieuse d'ailleurs, m'a posé des questions sur la maison et de fil en aiguille, je me suis retrouvée à lui parler du tableau... Vous savez comme je n'aime pas faire de la peine... Mais je ne savais pas. Je lui ai montré le tableau que votre cousin a retrouvé au grenier, il y a deux ans, et qu'il a fait mettre dans son bureau car il le trouvait joli.

— Quel tableau ?

— Le portrait, voyons ! Le portrait de Daphne ! Comment avons-nous pu oublier Daphne, mon ami ? ajouta-t-elle en se tournant vers lord Clarendon. Quelle charmante créature elle était ! Si vive ! Si volontaire ! Et elle montait comme une déesse !

Comme une nymphe, plutôt, pensa Conrad. Il n'y avait plus de mystère : une Daphne avait séjourné à Baldwin House et avait enflammé le cœur de Mr Samuels. Mais cela n'expliquait pas pourquoi sa fille sanglotait à présent dans le bureau, ni pourquoi le portrait de cette inconnue se trouvait dans le grenier de la maison.

— Qui était Daphne ? demanda-t-il.

— Mon Dieu, capitaine ! Se pourrait-il que personne ne vous en ait parlé ?

— Non, personne ne m'en a parlé, je vous le confirme.

— C'était un miracle, voyez-vous, comme il en arrive peu dans une famille...

Il avait déjà entendu cela. Oui, dans le bureau, alors qu'il était coincé dans le placard avec Ethel. Il n'avait pas prêté réellement attention au sens de ces paroles.

Sur le moment, il avait d'autres préoccupations, à vrai dire.

Mr Samuels entra à ce moment-là, pâle comme la mort, encore plus tourmenté que la veille, alors qu'il cherchait sa fille durant le bal. Son visage trahissait le plus grand désarroi. Il semblait lutter avec lui-même, pris entre l'émotion, la gêne et peut-être un peu de honte qui lui rougissait les joues. Lady Clarendon tendit les mains vers lui.

— Comment ne vous ai-je pas reconnu, très cher ami ? Me pardonnerez-vous ?

— C'est à moi de demander pardon, lady Clarendon. J'ai manqué de franchise à l'égard de chacun. Je n'aurais pas dû, il est vrai, m'introduire dans la maison de sir Baldwin avec ce secret. Cependant, comprenez qu'il m'était difficile d'évoquer le souvenir de Daphne et les circonstances qui m'ont conduit à agir d'une façon que vous jugez sans doute malhonnête. Ma fille Dorothy a insisté pour répondre à cette invitation et je n'avais pas le cœur de le lui refuser.

— Ne soyez pas si dur avec vous-même. Comment auriez-vous pu venir ici sans craindre de subir l'humiliation que vous avez connue la première fois ?

— Serait-il possible que nous ayons enfin une explication et puissions prendre notre thé ? l'interrompit William, depuis son fauteuil.

Lady Clarendon lui jeta un regard impérieux. Conrad n'avait même pas imaginé qu'il fût possible d'assécher ainsi l'œil d'habitude si indulgent de la placide vieille dame.

— Ne nous interrompez pas, William ! Vous êtes

bien un Filwick ! Le portrait de votre père ! Ne savez-vous pas que c'est cette dureté de cœur qui a conduit votre tante à vivre ce drame ? Voyez-vous ce gentleman ? Avons-nous à rougir de le fréquenter ?

— Ma tante est morte d'une maladie de poitrine, répondit William, d'un ton un peu fâché de se faire ainsi sermonner pour une faute qu'il n'avait certainement pas commise.

— Pas votre tante Baldwin ! Votre autre tante ! Daphne Filwick ! La jeune sœur de votre père. Je l'ai compris en voyant cette jeune femme à côté du portrait hier soir. Comme elle lui ressemble !

À l'évocation de la jeune femme, tout s'emboîta parfaitement dans l'esprit de Conrad et il se souvint où il avait déjà vu, ou plutôt entraperçu, Dorothy Samuels : sur le tableau de celle qu'il prenait pour une étrangère, dans le bureau de son cousin Henry.

— Miss Samuels est donc notre cousine ? murmura-t-il.

— Oui, répondit Mr Samuels. Mais sachez qu'en aucun cas nous ne sommes venus pour réclamer quoi que ce soit ou vous porter préjudice. Dorothy a toujours été très proche de sa mère et souhaitait voir cette maison dont nous lui avions parlé et qui, si elle contient de terribles souvenirs, nous a néanmoins réunis. Hier soir, je lui avais interdit de venir mais Dorothy a estimé qu'elle avait sa place dans cette maison, en mémoire de sa mère.

Conrad s'en souvenait également : elle avait prononcé ces mots durant le bal. « Je me sens à ma place ici. »

— Je comprendrais que vous nous demandiez de partir, reprit Mr Samuels.

— Personne ne vous fera partir de cette maison, lui assura lady Clarendon.

Elle avait raison… jamais Henry n'ajouterait un tel affront à l'humiliation qu'il lisait sur le visage de Reginald Samuels. De toute façon, Conrad s'y opposerait.

— Je ne comprends toujours pas, dit Conrad. Que s'est-il passé ?

Mr Samuels soupira.

— J'étais un jeune imprimeur, passionné de littérature anglaise et, lors de ma vingt-cinquième année, j'ai décidé d'aller visiter l'Angleterre. J'ai rencontré votre tante Daphne lors d'une vente de livres et je suis tombé amoureux d'elle, comme on le fait à vingt-cinq ans, voyez-vous…

— Je vois assez bien, murmura Conrad.

— Je savais qu'elle venait d'une famille respectable et bien plus riche que la mienne. De plus, j'avais le malheur d'être américain et, selon les dires de votre grand-père plus tard, aventureux. Je vous assure que je n'étais pas aventureux, par rapport à Daphne. J'ai passé une année à essayer de l'oublier, arpentant l'Angleterre. Puis mes pas m'ont conduit dans la région et j'ai fait en sorte de rencontrer votre oncle qui, par un effet du destin, écrivait à cette époque le traité contre les dangers de la campagne dont je vous ai parlé. J'ai donc été reçu ici, sans savoir que Daphne s'y trouvait également pour tenir compagnie à sa sœur qui venait de mettre au monde son deuxième fils. Je ne vais pas vous imposer la description de mon émoi quand je l'ai revue, dans ce même salon mais j'ai l'impression d'y être encore. À l'époque, il était tendu de jaune. Elle se tenait sur une petite bergère basse, juste à côté de cette fenêtre. Quand elle m'a vu, elle a feint de ne pas me connaître et ses yeux riaient de plaisir. Je puis affirmer sans être impudent qu'elle m'aimait aussi. Je me suis installé dans une auberge non loin d'ici et je l'ai vue tous les jours, à mi-chemin, dans ce pavillon qui se trouve toujours de l'autre côté du bois. Elle s'est arrangée pour le faire meubler, je ne sais comment… Daphne obtenait toujours ce qu'elle voulait… Au bout de quelques mois, la nécessité m'a obligé à envisager de repartir chez moi, à Washington. Comme je vous l'ai dit, je n'étais pas très riche et ma mère m'écrivait toutes les semaines pour me supplier de revenir. J'ai proposé à Daphne de demander sa main. Elle m'a fait promettre de ne pas me présenter à son père. Elle connaissait sa réponse. Et puis… elle s'est confiée à sa sœur, la mère de sir Baldwin… et sir Baldwin l'a appris. Soit il a fait avouer sa femme, soit il la terrifiait assez pour qu'elle lui avouât d'elle-même un tel secret… J'ai été banni de cette maison et jeté hors de l'auberge… Je me suis caché dans le pavillon quelques jours et j'ai attendu Daphne mais votre oncle la gardait enfermée en attendant l'arrivée de son père, comme elle me l'a raconté plus tard. C'est sa sœur qui l'a fait s'échapper. Elle est arrivée au pavillon avec sur elle ses vêtements, le médaillon de sa mère et de l'argent qu'elle avait réussi à cacher, une coquette somme qui nous a permis de prendre le bateau vers les États-Unis. Elle pleurait de honte de se présenter à moi avec si peu. Mais vous savez, elle serait arrivée nue, je l'aurais prise quand même.

Conrad voulait bien le croire, après avoir vu le pavillon tel qu'ils l'avaient aménagé. Il loua cependant la délicatesse de cœur de Mr Samuels.

— Je pleure encore en entendant votre récit, intervint lady Clarendon. Lady Baldwin a été si triste de voir sa sœur partir… Et comme elle a souffert par la suite ! Son unique sœur, son seul soutien ! Il lui était interdit d'en parler. Je crois même que votre grand-père, William, Conrad, l'a fait effacer de votre arbre généalogique.

— Ce qui expliquerait que jamais je n'ai vu son prénom, répondit Conrad.

— En effet, ajouta William. Je peux vous dire que nous l'aurions su. La punition préférée de notre père consistait à nous mettre au piquet devant ce fameux arbre généalogique. «Vos ancêtres vous regardent et ont honte de vous ! » disait-il.

— Il était cependant beaucoup moins dur avec ses enfants qu'il ne l'a été avec sa sœur.

— Il n'a sans doute fait que respecter le vœu de son propre père, souffla William, sans conviction.

Conrad se tourna vers Mr Samuels. Une seule question lui venait à l'esprit et, bien qu'elle fût inappropriée, il ne put s'empêcher de la poser :

— Avez-vous été heureux ?

Et se sentit pour le moins embarrassé en voyant des larmes poindre aux coins des paupières de l'imprimeur.

— Nous l'avons été, dit-il. Chaque jour de notre vie, malgré le manque de moyens des premières années et cette vie à laquelle elle n'était pas habituée. J'ai parfois regretté de l'avoir entraînée dans cette folie. Lorsque je lui en faisais part, elle me disait qu'elle ne regrettait rien. Peut-être ne souhaitait-elle pas m'accabler plus que je ne l'étais. Parfois, elle en riait. Elle me disait alors : « Si je n'avais pas été ton épouse, j'aurais été un arbre. Un laurier. »

— C'est donc vous qui avez traduit et modifié cette métamorphose d'Ovide ? demanda Conrad.

— Tu connais Ovide, toi ? ricana William.

Il lui adressa le regard le plus noir dont il était capable.

— J'en ai entendu parler, répondit-il.

— C'était moi, en effet. Je l'ai imprimé en deux exemplaires. Je l'avais fait envoyer à Daphne durant mon tour d'Angleterre. Elle m'a souvent reproché mon épouvantable grammaire latine.

Il rit doucement puis redevint subitement sérieux.

— Je voudrais encore une fois vous présenter mes plus modestes excuses et obtenir le pardon de votre cousin que j'ai le plus offensé dans cette histoire. Quand lady Clarendon a raconté notre histoire à Dorothy, je ne savais pas qu'elle aurait cette réaction.

— Oh, j'en suis encore désolée ! s'exclama la vieille dame.

Conrad crut qu'elle allait se remettre à sangloter mais elle se contenta de contempler Mr Samuels, les larmes aux yeux, sans rien ajouter, pour une fois.

— Dorothy n'a pas supporté d'imaginer sa mère

recluse dans cette maison. Sous ses dehors volontaires, ma fille est sensible, tout comme sa mère l'était. Et le poids du secret qu'elle a dû garder, le remords de notre mensonge ont fini par lui porter sur les nerfs.

— Allons la rejoindre et tout raconter à mon cousin, dit Conrad, en se levant.

Il laissa lord et lady Clarendon et Mr Samuels quitter le salon, lady Clarendon au bras de Mr Samuels.

— Tout de même, lui chuchota William. C'est une chance que tu ne te sois pas mis dans la tête de courtiser miss Samuels et que tu aies laissé ce privilège à Mr Jefferson. (Décidément, Henry était une vraie pipelette.) Imagine la tête que nous ferions aujourd'hui. Fort heureusement, tu as été détourné par d'autres attraits.

Devant lui, William souriait à pleines dents, avec cet air agaçant de certitude qu'il avait déjà à quinze ans. Il savait pour Ethel. S'il savait, Catherine devait également le savoir. Sa tranquillité était fichue. Elle le harcèlerait sans relâche pour qu'il donnât une issue heureuse à cette situation, même s'il lui opposait qu'Ethel Stafford voulait tout, sauf d'une officialisation de leur aventure.

— Comment diable es-tu au courant de mes affaires ? gronda-t-il, à titre de menace.

— Mon pauvre Conrad, soupira son frère en secouant la tête et sans cesser de sourire. Tu as beaucoup de qualités, je te l'assure, mais tu n'as jamais brillé par ta discrétion. Tâche de te montrer à la hauteur. Il n'y aura sans doute pas de guerre des Boers pour te donner un prétexte de fuite, cette fois-ci. D'autant plus que si Henry apprend pourquoi sa belle-sœur revient de promenade avec les cheveux ainsi défaits et le rose aux joues, il sera obligé de t'administrer une bonne correction.

— Et j'imagine que tu ne feras rien pour l'arrêter, n'est-ce pas ? répliqua Conrad.

— Je tiendrai même son chapeau.

Conrad sourit et, faisant un geste pour laisser passer son frère, lui répondit ce qu'il pensait à cet instant précis :

— C'est un vrai plaisir de retrouver la chaleur et la tendresse d'une famille aimante, mon cher frère.

L'ironie d'Ethel Stafford, en plus d'être irritante, semblait être contagieuse.

Chapitre 36

Ethel

Le premier coup donné à la porte sortit Ethel d'un rêve délicieux, un rêve fait de volupté et de murmures amoureux, dans lequel elle flottait comme dans un champ de nuages. Le second lui fit ouvrir brusquement les yeux. Elle secoua Conrad, lourdement endormi à ses côtés.

— Sortez de mon lit !

Pour hâter les choses, elle tira le drap et la couverture de son corps nu. Le froid du petit matin printanier finirait bien par le réveiller !

— Vous êtes dans le mien, dit-il d'un ton ensommeillé. C'est à peine l'heure, de toute façon.

— Perkins frappe à la porte !

— Je ne suis pas présentable, tonna Conrad.

Comme si ça pouvait avoir une quelconque importance pour le majordome !

— Monsieur, vous risquez d'être en retard pour le mariage de Mr Jefferson, répondit Perkins d'une voix ferme, derrière la porte.

— Au diable le mariage de Mr Jefferson ! gronda de nouveau Conrad, avant de retomber la tête dans l'oreiller.

Ethel écouta un moment, à l'affût, jusqu'à entendre le bruit des pas décroître dans le couloir. Puis elle frissonna. L'aube de ce début de mois de juin les surprenait l'un à côté de l'autre, nus et à présent frigorifiés, grâce à son propre zèle.

— Venez là, dit Conrad en ouvrant les bras.

Elle se blottit contre sa chaleur.

— Un jour, Perkins nous démasquera et ira tout raconter à ma sœur, dit-elle. Vous ferez moins l'hédoniste, Conrad Filwick, lorsque vous serez obligé de m'épouser.

— Avec vous, j'attraperai plus vite la mort que le mariage, maugréa-t-il en rabattant d'une main les draps sur eux deux. Et puis ça m'est égal, vous le savez. Je vous épouserai si vous le souhaitez.

C'était vrai. Il avait évoqué la chose plus de dix fois, depuis neuf mois. À ce jour, elle n'avait cependant pas cédé d'un pouce, repoussant chacune de ses tentatives par une raillerie bien placée. Il prenait alors un air indifférent assez mal joué, l'air de quelqu'un qui attend son heure en stratège.

Il était étonnant de voir tant de pugnacité chez un homme qui montrait aussi peu d'intérêt à assister au mariage des autres. Elle le savait excédé de devoir porter ce costume noir, excédé à l'idée de tout ce piétinement, quand il aurait pu se consacrer à ce qui semblait être son jeu préféré depuis leurs retrouvailles à Baldwin House : passer la journée à afficher une parfaite cordialité envers Ethel et la soirée à lui prouver que ce mot pouvait revêtir de nombreux sens.

— Charmante déclaration, marmonna Ethel, le nez perdu dans son cou.

— Vous empêchez toute déclaration avec une dextérité de bretteuse, se défendit Conrad.

Il l'attrapa par la taille pour la faire remonter le long de son torse.

— Vous me parlez de mariage parce qu'il y a un mariage aujourd'hui, dit Ethel qui était effectivement prête à en découdre. À une course de chevaux, vous parleriez d'en faire l'acquisition. Il y a deux jours, lors d'une partie de bridge, je vous ai entendu affirmer à lady Clarendon que vous deviez absolument en apprendre les subtilités. Voilà ce que je suis pour vous aujourd'hui, une partie de bridge…

Il rit.

— Je vous assure que vous êtes bien plus attrayante qu'une partie de bridge.

Il l'était, lui, nu contre elle, ses cuisses musclées soulignées par la couverture, sa bouche tout près de son menton et qu'il semblait hésiter à embrasser, par bravade. Cependant, ils n'avaient pas le temps de se laisser aller à l'attendrissement. Elle roula sur le dos et s'étira, feignant de ne pas voir son sourire.

— Cette journée va être assommante, reprit-il. Ma cousine est incapable de mesure. Un grand mariage ! Dans une région à laquelle ils n'appartiennent pas vraiment ! Albert sera très mal à l'aise.

— Albert sera très à l'aise, rétorqua Ethel. Il maîtrise mieux les conventions qu'aucun membre de nos deux familles. En outre, grâce à vous, il dispose désormais d'un héritage dont il n'a pas à rougir.

— Toujours trop modeste pour tout le faste que ma cousine nous oblige à déployer, maugréa Conrad, peu enclin à l'indulgence, dès lors qu'on le contraignait à faire preuve de sociabilité.

Comme lui, elle avait été étonnée de ce mariage décidé rapidement et organisé dans la foulée. À Albert qui était venu la voir à Londres, profitant d'un voyage pour rencontrer l'avocat de son père et réclamer la part d'héritage qui lui était finalement dû, elle avait osé en demander la raison, mue par cette franchise qui avait scellé leur amitié.

— Je ne comprends pas le sens de votre question, avait-il avancé, le visage toujours aussi impassible.

— Il me semblait que le mariage était une prison pour les femmes, selon vos propres dires.

— Il me semblait que vous trouviez le capitaine Filwick grossier et parfaitement odieux, avait-il répondu du tac au tac.

C'était de bonne guerre.

— Ne croyez pas que je désapprouve votre choix, avait-elle repris. Bien au contraire. Dorothy est une jeune fille cultivée et d'une honnêteté tout à fait appréciable. Peut-être trop, d'ailleurs.

— Je le pense également. Pour l'érudition comme pour l'honnêteté.

Ethel n'avait pas pu s'empêcher de lui lancer un dernier trait, estimant qu'elle n'avait jamais réglé l'affaire du bal et de lord Harrington, qui l'avait mise en situation d'infériorité vis-à-vis du capitaine.

— Je suis certaine que vous trouverez des compromis et que si sa franchise vous heurte trop, votre amour communicatif pour la lecture sera un excellent moyen de vous réconcilier.

Albert avait brièvement souri, ce qui lui avait fait retrouver la complicité subtile qu'ils avaient partagée autrefois.

— Miss Samuels ne lit pas le latin et encore moins le grec, avait-il dit.

— Je suis certaine que vous les lui traduirez.

Puis comme il riait en silence, elle avait ajouté :

— Dois-je en conclure que vous êtes amoureux, Albert Jefferson ?

— Contre mon gré, croyez-le bien.

Son air à présent piteux lui avait arraché un élan de joie. Le même élan de joie face à l'expression écœurée que Conrad avait à présent, à l'idée de laisser partir son ordonnance pour convoler avec une jeune péronnelle impétueuse.

— Pour l'amour de Dieu, soyez heureux pour elle ! s'exclama Ethel. Et pour Albert. Il est sincèrement amoureux d'elle.

— Il passera sa vie à ordonner la sienne et à répondre à ses moindres désirs, souffla Conrad.

— N'est-ce pas là ce qu'un homme amoureux devrait faire ?

Il haussa les épaules, esquivant l'attaque.

Le capitaine Filwick était un amant doté de nombre de qualités. Il faisait preuve de constance, de loyauté, d'un certain sens de l'humour, d'une absence absolue de sens pratique, ce qui leur évitait les conversations ennuyeuses mais on ne pouvait pas vraiment dire qu'il pût faire preuve de docilité… ni même simplement de souplesse.

— Je ne donne pas deux ans à ce mariage pour devenir une prison, dit-il, sans avoir conscience qu'il reprenait les propres paroles d'Albert.

— Le mariage lui-même est une prison, répondit-elle. Cela dit, grâce à nos lectures, Albert possède désormais quelques secrets qui lui assureront sans doute une certaine longévité.

Il fut évidemment piqué par ces paroles.

— Parlez-vous de ce que vous nommez le frémissement ?

Puis il se rendit compte de ce qu'ils étaient en train de dire.

— Et vous parlez de ma cousine ! s'offusqua-t-il. Et d'Albert. Vous n'allez tout de même pas les mettre dans un de vos romans !

Ethel grimaça. Le sujet était dangereux et lui rappelait qu'elle n'avait pas toujours gagné les batailles auxquelles ils se livraient encore beaucoup…

Conrad avait en effet peu apprécié de découvrir les activités littéraires d'Ethel. Le deuxième roman d'Emily Starling était sorti peu avant Noël. Il s'agissait du récit très romancé de leur été. Mis au secret par Amelia qui l'avait découvert grâce à Theodore – il était frivole, pas stupide au point de ne pas reconnaître le lieu, les circonstances et les personnes dont elle s'était inspirée –, Henry avait pris un malin plaisir à l'offrir à Conrad pour Noël. Ethel en avait été furieuse pour plusieurs raisons. D'abord, Henry savait désormais que son cousin et elle entretenaient une aventure pour le moins scandaleuse. Et il savait qu'elle le savait. Il ne lui disait rien mais, parfois, un sourire goguenard apparaissait sur son visage lorsqu'elle lui décochait un trait ironique. Ensuite, si Amelia n'avait pas compris la même chose que son mari, elle connaissait désormais sa double existence, celle de veuve et d'autrice. Elle était venue jusqu'à Londres pour lui servir un discours moralisateur sur le fait qu'elle ferait mieux de chercher un parti convenable que se laisser aller à des fantasmes embarrassants pour tout le monde. Ethel avait dû lui rappeler qu'elle était sa cadette et qu'à ce titre, elle n'avait pas de leçon à lui donner. Puis elle était partie s'enfermer dans sa chambre, comme lorsqu'elle avait quinze ans.

Enfin, Conrad avait eu la réaction la plus déroutante et la plus excessive possible. Lui qui ne voyait aucunement où était le mal à lui exprimer un désir toujours tenace, même dans les situations les plus incommodantes, avait été choqué de lire ces mêmes situations sous sa plume. Elle était un peu en faute, il fallait bien l'avouer. Si elle avait évité d'y mentionner Albert, elle n'avait rien omis des détails de sa liaison avec Conrad, persuadée que son anonymat la protégerait. Conrad avait très peu goûté le portrait qu'elle y faisait de lui et qu'il jugeait peu flatteur. Bien piètrement dissimulé sous les traits d'Anatole Forwick, cet amant débonnaire avait la prestance et l'aplomb d'un militaire, en plus d'une fâcheuse tendance à ouvrir des portes sans frapper et à utiliser sa bouche principalement pour parler. Il était également batailleur, de mauvaise foi et avait tendance à convoquer son sens de l'honneur quand cela l'arrangeait.

Plus que tout le reste, Conrad avait très mal pris le fait d'être rétrogradé au titre de sergent.

Bien entendu, elle n'avait rien su de tout cela avant qu'il ne lui fît comprendre son mécontentement, avec une sournoiserie qu'elle ne lui soupçonnait pas jusque-là.

Au mois de janvier, elle avait reçu une lettre fort sèche de sa part, annonçant que les affaires de Stryge Burnan ne sauraient être abandonnées pour l'habituel séjour mensuel à Londres qu'elle attendait pourtant avec délice et impatience. Elle y avait répondu. Deux lettres. La première exprimait son inquiétude et lui adressait toute son affection. La deuxième se délayait en questions exaspérées. Comme il n'avait pas répondu dix jours plus tard, il n'y en eut pas de troisième.

À la mi-février, elle avait demandé sa voiture à Père et s'était fait conduire à Stryge Burnan, avec sa colère pour tout bagage. Mrs Hallifax, la gouvernante, l'avait à peine annoncée qu'elle entrait dans le salon d'un pas décidé et cueillait Conrad au coin du feu où – chose surprenante – il lisait. La dispute avait duré tout l'après-midi et nul n'en avait perdu une miette dans la maisonnée. À la fin de la journée, épuisés tous les deux, ils avaient convenu que, si elle avait manqué de discrétion, il n'avait pas fait preuve de l'indulgence qu'elle avait montrée à son égard, lorsqu'il avait asséné son avis sur son absence de talent. Elle s'était même débrouillée pour tourner la chose de façon qu'il pense qu'elle ne lui avait rien dit de sa carrière littéraire à cause, justement, de ses réflexions acerbes sur son écriture. Elle avait pleuré, considérant que le capitaine serait plus sensible à ses larmes qu'à ses arguments. Il avait finalement cédé avec une facilité dont elle apprendrait à se méfier plus tard.

Tard dans la nuit, blottis tous les deux dans le fauteuil près de la cheminée, il avait proposé de reprendre ses visites, à raison de deux fois par mois, afin de poursuivre cette réconciliation. Elle avait accepté de bonne grâce, était repartie pour Londres et avait attendu sa venue, satisfaite d'avoir réglé ce différend en grande dame. Il était effectivement arrivé le jour prévu, en soulignant qu'il tenait toujours ses promesses.

— À ceux qui le méritent et à moi-même, avait-il précisé.

Ce qu'elle n'avait pas manqué de découvrir à ses dépens.

Dans la garçonnière qu'il avait à Londres et qui avait été le théâtre de bien des délices, il s'était présenté à elle dans son plus beau costume – gris perle, cravate de la même couleur que ses yeux –, avec des fleurs – de délicats lys qui exhalaient le parfum du pardon –, avait préparé lui-même du thé – un peu amer, il fallait en convenir – et s'était assis en face d'elle dans le petit salon sobre mais confortable qu'il avait fait aménager pour eux deux, sa jambe blessée légèrement appuyée sur l'autre, l'œil doux, les doigts agités par son geste habituel et rassurant, le frottement de son index contre son pouce.

Puis, alors même qu'elle s'imaginait dénouer cette cravate myosotis avec empressement, il s'était mis à l'entretenir de ses pommiers, du puits qui était enfin réparé et d'une obscure histoire de sablage de chemin dont il avait débattu avec le pasteur.

Elle avait bien tenté de dévier la conversation vers un badinage tout à fait érotique – le sablage et le pasteur lui avaient d'ailleurs posé de sérieux problèmes mais en vain. Rien n'avait détourné Conrad de ses histoires de voisinage et de rénovation.

Une fois chez elle, devant un potage tiède dans lequel elle tournait tristement sa cuillère, écoutant le bavardage incessant de son père, elle avait été prise d'une illumination qui lui avait arraché un cri. Il se vengeait, de la façon la plus cruelle et la plus efficace qui fût.

La fois d'après avait été plus facile à supporter, car elle s'était préparée à subir cette conversation aussi pénible que la précédente. Conrad ne l'avait en rien épargnée : ni de ses considérations sur le temps, terriblement variable, ni d'infernales anecdotes à propos des pitreries de ses chiens de chasse. Elle l'avait écouté de bout en bout, tête penchée, en feignant l'intérêt soumis que l'on attendait généralement des épouses face aux turpitudes de leurs maris. Puis au bout d'une heure, il s'était levé et l'avait quittée sur un baiser solennel, tout au bout de ses doigts, en lui promettant de revenir bien vite. Sans un sourire narquois, ni une œillade triomphante. Calmement, ce qui était le plus inquiétant.

Elle avait décidé de ne pas le laisser gagner à ce petit jeu et avait donc continué à l'écouter, grimée en parfaite petite épouse, docile et silencieuse. Et il n'avait pas lâché d'un pouce, lui non plus.

Deux mois étaient passés ainsi et au bout de la huitième entrevue parsemée de commentaires sur le prix du bois et la qualité des selleries campagnardes, elle en était venue à considérer que personne au monde ne méritait un châtiment aussi douloureux. L'ennui la rendait tendue et impatiente. Plus le capitaine s'étendait sur ses histoires de bégonias, plus elle sentait le frémissement rugir entre son ventre et sa poitrine, et se débattre comme une bête affolée. De plus, Conrad mettait un soin méticuleux à être toujours tiré à quatre épingles lorsqu'il la rejoignait et, la frustration aidant, elle le trouvait divinement beau, plus beau que jamais, et elle mourait d'envie de le faire taire d'un baiser et de l'entraîner dans leur alcôve. Elle se promettait même de s'y montrer aussi soumise qu'il le désirait, sans lutter pour prendre le pouvoir, et prête à satisfaire tous ses désirs.

Le jour de leur neuvième entrevue, elle n'en avait pas supporté davantage. Il portait une cravate d'un bleu encore plus profond que ses yeux et qui s'était légèrement dénouée. Elle rêvait de lui arracher cette cravate, de déboutonner sa chemise, et, dans la même foulée, son pantalon. Folle de rage, elle s'était levée en pleine description des travaux de maçonnerie du dernier étage de Stryge Burnan, prétextant une affaire urgente, le cœur et les nerfs en lambeaux. Elle préférait fuir que de céder. Conrad s'était dressé entre la porte et elle. Ils s'étaient contemplés en silence puis il avait dit :

— Je suppose que vous ne voulez pas en savoir plus à propos de ma commande de mortier.

Effectivement, elle n'avait pas voulu en savoir plus,

ce qu'elle avait commencé à lui dire à grand renfort d'images et de jurons choisis. Il avait souri, évidemment, avant de lui fermer la bouche d'un baiser si passionné qu'il l'avait fait vaciller. Il l'avait rattrapée de justesse et elle avait senti toutes ses barrières fondre. Au diable l'honneur, la fierté et les batailles perdues !

Comme il la tenait dans ses bras, Conrad en avait profité pour la porter jusqu'à l'alcôve oubliée depuis si longtemps et lui montrer avec le plus grand entrain qu'il lui avait pardonné – sans doute depuis plus longtemps qu'il ne voulait l'admettre.

Plus tard, allongée sur lui dans le lit de la garçonnière, encore secouée par les soubresauts d'un plaisir si longtemps attendu et malgré son reste d'indignation face à cette odieuse punition, elle lui avait reconnu une certaine pugnacité, digne d'intérêt. Et elle s'était bien gardée de le lui dire, pour ne pas lui fournir un nouveau sujet de satisfaction mesquine – il piaffait suffisamment comme ça.

Il le faisait à l'heure actuelle, tout contre elle, mais il s'agissait là d'un piaffement d'une tout autre sorte.

— Ne nous mettons pas en retard, murmura-t-il à contrecœur. À ce propos, a-t-on finalement su qui avait rouvert le pavillon avant vous ?

— Oui, répondit-elle.

Avant de se préoccuper de suivre un chemin entre ses côtes du bout des doigts.

— Disons que certains jeunes mariés l'ont peut-être trouvé assez romantique, il y a quelques années puis ont été pris par d'autres préoccupations… disons plus familiales.

Conrad se mit à rire.

— Évidemment, Henry ! Mais je ne pensais pas qu'Amelia…

Elle l'embrassa pour le faire taire, avant de lui rappeler ce qu'il venait de dire à propos des membres d'une même famille et du frémissement.

— Quelle robe allez-vous porter ? demanda-t-il, visiblement pour détourner la conversation et par la même occasion son attention des baisers qu'elle lui prodiguait sur le menton et qui risquaient de les retarder de plusieurs heures.

— Aucune, répondit Ethel. J'irai nue comme la Vérité jusque dans l'église et on me jettera des fleurs pour me cacher.

— On vous jettera des pierres.

— Vous ferez rempart de votre corps, murmura-t-elle.

Elle porta la main à son cou et le caressa. Puis, se tournant vers lui, elle déposa un baiser là où elle l'avait caressé. Il le lui rendit, avec moins de délicatesse. À présent, ils savaient tous deux reconnaître les avant-goûts du frémissement. Ils en connaissaient les étapes, pouvaient en mesurer l'intensité. Il posa la main sur sa hanche pour la faire basculer sur lui et écarta ses cuisses de chaque côté des siennes. Le frémissement du matin n'avait jamais besoin de beaucoup de civilité.

— Ne deviez-vous pas retourner dans votre lit avant qu'on le découvre vide ? demanda-t-il d'une voix déjà embrumée.

— N'aviez-vous pas peur que nous soyons en retard ? répliqua-t-elle.

À sa grande satisfaction, il retint à grand-peine un gémissement quand elle donna un coup de reins, précis et délicieux, pour le faire pénétrer en elle. Il se redressa à son tour, de façon à se retrouver assis et pouvoir l'embrasser, là où la peau se présentait, alors qu'elle remuait en douceur. Elle savait à quel point il adorait cette position. Elle avait fini par bien l'aimer également ; elle présentait l'avantage de lui donner l'illusion qu'il contrôlait, alors qu'elle le tenait à sa merci. L'occasion était assez rare pour qu'elle en tirât du plaisir. Il passa son bras autour de sa taille, autant pour l'attirer contre lui d'un geste autoritaire que pour assurer leur équilibre. Alors qu'il refrénait un coup de reins, à son tour, elle enroula ses jambes autour de sa taille et entreprit de lui mordiller l'oreille, ravie de le sentir ainsi soumis à sa volonté. Il dut lire cette satisfaction sur son visage, car il sourit et, la serrant contre lui, la renversa sur le lit, le bras passé sous ses reins, et entreprit quelques va-et-vient, d'une lenteur parfaitement maîtrisée.

— Cessez ce petit jeu, gronda-t-elle.

— Quel jeu ?

Son air innocent ne trompait personne. Elle savait pertinemment ce qu'il était sur le point de faire ; ce qu'il faisait à ce moment précis, les yeux plongés dans les siens.

— De quel jeu parlez-vous ? insista-t-il.

Il le savait parfaitement, lui aussi. Il avait inventé ce jeu presque cruel. Il consistait à ralentir, accélérer, et de nouveau ralentir, jusqu'à s'arrêter au moment même où le frémissement devait se transformer en raz de marée. Il attendait qu'elle le suppliât pour reprendre ses assauts, jusqu'à ce que le terme de raz de marée lui-même fût largement au-dessous de la vérité. Il ne s'en lassait pas, depuis qu'il en avait découvert les conséquences – souvent trop bruyantes pour ne pas être dangereuses à Baldwin House.

Mais Conrad, lorsqu'il était lancé, ne se préoccupait jamais de ce genre de considérations.

Plus tard, s'en souvenant devant l'église où il saluait les autres invités, elle dut s'avouer qu'elle non plus. Au bras de son père, elle avait contemplé, à la dérobée, son profil solennel. L'apparat lui donnait une certaine noblesse, cette noblesse qu'elle avait déjà décelée à plusieurs reprises, lorsqu'il ne savait pas qu'elle le regardait et qu'il ne se sentait donc pas obligé de se donner en spectacle devant elle, ce qu'il faisait couramment.

Il les avait salués, son père et elle, en évitant prudemment de lui montrer une quelconque marque d'intérêt – c'est-à-dire qu'il avait simplement évité de la regarder dans les yeux, de peur qu'on y perçût que la marque d'intérêt en question frisait l'offense aux bonnes mœurs. Il avait également fait son possible pour ne pas contempler le décolleté un rien frémissant de sa robe bleu et vert, rappelant les couleurs du Northamptonshire en cette fin de printemps, et s'était borné à lui scruter le menton avec une attention polie, tout en répondant aux questions qu'elle lui posait sur sa santé.

Cela dit et malgré tous leurs stratagèmes, l'infernale

intuition de Père n'avait pas été détournée. Depuis le perron de l'église, il avait regardé le capitaine Filwick s'éloigner pour rejoindre sa famille, avant de lâcher, le sourcil froncé :

— Dieu merci, cette jeune fille n'épouse pas un militaire. Ils font des maris exécrables.

Ethel se l'était tenu pour dit et s'était bien gardée de lui rappeler qu'Albert était un ancien militaire lui aussi.

Quoi qu'il en fût, il devait en effet être fou amoureux de sa Dorothy pour supporter autant de métaphores pour qualifier le péché et de périphrases pour le condamner. Père s'était évidemment endormi en plein milieu du sermon et personne ne put l'en blâmer, car il n'avait fait que suivre une bonne partie de l'assistance. Même Theodore Harrington, venu essentiellement pour faire enrager sa mère qui s'était abstenue, avait piqué du nez dans son mouchoir couleur poussin, après avoir jugé la robe de Dorothy *fashionable*. Au contact de la jeune femme, il s'était mis à raffoler de tout ce qui était américain.

Fashionable était un terme très réducteur, cependant : elle était adorable, dans toute cette soie blanche, un long voile attaché à un chignon gonflé d'orgueil et enroulé autour d'une couronne de fleurs d'oranger dont on distinguait à peine la fine armature de rubans et de dentelles. À la vue de ce symbole virginal, Ethel se demanda si Albert lui avait déjà enseigné les secrets de l'anatomie féminine. À en croire le regard éperdu d'amour qu'elle lui avait adressé en entrant dans l'église, elle n'en douta plus une seconde.

Dans l'ignorance de cette indignité, toute l'église avait été enchantée par cette vision aérienne alors qu'elle remontait l'allée au bras de Mr Samuels très solennel et ému. On avait écarté les garçons Filwick et Baldwin du cortège par prudence et seules Margaret et Elizabeth précédaient la mariée, dignes dans leurs adorables robes roses, un petit bouquet à la main. Henry avait souri à Mr Samuel depuis le premier rang – Ethel devait ainsi constater que les choses avançaient dans le bon sens. Amelia parlait souvent de l'influence de ce nouveau cousin par alliance sur le caractère de Henry qui écoutait ses avis comme un fils l'eût fait de son père. Elle-même était folle de Dorothy, cette jeune femme charmante, dont la compagnie lui faisait un peu oublier, disait-elle, l'absence d'une sœur ingrate.

À présent, devant les rayons de la familière et aimée bibliothèque de Baldwin House, alors que les invités s'étaient dispersés pour se changer, les uns chez eux, les autres dans les étages aménagés à cet effet, elle se disait qu'elle ne connaissait pas beaucoup d'épouses de militaires et qu'elle ne pouvait donc se montrer aussi catégorique que Père.

En outre, ce mariage l'avait bouleversée, plus que de raison. Le trouble qui la prenait depuis le retour de l'église l'empêchait presque de respirer, même si elle devait avouer que son corset y était peut-être également pour quelque chose.

Elle tentait de se calmer en parcourant les tranches des livres. La méthode marchait assez bien. La porte s'ouvrit et se referma avec précaution.

— Vous étiez là, évidemment… fit la voix conspiratrice de Conrad, derrière elle.

Elle sentit aussitôt ses larges mains sur sa taille et son souffle dans son cou. Le capitaine prenait des manières de plus en plus cavalières. Si elle le laissait faire, il mettrait les menaces qu'il lui murmurait à l'oreille à exécution. Elle se tortilla pour lui échapper, ce qui n'eut pour effet que de l'encourager davantage.

— Allez-vous laisser ma robe tranquille ? lâcha-t-elle, bien plus mollement qu'elle ne l'avait voulu.

Il fit semblant de ne pas entendre et continua sa lente et délicieuse progression vers sa gorge, dérangeant le modeste foulard qui la protégeait de l'indécence. Même au travers du tissu de sa robe, elle pouvait constater qu'il prenait énormément d'intérêt à cette exploration. Elle attrapa un recueil de lord Byron sur l'étagère et se mit à le feuilleter avec un détachement feint.

— Il ne vous suffit pas d'écrire et de lire, il faut aussi que vous relisiez ! Vous connaissez ces livres par cœur, argumenta-t-il, en l'attirant contre lui, dans l'espoir évident de la faire se tourner vers lui.

— Non, figurez-vous ! Ceux-là ont fait l'objet d'une récente acquisition. Et quel choix ! Regardez… Yeats, Jane Austen, une édition inédite de Byron… Est-ce Mr Samuels qui les a offerts à Henry et Amelia ?

— Non, c'est moi, répondit Conrad. J'en ai acheté quelques-uns pour Stryge Burnan. Je vous les montrerai avec plaisir, le jour où vous vous déciderez enfin à accepter une de mes invitations.

Cette perspective l'égayait apparemment au point

d'atténuer le reproche qui perçait dans sa voix et qui correspondait à un grief – un de plus, à bien considérer – dont il ne se privait pas de lui faire part avec force allusions plus ou moins subtiles. Il répétait en effet à l'envi que Stryge Burnan avait sacrément besoin d'une maîtresse de maison et que Mrs Hallifax le rendait fou avec ses multiples requêtes. Une fois, il avait même évoqué l'idée de faire tapisser son bureau de bleu en soulignant avec assez peu de finesse que c'était une couleur qu'elle aimait particulièrement.

— Vous ne m'y avez jamais invitée officiellement, fit remarquer Ethel à Conrad qui ne l'écoutait absolument plus.

Il répondit par un vague grognement. Apparemment, il subissait une significative baisse de l'audition et des problèmes cognitifs persistants dès que ses mains se trouvaient à proximité de son postérieur.

— Byron avait tout de même de drôles d'idées sur l'amour, le saviez-vous ? ajouta-t-elle en scrutant le recueil qu'elle avait sorti de son rayon.

Question qui ne trouva qu'un «mmh mmh» faussement intéressé pour réponse.

— Écoutez… *Arrière les fictions de vos romans imbéciles, ces trames de mensonges tissues par la Folie ! Donnez-moi le doux rayon d'un regard qui vient du cœur, ou le transport que l'on éprouve au premier baiser de l'amour.*

— Quel rustre, en effet, marmonna Conrad, les mains furetant sur sa jupe pour tenter de la faire remonter.

Elle se perdit dans ses pensées, tandis que les mains

de Conrad s'égaraient dans ses jupons sans en trouver l'issue. Le premier baiser de l'amour, certes, était enivrant et porteur d'un frémissement presque violent. Cependant, il n'était rien en comparaison des étapes qui lui succédaient, pour peu que l'on prît le temps de les égrener une à une. Après plusieurs mois d'un irrégulier mais enthousiaste examen avec le capitaine Filwick, elle pouvait désormais établir les conditions nécessaires à l'achèvement de son propre frémissement. Pour commencer, le secret lui semblait en être un des plus puissants leviers : tout comme elle frissonnait d'impatience en le rejoignant dans sa garçonnière de Londres, elle adorait se glisser dans sa chambre la nuit à Baldwin House, sitôt la maison endormie, après avoir savouré les dizaines d'attention, connues d'eux seuls, qu'ils se portaient dans la journée. Et, lorsque le tour de Conrad arrivait, entendre la porte s'entrouvrir doucement lui procurait un frisson qu'elle ne prenait pas la peine de contenir, au moment où il bondissait entre ses draps, mû par une paillardise qui lui était parfois bien trop naturelle.

Toutefois, elle avait constaté que sa réussite dépendait de facteurs qu'elle n'avait pas encore identifiés ; il lui faudrait encore beaucoup de temps pour déterminer ce qui la conduisait plus ou moins sûrement au plaisir. Elle ne doutait pas que Conrad se montrerait coopératif – il l'avait été quand elle l'avait clairement informé de ce qu'il convenait de faire de sa bouche – mais en aucun cas elle n'en viendrait à lui dévoiler ses conclusions. Contrairement à ce qu'il voulait bien avouer, le capitaine s'avérait être bien plus romantique, voire romanesque, que sa condition et son apparence voulaient bien le laisser supposer. S'il savait qu'elle continuait à construire des théories sur sa façon de se conduire au lit, les représailles ne sauraient se faire attendre. Et d'après ce qu'elle avait constaté, il avait une capacité à bouder qui dépassait même celle de Margaret. Elle en avait fait les frais et refusait absolument de réitérer l'expérience.

— Cette robe vous serre encore plus que les précédentes, dit brusquement Conrad, assez dépité. Vous devriez changer de couturière.

Cette fois-ci, elle pivota vers lui. Il sembla ravi de cette initiative et prêt à tous les outrages, bien qu'il y eût une bonne cinquantaine de personnes dans la maison qui menaçaient d'envahir la bibliothèque à tout moment. Elle le contempla un instant. Il avait raison, elle aimait décidément beaucoup le bleu, surtout celui de ses yeux myosotis.

Elle redoutait cependant de les voir s'écarquiller de frayeur – peut-être de dégoût – lorsqu'elle avouerait un secret qu'elle gardait jalousement depuis deux semaines. Par conséquent, elle décida d'attendre encore quelques heures pour lui annoncer que ses soucis vestimentaires n'avaient absolument rien à voir avec les talents de sa couturière. Du moins pas directement.

Non, elle se mentait. Elle se souciait peu de sa peur ou de son dégoût. Elle était irritée par avance de lire, dans les délicats myosotis qui se fixaient sur elle, les éclats de la victoire.

Cependant, une fois la fête finie, les danses évitées, les lanternes éteintes, dans le refuge que constituait l'antique lit de ces Baldwin qui avaient lutté comme ils avaient pu contre toutes les attaques pernicieuses du scandale, sa peau contre la sienne, ses yeux plongés dans les myosotis qui quémandaient le sommeil, il serait temps de lui expliquer, avec le plus de précautions possibles mais non sans une certaine ironie de circonstance, ce qu'elle pensait de ses méthodes infaillibles pour éviter les conséquences du plaisir.

Tandis qu'il l'embrassait, elle retint un rire nerveux. Ces certitudes masculines, tout de même ! Et dire qu'elle ne pourrait même pas l'admonester de sa naïveté, puisqu'elle-même avait usé de la même imprudence…

— Vous avez dû foutrement vous ennuyer pour vous montrer soudain si docile, murmura-t-il en se détachant d'elle, satisfait de lui-même.

Dieu qu'il l'agaçait !

— Je ne me suis pas ennuyée, répondit-elle. J'ai trouvé nombre de sujets de réflexion sur la soumission et la loyauté maritale dans ce sermon… Et je vous ai beaucoup observé. Vous aviez l'air conquis. Pour un peu, vous auriez sauté par-dessus les bancs pour me traîner jusqu'à l'autel.

Elle savait une chose : si elle devait céder – et elle céderait, évidemment, au grand désespoir de Père et non sans devoir supporter les airs goguenards de Conrad et Henry lorsqu'elle remonterait l'allée de l'église à son tour –, elle ne le ferait pas sans combattre.

— Vous plaisantez ? rétorqua-t-il. Je vous ai vue sortir votre mouchoir ! Je ne serais pas étonné que vous me suppliiez de vous épouser dans la semaine…

Veuillez cesser de sourire, je vous prie. Tout bien considéré, je ne vous aime pas assez pour vous épouser.

Il la tenait pourtant toujours serrée contre lui.

— Et moi, bien trop, lui souffla-t-elle de cette voix suave à laquelle il ne résistait jamais.

Il serait temps de faire amende honorable pour ce mensonge, plus tard, lorsqu'elle aurait terminé de goûter aux délices frémissantes du secret, pour la dernière fois.

Remerciements

Je tiens à remercier tous les gens qui dispersent mes doutes et m'encouragent au quotidien : ami.e.s, lecteurs et lectrices et éditrices. Pas de doute, ce sont souvent des femmes et toujours des modèles qui m'empêchent régulièrement d'arrêter d'écrire pour faire quelque chose de plus constructif, comme le crochet ou la broderie sur papier. Grâce à elles, le monde du loisir créatif s'en porte beaucoup mieux.

Donc, un grand merci :

– À Mrs Peebles, ou plutôt le Docteur Peebles, docteur ès Histoire, qui m'a expliqué entre autres qu'en 1893, on creusait des navets pour en faire des lanternes de jardin. (Lady Amelia Baldwin a eu d'autres idées de décoration et je le regrette un peu.) J'aimerais bien lui promettre que plus jamais je n'emploierai le terme « Moyen Âge » sans préciser s'il s'agit du bas ou du haut mais j'ai bien peur qu'il s'agisse d'un défaut récurrent. Ce roman a bénéficié de son œil exigeant, de son professionnalisme impressionnant et de son intérêt pour les placards qui forcent l'intimité.

– À mes amies passionnées de mœurs anglaises qui m'ont envoyé des informations variées et amusantes sur la sexualité au XIXe siècle, la contraception et l'émergence des photos érotiques. Mon historique internet ne s'en est pas remis et souvent moi non plus. Le capitaine Conrad, homme de son temps, a finalement fait ce qu'il a pu…

– À Ethel Stafford, héroïne délicieuse à mettre en scène, dont j'aime particulièrement le pragmatisme amoureux. Il me tenait à cœur d'écrire une romance sans relation toxique ni rapport de domination et Ethel a parfaitement répondu à mes attentes, même si, à sa place, j'aurais sans doute préféré l'impassible et cultivé Albert Jefferson à l'attendrissant (mais un rien macho) Conrad Filwick.

– À Audrey et Zélie, mes éditrices, qui traitent mes textes avec un respect qui me pousse à essayer d'être meilleure.

Le Livre de Poche s'engage pour l'environnement en réduisant l'empreinte carbone de ses livres. Celle de cet exemplaire est de : 250 g éq. CO_2 Rendez-vous sur www.livredepoche-durable.fr

PAPIER À BASE DE FIBRES CERTIFIÉES

Composition réalisée par Soft Office

Achevé d'imprimer en France par
CPI BRODARD & TAUPIN (72200 La Flèche)
en février 2023
N° d'impression : 3051495
Dépôt légal 1re publication : mars 2023
LIBRAIRIE GÉNÉRALE FRANÇAISE
21, rue du Montparnasse – 75298 Paris Cedex 06